O Senhor da Luz

A Saga de Datahriun

Graciele Ruiz

O Senhor da Luz
A SAGA DE DATAHRIUN

© 2016, Madras Editora Ltda.

Editor:
Wagner Veneziani Costa

Capa:
Mariana Avila

Revisão:
Maria Cristina Scomparini
Neuza Rosa

Dados Internacionais de Catalogação na Publicação (CIP)
(Câmara Brasileira do Livro, SP, Brasil)

Ruiz, Graciele
O senhor da luz: a saga de Datahriun/Graciele Ruiz. – São Paulo: Madras, 2016.
ISBN 978-85-370-1017-4

1. Ficção fantástica brasileira I. Título.

16-05282   CDD-869.3087

Índices para catálogo sistemático:
1. Ficção fantástica: Literatura brasileira
869.3087

É proibida a reprodução total ou parcial desta obra, de qualquer forma ou por qualquer meio eletrônico, mecânico, inclusive por meio de processos xerográficos, incluindo ainda o uso da internet, sem a permissão expressa da Madras Editora, na pessoa de seu editor (Lei nº 9.610, de 19/2/1998).
Madras Teen é um selo da Madras Editora.

Todos os direitos desta edição reservados pela

MADRAS EDITORA LTDA.
Rua Paulo Gonçalves, 88 — Santana
CEP: 02403-020 — São Paulo/SP
Caixa Postal: 12183 — CEP: 02013-970
Tel.: (11) 2281-5555 — Fax: (11) 2959-3090
www.madras.com.br

À minha flor, Natália, e ao meu grande amigo, Fabio.
Datahriun não existiria sem vocês.

Agradecimentos

São as pessoas que fazem os momentos, e vocês estiveram em todos eles!

Marlene, Adinan, Gabriel, Jéssica, Natália e Fabio são minha base, meu alicerce. Eles me seguraram, fizeram-me acreditar em mim mesma, abriram as portas para meu futuro e minha imaginação. Deram-me força, abraços e carinhos, desarrumaram meu cabelo enquanto eu, achando que o mundo não tinha conserto, chorava, e fizeram-me rir quando nada mais tinha sentido.

Vocês fizeram parte do meu passado, fazem parte do meu presente e sempre farão parte do meu futuro. Meus heróis e grandes exemplos. Agradeço de todo o meu coração. Datahriun também é o mundo de vocês.

Um agradecimento especial a todos os meus familiares e amigos da faculdade e do trabalho que me apoiaram e me ajudaram a escrever e publicar este livro, bem como à Madras Editora por todo empenho e confiança.

Não posso deixar de mencionar C. S. Lewis, J. R. R. Tolkien, Christopher Paolini e J. K. Rowling por criarem mundos tão mágicos e esplendorosos. São minha inspiração.

Por último, mas com certeza não menos importante, agradeço a você, leitor, que acreditou em Datahriun desde sua primeira edição e que deu asas de verdade à minha Lícia.

"Obrigada" é uma palavra pequena demais para tudo o que sinto, no entanto, por ora, acredito que sirva.

Graciele Ruiz

Introdução

A milhares e milhares de anos-luz do planeta Terra localiza-se Drânia, uma clássica galáxia espiral situada na constelação Ampardalis do hemisfério celestial sul, muito provavelmente ainda desconhecida pelos humanos. Nessa galáxia existe um pequeno planeta chamado Datahriun, o segundo menor daquele sistema solar. Nele habitam criaturas mágicas, seres com poderes inimagináveis. Uma realidade completamente fascinante.

Esse mundo, um pouco menor do que a Terra, é constituído de exatamente nove continentes, *sendo cada um deles habitado por um clã com poderes diferentes*, onde não há divisão entre países, somente cidades e vilas. Esses continentes são cercados por água salgada impossível de se beber.

Kan, Akinus, Taon, Mériun, Guanten, Mei, Shinithi, Razoni e, por último, Munsulia são os nove clãs.

Datahriun possui três satélites naturais, chamados Lítica (a mais brilhante), Lítian (a menor) e Lítifa (a opaca).

Cada ano é composto por 687 dias, os nove primeiros meses possuem 57 dias e os outros quatro, 58. O dia dura 24 horas; cada hora, 60 minutos; um minuto, 60 segundos – bem similar à Terra.

Há sete meses Datahriun comemorou 1.049 anos, contados a partir do momento em que Datah, o deus da luz e da vida, entregou uma misteriosa caixa para Selaizan, o mago mais poderoso da história de Datahriun, e, depois disso, abandonou à própria sorte o mundo que havia criado.

O clima costumava ser mais úmido; atualmente, não é possível dizer a mesma coisa. Lagos de água pura e limpa atravessam os continentes, mas eles estão cada vez mais escassos. Vulcões há anos adormecidos despertaram, desertos surgem sem explicação, novas doenças são descobertas e as guerras são cada vez mais frequentes.

Juhrmaki, o deus da justiça e da proteção, recebe mais orações gradativamente. Cynara, a deusa do amor e da fertilidade, foi praticamente esquecida. Trayena, a deusa da morte e da guerra, nunca esteve tão satisfeita.

Bem-vindo a Datahriun!

Capítulo 1

Os cabelos eram da cor do fogo e em suas veias corria o vento. De suas costas brotavam asas e seus olhos dourados de águia alcançavam longas distâncias. E, por mais estranho que soe, ela era uma garota normal. Era.

Ano 1049, dia 40 do mês 7 de Datahriun

A chuva insistia em cair naquela manhã. As pessoas passavam apressadas, e ela andava cabisbaixa, com os cabelos e as roupas pingando água. Não se importava com o vento forte que fazia seu corpo tremer de frio nem se pegaria um resfriado. Não lhe interessava se aquelas eram as primeiras gotas que caíam em três meses, pois estava sozinha no mundo, cercada de estranhos por todos os lados.

Os olhos vermelhos eram a única coisa que denunciava seu choro silencioso. Seu coração doía apertado, uma dor esmagadora que parecia lhe consumir toda a força que restava.

Ela chegou até a pequena casa em que morava, abriu a porta, entrou no cômodo quente e secou a última lágrima com uma das mãos.

– Chega de chorar por hoje, Lícia – disse a si mesma, olhando para o espelho.

A garota de longos cabelos da cor do fogo olhou ao redor da casa, lembranças invadiam sua mente. Ela fechou os olhos e respirou fundo. *Não é bom continuar aqui*, pensou.

Andou pelo pequeno corredor, e cada um de seus passos deixava uma mínima poça d'água no chão. Entrou no banheiro e despejou as jarras com água em uma banheira. Lícia estava com medo, não sabia o que faria sozinha, sem ninguém para guiá-la. Enquanto terminava o banho, tentava refletir sobre isso.

Tentava deixar os fantasmas afastados, mas não conseguia; era impossível calar a dor. O sentimento de perda sempre esteve por perto em sua vida, mas nunca o havia sentido tão intensamente.

Lícia acabou o banho, vestiu-se e deitou na cama. Com os olhos ainda inchados, adormeceu; pensaria no que faria no dia seguinte. Naquele momento ela estava de luto. De luto pela morte. De luto para a vida. Recusava-se a fazer qualquer coisa que não fosse dormir, assim não lembraria e a dor se esqueceria de incomodá-la.

No dia seguinte, quando o sol já estava cansado de bater em sua janela, ela finalmente se levantou. Havia dormido por horas, mas não se sentia assim. Sentada na cama, ajeitou suas asas, de tons marrom e branco, que estavam amassadas e mirou o guarda-roupa diante de si. Instantaneamente uma das conversas que teve com o seu avô repassou em sua mente. Ela sabia o que tinha de fazer, só restava saber se tinha forças suficientes para isso.

No fundo, ela sabia que não.

Uma batida à porta a trouxe de volta à realidade. Ela levantou lentamente e foi abrir. Do lado de fora da porta uma senhora esperava com um embrulho em mãos. Ela tinha os cabelos ruivos presos, olhos dourados e asas, características típicas de kanianos, como eram chamados os habitantes de Kan. Pela cara que fez ao ver Lícia, era possível deduzir que a garota não estava muito apresentável.

– Boa-tarde, Lícia – ela cumprimentou com um sorriso.

– Boa-tarde, Fanin. – A garota respondeu sem ânimo.

Um silêncio constrangedor se fez por alguns segundos.

– Eu vim mais cedo te convidar para almoçar, mas acho que você não estava...

– Eu estava dormindo.

– Ah, sim... Desculpe incomodar então, eu só vim trazer essa torta – Fanin disse estendendo o embrulho.

– Obrigada – Lícia respondeu secamente antes de pegá-lo.

A garota estava prestes a fechar a porta quando Fanin a chamou.

– Eu sinto muito por seu avô... Saiba que qualquer coisa que precisar pode contar conosco. Estamos aqui do lado.

Lícia assentiu com a cabeça. Fanin sorriu. Os olhos de Lícia se encheram de lágrimas e ela terminou de fechar a porta.

Ainda segurando as lágrimas, deixou a torta sobre a mesa e se jogou em uma das cadeiras. O choro veio sem permissão, todas as lembranças a invadiram e ela soluçava.

Lícia não soube dizer por quantas horas ficou ali, mas quando levantou da cadeira o sol já estava se pondo. Seu estômago roncando de fome a lembrou de que ela ainda estava viva e precisava comer. A torta foi a única refeição que fez, antes de se dirigir a seu quarto para abraçar seus sonhos novamente.

Quando dormiu, sonhou com o guarda-roupa e o que havia dentro dele. Sonhou também com aquela casa vazia e a sua solidão. Acordou assustada no meio da noite, o guarda-roupa tinha se tornado muito mais do que aparentava. Lícia se levantou e o abriu, de dentro tirou uma caixa de madeira; seus dedos roçaram a fechadura, mas não tiveram coragem de abrir.

Ela colocou a caixa em cima da escrivaninha ao lado da cama e se deitou novamente, mas não dormiu; seus olhos estavam fixos naquele objetivo. Ali estava o último desejo de seu avô. O último pedido que ele havia lhe feito. Ele deveria saber que aquele fardo seria demais para ela. Ou será que era ela quem estava se subestimando?

Um turbilhão de sentimentos repassava por sua mente enquanto a noite avançava. Ao amanhecer, ela já havia se decidido.

Iria cumprir o último desejo de seu avô.

Ela se levantou da cama, lavou os olhos inchados, secou as últimas lágrimas e se vestiu: calça bufada, botas, uma blusa e um cinto. Ajeitou os cabelos, que não eram penteados havia dias, e arrumou as asas também. Lícia pegou a caixa e finalmente a abriu. Uma luz forte invadiu o cômodo e era possível vê-la através da janela; em reflexo ela fechou os olhos e tentou protegê-los com uma das mãos.

A luz foi diminuindo aos poucos. Ela abriu os olhos ainda embaçados. Dentro da caixa havia o objeto mais reluzente que a garota já tinha visto: uma chave de ouro relativamente grande, totalmente detalhada com símbolos e algumas pedras brilhantes.

Um pedaço do novo futuro.

Lícia fechou a caixa, guardou-a em uma bolsa e foi até a cozinha. Precisava se arrumar logo para partir, porque, se parasse para refletir um pouco mais, desistiria, e ela não poderia se permitir a isso. Tinha de agir. Procurou aquilo que, possivelmente, usaria durante a viagem, além de alimentos como algumas frutas, um pedaço de pão e bastante água. Voltou ao quarto, pegou um mapa e um agasalho.

Não poderia carregar muitas coisas, pois não aguentaria o peso e seria melhor que não levasse muitas lembranças. Colocou a bolsa, pegou seu arco prateado, que fora talhado com desenhos à mão, e olhou ao redor pela última vez.

– Adeus – uma despedida seca e sem resposta retumbou pelo cômodo vazio.

Foi a última coisa que ela disse dentro da velha casa de madeira.

Fechou a porta e abriu o mapa com certa dificuldade por causa do vento forte. O lugar mais próximo de Kan, o seu clã, era Akinus, o clã do fogo. Chegaria lá em poucos dias de viagem, caso não se perdesse.

Começou a andar por entre as casas, em direção à capital de Kan, Danka, que ficava a poucos quilômetros de distância. O sol já havia nascido, mas ainda era muito cedo e não havia ninguém nas ruas. O vilarejo em que Lícia morava era o mais próximo de seu destino; poderia levar um dia e uma noite de caminhada para chegar até lá, mas voando era mais rápido.

Talvez fosse a última vez em que colocaria os olhos em sua vila, talvez não voltasse viva, talvez não encontrasse ninguém e acabaria perecendo sem realizar o sonho do seu avô... Talvez... Talvez...

Lícia agitou e abriu suas asas, e com um impulso dos pés foi ganhando altura. Ela sobrevoou as simplórias casas do vilarejo, lembrando-se dos momentos que vivera ali. Um turbilhão de imagens passava por sua mente, e ela permitiu que a dominassem como um último momento de nostalgia.

Tinha vários amigos, pessoas que a ajudaram em momentos difíceis, que a viram crescer e com quem compartilhara momentos inesquecíveis, mas não iria se despedir de nenhum deles. Não aguentaria a dor de ver pessoas tão queridas tristes por vê-la partir – e, além do mais, não poderia contar a ninguém o motivo pelo qual iria para tão longe, uma jornada que poderia não ter mais volta.

Lícia mirou pela última vez as pequenas casas, as plantações, o lago, as crianças. Nada mais seria como antes, ela sabia disso, o que a fez estremecer. Nunca gostara de mudanças radicais; tinha medo delas e as evitava. Ao longo de seus poucos anos de vida, sonhara e desejara uma vida tranquila e feliz naquele lugar que costumava chamar de lar, cuidando da banca de frutas que um dia fora de seu avô. Hoje não sabia o que esperar do dia de amanhã.

Com as batidas rápidas de suas asas, em poucos minutos ela deixou a vila e sobrevoou a vegetação rasteira, constituída de gramíneas e algumas árvores de grande porte. Às vezes ela conseguia ver alguns animais selvagens correndo atrás de suas presas, ou herbívoros medrosos por sua presença se escondendo em suas tocas.

Apesar da bela paisagem, Lícia não conseguia prestar atenção no que via. Os fantasmas do passado ainda avassalavam sua mente, deixando seus olhos embaçados constantemente e enchendo seu pensamento de tristeza, mas ela não poderia fraquejar ou desistir. Não poderia voltar.

Capítulo 2

Talled andava apreensivo pelas ruas sinuosas de uma pequena vila em Kan. Fazia pouco tempo que estava naquele continente; ficara um longo mês em Danka, mas nada de interessante acontecera por lá.

Sua viagem começou por Akinus, o clã do fogo, onde havia grandes chances de achar o que procurava. No entanto, tinha visitado cada cidade, cada pequena vila, e nada encontrara. Buscar pelas chaves de Selaizan era como procurar uma agulha em um palheiro: praticamente impossível.

O único olho que lhe restava tinha um ar sombrio. Ele vasculhava cada canto que visualizava. Talled conseguia sentir o espírito das pessoas e se havia magia em sua presença ou em seus objetos. Toda magia deixava um rastro, uma assinatura, praticamente imperceptível para os datahrianos comuns, mas não para ele. Com a magia de Selaizan não era diferente. Mas ninguém até agora tinha chamado sua atenção. Seja lá onde estivesse o guardião, sabia esconder-se muito bem, e provavelmente era uma pessoa muito discreta.

Seu olho cego às vezes atrapalhava. Um tampão preto era a única coisa que escondia o buraco fundo, uma cicatriz de batalhas anteriores – não que ele sentisse vergonha disso, pelo contrário, pois era uma lembrança que não lhe deixava esquecer o que realmente era.

O cabelo preto, que lhe chegava aos ombros, pingava água, e as vestes negras e a sua capa estavam encharcadas. Seu braço carregava uma marca, uma rosa negra atravessada por uma espada; seus dedos estavam rígidos em razão da chuva que terminara havia pouco e deixara um vento forte para trás. Talled tinha acabado de examinar

Capítulo 2

mais uma pessoa, quando uma luz relativamente forte chamou sua atenção. Um brilho rápido e uma brisa quente provindas de uma casa não muito longe dali.

Ele poderia reconhecer aquele poder até se estivesse a quilômetros de distância. A magia forte e pura percorreu seu corpo como se fosse um veneno, e um sorriso cínico apareceu nos seus lábios finos. *Te achei*, ele pensou.

Ele virou um borrão e foi como se tivesse se desintegrado, deixando apenas um rastro de fumaça onde estava seu corpo.

Se uma pessoa atenta reparasse bem, poderia ver uma mancha negra correndo por entre as poças d'água nas ruas de pedra em direção à casa que brilhara fazia poucos segundos.

Não demorou muito para que Talled chegasse ao lugar; percebeu que o vestígio da magia estava mais fraco. No entanto, ainda continuava sentindo-o.

Em frente a porta da casa ele encontrou uma garota de longos cabelos vermelhos lendo um mapa. Talled não se importou com ela, e a garota começou a andar na direção oposta à sua, sem nem ao menos perceber que estava sendo observada. Ele foi à porta da casa, entrou pela fresta e voltou à sua forma material.

Talled acendeu uma lamparina e logo percebeu que não havia mais ninguém na casa. A ideia de que a chave poderia estar com a garota passou por sua cabeça. A ruiva passara por ele rápido demais para que pudesse examiná-la, mas logo a tirou de seus pensamentos. A menina não deveria ter mais do que 16 anos, e Selaizan havia morrido fazia trinta e cinco; não poderia ultrapassar o tempo e mandar a chave para uma garota que ainda não tivesse nascido.

Vasculhou a casa inteira à procura da chave. Revirou cada cômodo, armário, cada gaveta, caixa, todo lugar que imaginava poder encontrá-la. Depois de uma longa e cansativa busca, ele desabou em uma cadeira, completamente indignado com o seu fracasso.

Olhou para a janela fechada e notou que tinha perdido a noção do tempo, pois pouca luz entrava pelas aberturas e a casa ia ficando cada vez mais escura. Estranho era ninguém ter aparecido ainda; a garota tinha saído fazia tempo e até agora não voltara. Ele deixou seu olhar vagando por alguns minutos, até que se levantou da cadeira assustado, como se tivesse um alfinete no lugar em que estava sentado.

Percebeu que a magia que tinha sentido desaparecera completamente. Esteve tão próximo de conseguir o que queria que provavelmente afastou a razão. Estava vivendo havia tanto tempo com as criaturas daquele mundo que começou a adquirir os defeitos delas, o que o irritava completamente.

Deveria estar cego, ou cético demais, para não se dar conta de que estava enganado em relação à garota. Não lhe restavam dúvidas agora: sendo ela a verdadeira guardiã da chave, ou não, o objeto, pela qual tanto ansiava, estava na posse dela.

Lembrava-se muito bem de tê-la visto com um mapa, o que significava que ela estava saindo da vila. E em todo aquele tempo que ele esteve procurando inutilmente, a garota distanciava-se ainda mais.

Em fúria ele chutou a pequena mesa que ficava no centro da sala, fazendo-a cair. Respirou fundo e tirou um grande pedaço de papel amarelado do bolso, mordeu a ponta do dedo indicador fazendo-o sangrar, pegou uma pena, molhou-a no dedo e escreveu:

Minha Senhora,
Lamento por não lhe trazer notícias de grande agrado. Espero que compreenda com toda a sua generosidade o ocorrido. Senti hoje o poder da magia de Selaizan, sem dúvida nenhuma encontrei uma guardiã da chave; aparentemente, é uma garota de Kan de uns 16 anos. Contudo, é com muito pesar que lhe informo que o destino me pregou uma peça e cegou meus olhos por breves momentos; assim, perdi-a de vista. Sendo esse o seu desejo, poderei achá-la e recuperar aquilo que de direito lhe pertence.

Dobrou o papel três vezes e ordenou:
– Eilian Sathylen!
No instante seguinte, o papel queimara-se em suas mãos, transformando-se em cinzas. Talled esperou breves segundos, o que lhe pareceu uma eternidade, até que elas se juntassem novamente e formassem o mesmo pedaço de papel amarelado dobrado três vezes.

Ele o abriu e leu as seguintes palavras escritas em vermelho-sangue:

Ache-a. Siga-a. Não a mate.

Ele assim o faria. Devia obediência e lealdade, pelo pecado que cometera, à Feiticeira de Trayena, a grande Feiticeira.

Capítulo 3

As horas passavam rapidamente enquanto ela viajava pelo sol quente, que havia aberto espaço por entre as nuvens. Lícia não tinha certeza de que horas eram, mas sabia que o sol deveria se pôr em breve. A capital de Kan ainda estava a algumas horas de viagem; se ela não se apressasse, chegaria lá depois que os portões estivessem fechados.

Ela subiu, ganhou altitude e, com a visão embaçada, atravessou uma nuvem. Sentiu o ar úmido tocar seu rosto e, depois, o calor exagerado do sol. Rodopiou no ar e admirou a paisagem por breves segundos. Raios amarelos atravessavam a floresta de nuvens brancas. A garota agitou as asas para aumentar a velocidade e cortou o céu o mais rápido que pôde.

Enquanto voava, as lembranças continuavam presentes; o diálogo mais importante que tivera com o seu avô nos últimos meses repassava de modo constante entre as suas memórias. Ela conseguia recordá-lo como se estivesse acontecendo naquele exato momento, com cada detalhe. Era impossível esquecer aquela conversa que tinha mudado tanto a sua vida. E sem perceber ela se entregou àquela recordação:

Era o ano 1049, dia 5 do mês 3 de Datahriun.

Ela abriu a porta e entrou na velha casa de madeira.

– Boa-tarde, vovô! – Lícia abriu um sorriso enorme e foi abraçá-lo.

Sua única família era ele. Um senhor de cabelos brancos e curtos, com alguns fios vermelhos insistentes que o faziam se lembrar de que um dia tinha sido jovem; suas asas estavam surradas pela idade, e por todas as viagens que já fizera.

– Boa-tarde, anjo! Como foi o treino? – suas mãos trêmulas lavavam a louça e um sorriso disfarçava seus olhos embaçados.

– Foi ótimo! Aprendi uns truques novos com o arco!

Um sorriso largo apareceu em seu rosto, contradizendo a lágrima que escorreu por seus olhos. Ele secou suas mãos e puxou uma das cadeiras para que ela se sentasse. Lícia assim o fez e ele se juntou à neta à mesa.

– Meu anjo, você sabe que eu não sou mais jovem quanto antes... – ele começou, segurando uma das mãos de Lícia.

– Mentira! Está mais jovem do que eu, ainda vai viver por muito tempo...

Ele sorriu balançando a cabeça, desacreditando no que ela havia dito.

– Pare com isso! Você pode não mais aparentar ser tão jovem, mas por dentro você é sim.

– Mas você sabe que um dia eu vou morrer...

Lícia o olhou confusa, pela primeira vez reparando nos olhos dele que lacrimejavam. O sorriso dela se apagou.

– Por que diz isso?

– Porque é verdade.

Ela balançou a cabeça.

– Eu não quero falar sobre isso. – Seus olhos involuntariamente se encheram de lágrimas.

– Não torne isso mais difícil do que já é, anjo – com dificuldade ele continuou: – Eu vou morrer um dia, você sabe. Antes de ir, preciso te falar coisas importantes.

Com lágrimas descendo dos olhos, Lícia abraçou o avô com força.

– Eu te amo.

Aquelas palavras o tocaram profundamente e tornaram mais difícil de ele prosseguir o que havia começado.

– Também te amo – ele respondeu, seguido de um longo suspiro para recuperar o que queria dizer. – Mas, por favor, preste atenção.

Lícia fez que sim com a cabeça, sentou-se de volta na cadeira e secou as lágrimas com as mãos.

– Pode falar.

Ele sorriu levemente.

– Muito bem, vamos começar com uma história antiga.

Capítulo 3

Era o ano 423, um poder desconhecido foi encontrado nas montanhas de Taon, dentro de uma caixa de ouro que reluzia com um brilho inimaginável. Inscrições em uma língua desconhecida circundavam a tampa, simples e enigmática. Cinco chaves foram encontradas três dias depois, não muito longe do lugar onde o objeto estava. As mesmas pessoas que a encontraram decidiram abri-la.

Ninguém nunca mais ouviu falar delas.

O que se sabe é que Selaizan, o maior mago de todos os tempos – o Senhor da Luz, como todos o chamavam –, guardou as chaves e escondeu a caixa em um templo cercado pela magia branca.

Acontece que, por infelicidade do destino, há trinta e cinco anos o mago foi assassinado. Em seu último suspiro, mandou cada chave para uma parte do mundo de Datahriun. Cada uma para uma pessoa de coração puro e de um clã diferente.

– Sim, essa história eu conheço, aliás, você mesmo costumava lê-la para mim quando era pequena... Realmente, uma pena que uma dessas chaves não veio para mim. – Ela terminou a última frase com uma piscada de olho.

– É aí que está, anjo, a chave veio para mim.

– Quêêê??? – Seus olhos dourados se arregalaram e ela quase caiu da cadeira.

– Sim, ela esteve comigo por todo este tempo.

– E você nunca me contou nada?

– E como iria te contar? Não queria te atormentar com os meus problemas nem colocá-la em perigo. Você sabe que há muitas pessoas à procura dessa chave.

– Sim, eu sei. Mas por que elas estão atrás da chave? O que de tão importante tem dentro da caixa? Você nunca me contou essa parte da história.

– Isso poucos sabem, mas não é segredo. Acontece que muitos acham que a caixa de ouro não passa de uma lenda, então não se aprofundam nos fatos...

– A verdade é esquecida com o tempo...

– Infelizmente. A caixa contém um poder mágico que só pode ser usado poucas vezes, ninguém sabe ao certo quantas. Sabemos que ela, hoje, brilha bem menos do que quando foi encontrada.

– Certo. E o que esse poder mágico faz, exatamente?

– A magia da caixa traz a vida ao que morreu.

– Então, eu poderia te trazer da morte com o poder dela?

– Sim, poderia, mas não gostaria que você o fizesse. O poder dessa caixa é extremamente raro e deve ser usado para propósitos maiores. Sem querer te magoar, mas usá-la para ressuscitar familiares seria egoísmo. Há coisas maiores em jogo.

– Que tipo de coisas? – perguntou Lícia levemente ofendida.

– Quando o mago morreu, ele levou consigo o equilíbrio do nosso mundo. Há trinta e cinco anos, Datahriun, que era um planeta saudável e repleto de vida, começou a morrer. Talvez você não tenha percebido, pois ainda não tinha nascido quando as mudanças começaram a acontecer. Você, infelizmente, não conheceu Datahriun de antes. Mas nada é como um dia foi. Doenças novas não param de aparecer, as mudanças climáticas estão cada vez mais fortes, um terço de Kan já virou deserto e os clãs estão se destruindo.

– Mas por que o Senhor da Luz fez isso com Datahriun?

– Não foi por querer. Ele era muito poderoso, você sabe, e com a sua magia ele protegia nossa terra. Ele era o equilíbrio do mundo.

Lícia parou por alguns momentos, pensativa.

– Então, o poder da caixa poderia trazer a vida de volta a Datahriun?

– Pode, mas tudo depende de você.

– De mim?

– Sim, como eu te disse, não sou mais jovem quanto antes. A chave será a sua herança e infelizmente o seu fardo também.

Lícia ficou temporariamente em choque.

– Por um infortúnio, tudo o que eu posso fazer agora por você é me desculpar. Eu errei, acomodei-me, não devia ter feito isso... Agora o meu tempo passou, eu estou velho, não posso mais bancar o herói e salvar o mundo. Você tem saúde, força e é esperta; tenho certeza de que cuidará dessa tarefa muito bem por mim.

– Mas eu não faço a mínima ideia de onde começar!

– Você me olha como se eu soubesse – suspirou ele entre um sorriso. – Não fui eu quem escondeu as chaves, anjo... Elas estão por aí, perdidas por Datahriun, com outros guardiões. Sei que é pedir demais, mas meu desejo é que você os encontre, que os reúna e juntos façam o que nenhum outro teve coragem ou ousadia de fazer. Principalmente eu. Não se acomode, não ouse se arrepender de não ter arriscado.

Capítulo 3

A memória se foi, dos seus olhos dourados escorriam lágrimas. Ela os secou, afastando os pensamentos. Essa seria a última vez que se recordaria daquela conversa, da forma em que a fez, com tristeza. Da próxima vez que se lembrasse de seu avô seria para reunir forças, para afastar seus medos, para não errar, não se arrepender. Pelo menos era assim que queria que fosse, pois estava cansada de chorar, cansada de sofrer.

Lícia desceu ao rio que sobrevoava e jogou um pouco de água no rosto, tentando aliviar os pensamentos. Bebeu a água que estava em seu odre, encheu-o novamente com água fresca e voltou à sua jornada.

Algum tempo depois, ela chegou ofegante a Danka, capital de Kan; suas asas doíam. Um fluxo enorme de pessoas entrava e saía, todas apressadas aproveitando a última hora que lhes restava antes de o portão do sul se fechar. A garota embrenhou-se na multidão e atravessou os enormes muros que guardavam a cidade.

Danka era a cidade mais rica de Kan, cujo portão norte se abria para o mar, sendo um grande ponto de importação e exportação. No entanto, perdia para todas as outras em relação à beleza, pois seus muros eram completamente altos e com várias torres de vigia, o que impossibilitava os kanianos de ver o nascer ou o pôr do sol. Era uma cidade escura e melancólica.

Como a maioria dos habitantes de Kan possuía asas – aqueles que não as tinham eram estrangeiros –, era extremamente complicado controlar a entrada e a saída das pessoas. Sendo assim, se alguém tentasse entrar ou sair voando, era morto a flechadas sem direito a julgamento. Uma medida drástica, mas o rei afirmava que aqueles que nada temiam poderiam entrar e sair a pé sem problemas.

Para Lícia aquilo era brutal e irracional demais, como ouvira o seu avô dizer várias vezes: *como pode uma lei tratar a vida de uma população com tanta banalidade? Esse é o rei que dizem ser tão bondoso?* O pior era que a resposta para a última pergunta era: sim. Perto do último rei que Kan tivera, aquele era bondoso, e até demais.

Assim que entrou na cidade, Lícia começou a andar por entre as casas de fachadas estreitas; a maioria delas tinha dois andares e sacadas voltadas para a rua fina e sinuosa, com pedras encaixadas no chão. No percurso, pensava em que lugar passaria a noite e na sua fome, que aumentava gradualmente.

Os comerciantes começavam a guardar suas mercadorias e a voltar para suas casas. Lícia apressou o passo e desceu até o fim da rua, cruzou uma esquina e virou à direita. Ali se localizava uma taverna, com as luzes amareladas já acesas; a melodia de um piano tocava os ouvidos de Lícia, por entre vozes e risos que ecoavam do lugar.

Ela sorriu e entrou. A taverna do velho Tolki. Seu avô costumava levá-la para lá quando iam para Danka. O clima da taverna era aconchegante e, apesar de não se localizar próximo ao portão norte, possuía o mesmo cheiro de que Lícia se recordava: o cheiro do mar.

Havia algumas mulheres e vários homens sentados às mesas conversando e tomando hidromel; alguns participavam de competições para ver quem conseguia beber mais. Uma kaniana baixinha, de longas asas, com os cabelos meio despenteados e um espartilho apertado demais para ela, estava sentada em frente ao piano e tocava uma música agitada, enquanto alguns jovens dançavam.

Ninguém pareceu reparar em Lícia, que se sentou em um banco em frente ao balcão. Enquanto a garota arrumava as asas, um senhor de idade veio em sua direção. Ele tinha os olhos escuros e cansados, mas, apesar disso, parecia feliz. Sua roupa estava um pouco suja de comida, a pele era extremamente clara, o nariz achatado e as orelhas tinham o formato de barbatanas nas pontas; membranas-interdigitais ligavam seus dedos, como os das criaturas marinhas e como os de todos os mérianos.

– Em que posso ajudá-la, senhorita?
Ela ergueu os olhos e exclamou:
– Tolki! Como é bom ver você!
O senhor fitou-a por algum tempo até finalmente reconhecê-la.
– Lícia! Quanto tempo... Pelas águas de Mériun, como você cresceu! – Lícia sentiu seu rosto aquecer e ficar vermelho. – Há quanto tempo não a vejo? Uns dois anos?
– Nem tanto...
– E mesmo assim você mudou muito... Para melhor, claro!
Lícia deu um sorriso singelo e agradeceu.
– Mas, me diga – ele continuou –, o que te traz a Danka? E onde está seu avô? Não o vejo por aqui...

Lícia baixou os olhos sem conseguir evitar que eles ficassem embaçados pelas lágrimas.

– Eu vim sozinha... Meu avô... ele... faleceu.

Tolki pareceu ficar em choque, digerindo aquelas palavras.

– Mas isso é terrível... Sinto muito, Lícia...

Por breves segundos eles ficaram em silêncio.

– Sei que nenhuma das minhas palavras irá te consolar ou aliviar sua dor. – Ele continuou: – Ele era realmente um bom homem e vai fazer falta para todos nós...

O senhor parou por um tempo breve novamente, até conseguir recuperar a fala.

– Você deve estar querendo ficar sozinha agora. Vou pedir à minha esposa que prepare um quarto para você... Poderá ficar quanto tempo desejar e não precisará se preocupar com os gastos, está bem? É nossa convidada.

– Agradeço muito sua preocupação e generosidade. Aceito seu convite para ficar esta noite, mas amanhã cedo terei de ir embora. Não pretendo abusar da sua bondade, Tolki, e ainda tenho um último pedido de meu avô para realizar.

– Tem certeza? Pode ficar quanto tempo quiser, não será incômodo nenhum.

– Tenho sim, eu realmente preciso ir.

– Entendo perfeitamente. Nesse caso, não há muito que eu possa fazer, mas saiba que poderá contar comigo... Gostaria de beber ou comer alguma coisa enquanto espera pelo seu quarto?

– Para ser sincera, estou morrendo de fome.

O velho Tolki sorriu.

– Espere um momento.

Lícia acenou com a cabeça e ele saiu. Alguns minutos depois, a porta da taverna abriu-se e um homem estranho de vestes negras entrou; ele passou por Lícia sem parecer notá-la e sentou-se à única mesa mal-iluminada.

Tolki voltou algum tempo depois com um grande pedaço de carne em um prato, além de um copo de suco. Lícia agradeceu e começou a comer.

— Não acho que isso me diz respeito, mas para onde você irá amanhã? Não é bom uma garota de sua idade sair andando por aí sozinha.

— Eu sei, mas meu avô tinha uns assuntos pendentes a tratar em Akinus e é para lá que eu estou indo.

— Se você quiser, eu poderia pedir para um dos meus filhos lhe acompanhar.

— Agradeço-lhe mais uma vez, mas tenho amigos me esperando por lá, então não será necessário. — Ela mentiu.

Tolki franziu a testa.

— Você parece bastante determinada.

Lícia sorriu.

— Você sabe quantos dias eu devo levar para chegar a Akinus?

— Com essas magníficas asas, em um dia de voo sem descanso você chegará ao deserto; tomando as providências corretas, levará no mínimo dois dias para atravessá-lo.

Três dias, pensou Lícia. Somente mais três noites para estar em Akinus e começar sua caçada insana por um guardião da chave. Várias perguntas brotaram em sua mente, mas as que mais a incomodavam eram: Como iria achá-lo? Por onde começaria a procurar? Não poderia sair pelos cantos de Akinus perguntando se alguém possuía uma chave de ouro. Era loucura.

Uma loucura da qual ela tinha aceitado participar. Se fechasse os olhos poderia ouvir a voz em seu avô dizendo em seu ouvido: *arrisque-se*.

Lícia prometera para a pessoa que havia cuidado dela por toda uma vida que iria cumprir com sua palavra, e tinha de arranjar um jeito de conseguir encontrá-lo sem se expor.

Ela terminou de comer. Tolki indicou à garota onde ela dormiria e eles se despediram.

Lícia desceu as escadas tortuosas e estreitas que davam em um corredor. De acordo com Tolki, seu quarto seria o primeiro; ela abriu a porta e entrou, fechando-a logo em seguida. Sua cama era espaçosa e extremamente confortável. Lícia tirou as botas e a bolsa, deitou-se na cama, abraçou os joelhos e ficou alguns minutos assim.

Era difícil estar sozinha.

Depois de algumas incontáveis horas em que ficou rolando na cama, seu corpo cansado finalmente relaxou e ela dormiu, com lágrimas nos olhos.

Lícia acordou antes de o Sol nascer. Espreguiçou-se, vestiu sua bota, colocou a bolsa e saiu do quarto em direção às escadas; subiu-as e deparou-se com a taverna vazia, a não ser pelo velho Tolki que estava lá, arrumando as mesas e cadeiras, enquanto um garoto que aparentava ser mais velho do que Lícia o ajudava.

Assim que Tolki a viu foi até ela.

– Como está? Dormiu bem?

– Ótima, obrigada! – respondeu ela com um sorriso. – Dormi perfeitamente bem esta noite.

– Que bom! Você deve estar com fome. Minha esposa está preparando o café da manhã na cozinha; se você quiser, pode ir lá.

Lícia agradeceu, foi em direção ao balcão, abriu uma pequena porta e passou pelos barris de hidromel. Entrou por outra porta, maior do que a primeira; a cozinha era simples, havia uma grande mesa de madeira em seu centro, com pães e leite. Arrumando os pratos e copos estava uma mulher, cujas características eram as mesmas de Tolki. Seus cabelos negros foram amarrados em um coque apressado.

– Com licença... – sem jeito, aproximou-se Lícia.

A mulher olhou para ela e sorriu.

– Bom-dia, minha querida! Sente-se e sirva-se à vontade. Lamento não poder lhe fazer companhia, mas tenho tantas coisas para fazer que acabo ficando maluca – ela parou de falar e começou a contar os copos à sua frente. – Estão faltando seis copos! Aqueles garotos quebraram meia dúzia deles noite passada! Se continuarem nesse ritmo, ficarei sem copos para servir hidromel! E o pior de tudo é que eles não me pagam pelo prejuízo...

A senhora continuou reclamando sobre os copos e os garotos, enquanto Lícia se sentava à mesa e começava a comer um pedaço de pão com leite. As perguntas da noite passada ainda atormentavam sua mente, e, o pior de tudo, ela não podia contar com ninguém. Não saberia em quem confiar; estava sozinha e cheia de dúvidas.

Lícia acabou de tomar o café no mesmo momento em que a senhora se cansou de reclamar. Agradecendo pela comida e hospitalidade, a garota saiu pela mesma porta por onde entrara. O velho Tolki ainda estava arrumando as cadeiras quando passou por ele e agradeceu mais uma vez.

Ela saiu da taverna e começou a andar pelas ruas de pedras. Deparou-se com uma grande cidade vazia, silenciada pelo sono; as únicas pessoas que passavam pelas ruas eram guardas e alguns vagabundos.

As três luas de Datahriun, Lítica, Lítian e Lítifa, já estavam se despedindo do céu e não conseguiam iluminar por si sós as esquinas sinuosas. Sombras formavam-se pelas pedras, fazendo-a estremecer; a grande cidade parecia ainda mais sombria.

Começou a andar com passos apressados por entre as casas de luzes apagadas e portas trancadas. Ela nunca andara nas ruas de Danka naquela escuridão; jamais havia reparado em como eram sombrias. Com os braços cruzados de frio e medo, ela desejou atravessar a cidade o mais rápido possível.

Quando chegou ao portão da extremidade oeste, o Sol já tinha começado a nascer do lado de fora, apesar de a escuridão ainda permanecer por dentro dos muros.

Os imponentes guardas da cidade haviam acabado de abrir os portões quando ela os atravessou. A estrada de pedra continuava até se embrenhar na mata. Havia uma floresta que mais à frente rodeava a estrada principal de Danka, que era cortada pelo Grande Rio.

Lícia andou pelo caminho tortuoso durante alguns minutos, admirando o nascer do Sol por entre as árvores. Conseguia ver ao longe uma pequena vila sendo banhada pela luz alaranjada.

Ao chegar perto da floresta que engolia a estrada, agitou as asas e levantou voo. A partir dali ela faria seu próprio caminho, rumo ao deserto.

Capítulo 4

Talled recebera instruções para seguir a kaniana. Pelo caminho que a garota havia tomado, estava indo para a capital de Kan. Talled guardou o papel no bolso, seu corpo tomou a forma de uma mancha negra outra vez e ele desapareceu pela porta da casa.

Por sua sorte, Talled era mais rápido do que a garota. Apesar de ela possuir magníficas asas, ainda assim deixavam a desejar se comparadas a seu poder.

Foram poucas horas de viagem. Ele passou pela savana, afastando todos os animais com a sua presença; atravessou o rio, correndo como sombra pela areia branca, até finalmente chegar a Danka. Não havia outro lugar aonde ela iria; aquela era a cidade mais próxima, não teria como chegar a nenhuma outra com menos de um dia de viagem. E, como os portões tinham se fechado, provavelmente ela já estava lá dentro.

Ainda na forma de uma sombra, ele passou pelos portões da cidade e, como não havia ninguém por perto, voltou à sua forma normal. Talled sorriu, pois era muito fácil para ele entrar e sair das cidades.

Muitas casas estavam com as suas portas fechadas e apenas algumas pessoas ainda andavam pelas ruas. Talled respirou fundo o ar gelado da noite – não que ele necessitasse de oxigênio, mas precisava sentir o rastro da magia. Seu corpo estremeceu assim que a sentiu; em seus pulmões a magia branca agia como veneno.

Ele seguiu o rastro, que estava extremamente fraco se comparado à primeira vez em que o havia sentido. Desceu até o fim da rua, cruzou uma esquina e virou à direita. Encontrou uma taverna com as luzes acesas de onde se entoavam canções animadas. O cheiro da magia ficava mais forte ali. Talled fixou seus olhos nas janelas e procurou a garota, até encontrá-la sentada em uma cadeira à frente do balcão. Ele entrou na taverna, escolheu uma mesa ao fundo e a observou de longe enquanto imaginava por que a Feiticeira a queria viva. Não seria mais fácil simplesmente matá-la e pegar a chave? A garota parecia-lhe extremamente vulnerável. Não seria difícil detê-la.

Além de dever lealdade à grande Feiticeira, ele a admirava. Muitos que pediram seus serviços sucumbiram de fraqueza, antes mesmo de completar seus objetivos. Com a Feiticeira tinha sido diferente; fazia anos que a servia e em todos eles vira as coisas incríveis que ela podia fazer. Ousaria dizer até que se orgulhava de trabalhar para ela. Era o porta-voz de uma pessoa digna de seu poder.

Em sua longa vida, se é que poderia chamá-la assim, poucas eram as pessoas que tiveram coragem de invocar seus serviços. Muitos não tinham audácia suficiente ou acreditavam que seria necessariamente um sinal de morte ter alguém como ele ao lado – o que não era ao todo mentira. É claro, tudo na vida tem o seu preço, mas aquilo, realmente, não era culpa dele.

E sobre o seu trabalho sentia-se menos culpado ainda; afinal, tudo o que fazia era seguir ordens.

Talled foi desviado de seus pensamentos, enquanto olhava a menina levantar-se e começar a descer as escadas. Ele suspirou, pois parecia que teria uma longa noite de espera.

Levantou-se de sua cadeira e saiu da taverna, encostou-se à parede de pedra e sentou. Passaria a noite inteira acordado esperando a garota sair; sabia que ela não o faria à noite, mas não queria correr o risco de perder a hora em que ela partiria.

Por ser o que ele era, não sentia a necessidade de dormir ou descansar com grande frequência – e, quando sentia, era mais um hábito do que uma necessidade.

As horas passavam devagar, mas seu único olho bom não dava nenhum sinal de cansaço. Seus ouvidos eram atentos a qualquer ruído. Ele viu os últimos bêbados saírem da taverna durante a madrugada e presenciou o barulho das mesas e cadeiras sendo arrastadas. Estava quase na hora de o Sol nascer quando uma voz doce, ainda rouca, de menina, tocou os seus ouvidos, vindo do lado de dentro. Talled sorriu sabendo que a sua espera iria acabar em breve.

A garota saiu da taverna pouco tempo depois. As ruas ainda estavam escuras, e ele a seguiu do jeito mais discreto que conhecia: como sombra. Passaram pelo portão e, assim que chegaram à densa floresta, ela levantou voo.

Talled não conseguia mais vê-la por causa das árvores, porém sentia seu fraco rastro de magia. Com um palpite arriscado, ele diminuiu a velocidade e continuou seguindo em frente, tomando cuidado para não perder o pequeno rastro que tinha.

Cerca de uma hora depois de estar dentro da floresta, passando por entre as árvores e plantas, ele parou de sentir a presença da garota.

Talled praguejou algumas maldições, mas não mudou de direção. Teria de abusar da sorte mais uma vez. Já a tinha achado uma vez, e, se por um acaso a perdesse, poderia encontrá-la mais uma. Ele tinha todo o tempo do mundo e sabia que a Feiticeira de Trayena também.

Não muito depois a floresta acabou em um vilarejo, não muito maior que aquele em que a garota vivia. Talled voltou à sua forma material e respirou fundo, tentando sentir a magia mais uma vez, porém não conseguiu. Ela não estava ali.

Ele voltou a ser uma sombra e continuou em frente, pois sabia que acabaria no deserto. Esperava encontrá-la antes de ter de atravessá-lo.

Quando o Sol já tinha deixado o céu, levando consigo o azul-turquesa, Talled chegara ao deserto. Mirou as dunas procurando algum rastro no chão, ou alguma coisa voando no céu, mas não encontrou nada além de um animal que lembrava um cachorro cheio de escamas aparentemente duras, com um grande rabo entortado para cima e de ponta extremamente afiados. O animal o mirou com seus olhos vermelhos, uivou como um lobo e entrou na terra.

Apesar de não conseguir vê-la, Talled não iria desistir tão cedo, passaria a noite inteira procurando, reviraria cada canto de Kan se fosse preciso. Ele era persistente, sempre fora; e, quando se empenhava em realizar uma tarefa, perseverava até o fim.

Foi quando o cheiro diferente o tocou, e ele sabia que a havia encontrado novamente. Ele se virou no exato momento em que a porta da pousada ao lado se abriu, deixando uma luz amarelada manchar a rua de pedra. Um rapaz alto saiu do recinto. Este, de olhos cinza e cabelos brancos, passou por ele mirando-o da cabeça aos pés. Talled, no entanto, não se importou com o forasteiro; olhava fixo para a porta da pousada que se fechava lentamente. Ele teve a estranha impressão de ter visto um belo par de asas por entre fios vermelhos.

Capítulo 5

As luas de Datahriun brilhavam como nunca: estavam cheias, completamente redondas. Lícia reluzia imponente perante as outras, cuja luz prateada que emanava fazia os grãos de areia parecerem pedacinhos de vidro.

Lícia olhava para o deserto logo à frente com um grande embrulho no estômago. Tudo o que seus olhos dourados enxergavam eram dunas e mais dunas de areia, por entre algumas construções em ruínas. Ela não sabia ao certo se estava tremendo de frio ou de medo, mas tinha de admitir, o deserto parecia assustador dali.

Realmente demorara um dia inteiro para conseguir chegar, não se lembrava de ter parado uma só vez para comer ou descansar. Isso não significava que não tinha comido nada; havia acabado com as frutas e o pão que trazia consigo, poupando somente um pouco de água.

Ela voltou alguns passos para trás e entrou em uma velha pousada. Precisava dormir, pois amanhã seria realmente um dia muito difícil.

O clima do lugar era bem aconchegante. De trás de um balcão, logo em frente à porta, uma velha senhora preenchia uma papelada enorme. Das suas costas saíam asas maltratadas pelo tempo e seus cabelos eram totalmente grisalhos. Usava grandes óculos com aros em tom amarelo berrante, os quais ofuscavam seus olhos dourados sem brilho; vestia roupas esvoaçantes de cores vermelha, verde e lilás, o que fez Lícia soltar um leve sorriso ao observar a combinação, que, para ela, parecia ridícula.

Ela se aproximou do balcão e disse:

– Hã... Com licença, eu...

Capítulo 5

— Shiiu... Fique quieta, garota. Agora estou ocupada — esbravejou a velha sem nem ao menos olhar para ela.

— Mas eu queria um...

A mulher levantou somente os olhos sob as grossas lentes e, em um tom zangado, bradou:

— Eu sei o que você quer, menina, mas estou ocupada agora, não está vendo? Por que você não vai dançar na sala ao lado e me deixa resolver os meus problemas? Depois eu penso nos seus! — E voltou a escrever, enquanto resmungava algo que Lícia não conseguiu ouvir.

A ruiva afastou-se do balcão e começou a andar para a saída enquanto falava consigo mesma:

— Que mulher ignorante! "Por que você não vai dançar?" Oras, simplesmente porque eu estou muito cansada e amanhã farei a maior viagem da minha vida... Satisfeita?

— E eu posso saber para onde você vai?

Lícia, que estava quase saindo pela porta, paralisou no exato momento e virou assustada para encarar o estranho.

Ele tinha os cabelos brancos como a neve, ligeiramente arrepiados, e olhos penetrantes de cor prateada. Usava uma capa, era mais alto que ela e mantinha um sorriso encantador nos lábios.

— Calma, não queria te assustar. E também não precisa dizer se não quiser. É que eu estava descendo as escadas e acabei ouvindo você conversando com a senhora Vinity, ou melhor, tentando conversar — ele deu um sorriso sem graça. — Mas não precisa se preocupar, ela é assim mesmo.

— Ah, não sei como ainda tem gente que vem aqui!

— É que o lugar é barato e a senhora Vinity, de bom humor, parece ser outra pessoa.

— Ela usa roupas melhores quando está de bom humor?

O rapaz virou a cabeça em direção à velha e a observou por breves segundos. Depois, abriu um sorriso largo e voltou a olhar para a garota.

— Sabe que eu nunca tinha reparado nisso?!

Os dois riram e, antes mesmo que Lícia percebesse, eles iniciaram uma conversa animada sobre a senhora Vinity, enquanto alguns bêbados saíam de vez em quando pela porta do salão de danças.

– Você não é de Kan, não é? – perguntou a menina depois que o assunto tinha acabado.

– Não sou. Não é muito difícil de perceber, não é mesmo?

– É, de onde você é?

– Taon... um lugar bem distante daqui...

Eles permaneceram em silêncio por alguns instantes até ele retomar a fala.

– Bom, eu vou indo – despediu-se e abriu a porta. – Qual é o seu nome mesmo?

– Ah, é Lícia.

– Bonito nome, Lícia.

A menina corou levemente. Ele levou a mão ao bolso, tirou uma chave e jogou para a kaniana, que a pegou no ar.

– Fique no meu quarto, se quiser...

– Não, eu...

– Pode ficar tranquila! Eu não volto para cá tão cedo. Como venho sempre para Kan, a senhora Vinity deixa um quarto reservado para mim. Por isso não vai ser ocupado por mais ninguém até eu voltar, e creio eu que você não vai querer esperar até ela terminar de escrever.

Lícia olhou para trás e viu a velha senhora encurvada no mesmo lugar sobre a pilha de papéis que parecia ter aumentado ao invés de diminuir.

– Realmente, obrigada – agradeceu ela, virando-se em direção à porta, mas não havia mais ninguém ali.

Ela olhou ao redor como se tivesse esperança de vê-lo em algum canto da recepção da pousada, mas ele não estava mais lá. Lícia abriu a mão em que segurava a chave, em cujo chaveiro estava grafado o número nove.

A garota começou a subir as escadas em direção aos quartos, quando a porta da entrada se abriu novamente. Lícia virou-se para trás com um enorme sorriso no rosto, rapidamente apagado quando viu que não era quem ela esperava que entrasse.

O sujeito que entrou a fitou com o único olho bom e sorriu de uma forma estranha mostrando os dentes afiados e amarelos. Lícia estremeceu completamente, virou a cabeça e andou o mais rápido possível. Aquele homem dava-lhe arrepios.

Capítulo 5

Pelo que lembrava, já o tinha visto uma vez, na taverna de Tolki. Seria possível que ela estivesse sendo seguida? Mas por que estaria? Será que alguém já sabia sobre a chave? Mas como saberia se ela não havia contado a ninguém e não tinha abandonado sua bolsa um só segundo?

Lícia afastou as perguntas do pensamento. Qual era a chance de alguém ter descoberto seu segredo? Deveria estar ficando paranoica.

Ela passou por uma fileira de portas, e a de número nove era o último quarto do lado direito, antes de outra escada. Girou a chave e entrou no quarto, onde havia um pequeno tapete, uma cama de solteiro e um armário velho com um grande jarro de água em cima.

Lícia colocou a bolsa e o arco no chão, tirou as botas, bebeu um pouco da água, despejou o restante em seu odre e deitou-se na cama. O vento rugia na janela do quarto e, por entre as frestas, entrava um pouco de areia; o travesseiro cheirava levemente a perfume. A garota passou os braços ao redor do travesseiro e adormeceu abraçada a ele.

Lícia acordou com a claridade nos olhos. A janela que ficava em frente ao deserto irradiava uma quantidade imensa de luz, mesmo estando fechada. O rosto da garota estava suado e o quarto inteiro parecia ser uma sauna.

Ela se revirou na cama, deitando de bruços com o rosto no travesseiro, e tornou a fechar os olhos, mas era impossível dormir com o calor que sentia. Daria tudo por um banho bem gelado.

Ainda deitada, a garota sentiu novamente o cheiro do perfume e um leve sorriso brotou em seu rosto ao se lembrar do garoto que lhe cedera o quarto. Ficou realmente intrigada com o fato de ele conseguir dormir naquele calor.

Sem enrolar muito mais, Lícia levantou-se, vestiu seus pertences e depois se olhou em um pequeno espelho, dando-se conta de que suas vestes não eram roupas de se andar no deserto. E ela não trouxera nenhuma outra.

Completamente desanimada, pegou a bolsa e o arco e desceu as escadas, pensando em como iria atravessar aquelas dunas de areia sem se queimar.

Chegando à recepção, ela olhou para o balcão a fim de ver se a senhora Vinity já tinha dado um fim naquela papelada – e realmente tinha, a única coisa que havia sobre balcão era uma pequena pena e um pote de tinta.

Vinity usava os mesmos óculos amarelos, suas roupas eram um pouco mais justas do que as de antes e pareciam um arco-íris de tão coloridas.

Lícia aproximou-se dela com a cabeça baixa, já esperando ouvir alguma coisa grosseira, quando a senhora deu um enorme sorriso, mostrando alguns dentes que lhe faltavam.

– Bom-dia, minha querida, dormiu bem?

– Ahh... Sim... Obrigada – respondeu meio desconcertada.

– Que bom! Minhas filhas informaram que o chá de arabites acabou de ser preparado e está sendo servido agora no salão de danças. Gostaria de uma xícara? Se você quiser, também podemos lhe oferecer o café da manhã completo por apenas oito inks.

A boca de Lícia começou a salivar ouvindo a generosa oferta de oito inks por um café da manhã. Era muito barato, ainda mais se ele tivesse chá de arabites, que era uma bebida ligeiramente adocicada e muito refrescante. Dizem que ninguém nunca conseguiu fazer um chá desses ferver, e arabites é uma erva muito difícil de ser encontrada nos dias de hoje.

– Eu aceito sim!

A senhora Vinity deu um sorriso ainda maior, se é que isso era possível, e deu a volta no balcão.

– Por aqui, por favor, querida! – e conduziu Lícia até a grande porta de madeira logo à direita, perto das escadas. Colocou a mão na maçaneta, mas, antes de abrir, virou-se para a garota.

– Em que quarto você ficou esta noite mesmo, querida? – Algumas rugas a mais apareceram em sua testa enquanto ela encurvava a sobrancelha. – Não me lembro de ter lhe feito alguma reserva.

– Ah... Bem, eu fiquei no quarto número nove – e tirou a chave do bolso, entregando-a à senhora. – Ele ofereceu seu quarto, já que estava indo embora e...

– Shiiiiu... Fale baixo, querida... Então ele foi embora noite passada, não é? – sussurrava com um ar pensativo. – Acho que seria melhor para você se não saísse por aí dizendo que ficou no quarto dele, querida. Ele não é muito bem-visto pelo povo dele, sabe? Não sei de onde você o conheceu, mas... Bom, isso não vem ao caso agora.

Ela voltou a ter a mesma expressão felicíssima de antes e abriu de vez a porta.

Capítulo 5

– Vamos, entre! – pediu, empurrando a garota para dentro do salão. – Bom apetite, querida! – e fechou a porta.

Lícia estava totalmente intrigada com essa história; e pensou que talvez não deveria ter aceitado passar a noite naquele quarto. Ela era a guardiã da chave agora, teria de ter mais cautela e pensar antes de fazer as coisas. Não podia ficar dormindo no quarto de estranhos todas as vezes que não tivesse onde passar a noite ou quando a recepcionista da pousada estivesse de péssimo humor.

A garota rumou até a grande mesa de madeira que ficava bem ao centro do salão, provavelmente afastada para um canto à noite para que as pessoas pudessem dançar. O lugar não era tão grande quanto Lícia imaginava, mas era confortável.

Na mesa havia dez pessoas, três mulheres e sete homens conversando alegremente, todos com aparência muito distinta.

Lícia tinha acabado de sentar-se à mesa ao lado de uma mulher com grandes cabelos verdes de fios grossos e logo duas jovens apareceram, cada uma carregando uma bandeja. Ambas eram extremamente parecidas, tinham asas, mas seus cabelos também eram verdes.

– Aceita chá? – perguntou a mais alta com um sorriso simpático.

Ela nem esperou a resposta de Lícia e foi colocando na frente dela uma linda xícara com florzinhas azuis, na qual despejou um líquido verde, que Lícia logo reconheceu: o chá de arabites tinha um aroma delicioso.

– Torradas com geleia ou pãezinhos amanteigados? Ou quem sabe os dois? – sugeriu a menor enquanto colocava dois pequenos pratos junto à xícara. Depois se virou e saiu com a irmã mais velha.

Lícia começou a comer enquanto escutava um homem moreno e carrancudo, cuja metade do rosto tinha escamas de dragão, conversar com a mulher que estava do seu lado.

– Esses dias eu estava na Floresta Vermelha e achei um filhote de dragão com a perna machucada. É o segundo que eu acho este ano; o primeiro tinha somente metade de uma das asas – relatava o homem. – Devo estar com sorte, não, Esmel? – e mordeu um enorme pedaço de pão assim que acabou a frase.

– Esses bichinhos são realmente difíceis de achar, meu caro.

– E bota difícil nisso! – respondeu com a boca cheia e soltando farelos. – Esses dragões de hoje estão cada vez mais desnaturados.

Antigamente, não se achavam tantos dragõezinhos feridos nem se procurasse um ano inteiro sem descanso!

– Eles estão empolgados com este novo clima. Você sabe, quanto mais quente, melhor para os dragões.

– Eu sei, melhor para mim também! Hahaha – deu uma gargalhada com a boca ainda cheia. – Mas sabe que... – levou copo de hidromel à boca, tomando um grande gole – a parte mais difícil é domá-los, não é? Tentei treiná-los em casa e a única coisa que ganhei foi esta mordida.

– Levantou a manga da blusa e mostrou uma ferida ainda em carne viva.

– Realmente feia – espantou-se ela, contorcendo o rosto. – Mas por que você não os levou para o sr. Néron? Doma dragões como ninguém, aquele homem! Dizem que essas criaturas podem sentir a aura que sai do seu coração e só respeitam aqueles que julgam ser bons.

– Deve ser por isso que não gostam de mim – caiu na gargalhada novamente, mas dessa vez ele já tinha acabado de mastigar. – Mas, então, foi isso que eu fiz, levei-os ao sr. Néron há uma semana. Hoje aqueles dragões devem estar mansinhos já.

– Não entendo essa obsessão que vocês, akinianos, têm por essas criaturas. Por que simplesmente não deixam os coitados em paz? Dragões gostam de ser livres, todo mundo sabe disso!

– Ah... Vocês são muito selvagens para entender os nossos motivos, Esmel! – assegurou, mordendo um pedaço da torrada.

– Acho melhor você cuidar dessa sua língua, meu caro, ou senão pode acabar sem ela – aconselhou a mulher com um olhar de censura, enquanto a sua mão segurava a adaga presa em sua perna.

Lícia parou de prestar atenção na conversa deles. Sem querer, havia obtido uma informação que poderia ser útil. *Dizem que essas criaturas podem sentir a aura que sai do seu coração e só respeitam aqueles que julgam ser bons*, ela repassou a frase mentalmente. *Mas por que você não os levou para o sr. Néron? Doma dragões como ninguém, aquele homem!* Sr. Néron. Era ele quem ela iria procurar em Akinus.

Capítulo 5

A garota acabou de tomar o café da manhã, levantou-se da mesa e foi até as duas irmãs que tinham lhe servido. Um pouco mais adiante da mesa elas conversavam, mas pararam assim que viram Lícia se aproximar. Olharam para ela com grandes sorrisos, e a mais alta questionou:

– Como estava o chá?

– Aceita mais alguma coisa? – completou a mais baixa, enquanto ajudava a irmã a separar outra xícara, sem nem mesmo esperar a resposta de Lícia.

– Não, não, obrigada! – respondeu Lícia rapidamente.

As duas olharam desapontadas para a menina e cobraram em coro:

– São oito inks, então.

Lícia tirou da bolsa as moedas e entregou-as às irmãs, que voltaram a sorrir.

– Haan... Posso perguntar a vocês uma coisa?

– Claro! – replicou a alta.

– Eu precisava de uma capa ou qualquer coisa que me protegesse, pelo menos um pouco, do sol do deserto. Vocês sabem de algum lugar em que eu possa conseguir isso?

– Claro que sabemos! Sabe, vários viajantes precisam de capas para atravessar o deserto – comentou a mais baixa com ar de quem realmente entende das coisas.

– Hum... Então, onde fica esse lugar?

– Sinto muito, mas essa informação lhe custará oito inks, senhorita! – sorriu sarcasticamente a mais alta, enquanto a mais baixa dava risadinhas abafadas pelas mãos.

– Como assim? Vocês não podem estar falando sério.

– Estamos sim, oras, você ouviu, não? São oito inks, ou vai ficar sem capa! – A mais baixa ainda ria.

Lícia ficou breves momentos olhando incrédula para as garotas à sua frente, esperando que elas dissessem que só estavam brincando e lhe indicassem o caminho. Mas, como isso não aconteceu, Lícia tirou mais oito inks da bolsa e entregou para elas.

– Muito bem, aí está – zangou-se. – Onde fica o lugar?

– Saindo da pousada, duas casas à direita! – informou a mais alta sorrindo ainda mais.

– Foi um prazer tratar de negócios com você, senhorita – completou a mais baixa enquanto saía por uma porta junto com a irmã.

– Saindo da pousada, duas casas à direita! – repetiu a garota em voz baixa, sentindo-se uma idiota. – Se eu soubesse que era tão perto, não tinha perguntado.

Lícia saiu do salão de danças com a cara fechada. Atravessando a porta ela olhou para o balcão, a fim de ver se a senhora Vinity ainda estava por ali, mas ela não estava. O que Lícia encontrou foi o mesmo sujeito com um tapa-olho que entrara na pousada logo depois dela, na noite anterior, sentado em uma cadeira à frente do balcão.

Ele pareceu não se importar com a presença da garota ali. Lícia passou por ele o mais rápido que pôde e saiu da pousada.

Capítulo 6

Fora da pousada o ar parecia estar mais quente e seco do que lá dentro. Lícia reparou que de dia o deserto conseguia ser mais assustador do que à noite, e seu estômago voltou a embrulhar.

A garota seguiu as instruções que as irmãs tinham lhe indicado, e em menos de dois minutos estava em frente a uma loja, cujo letreiro enorme na porta dizia:

DESERTOS – Artigos e roupas em geral.

Lícia sentiu-se mais idiota ainda ao ler aquilo e entrou na loja. Se fosse mais atenta, teria reparado nisso na noite passada e não gastaria oito inks à toa.

O local não era pequeno, mas tinha tantas coisas que se tornava difícil se locomover por lá. A decoração fora feita em tom dourado, as paredes eram vermelhas e havia grandes prateleiras repletas de objetos estranhos.

Lícia começou a olhar alguns objetos que chamaram sua atenção na primeira prateleira. Dentre eles, um parecia-se com uma peneira, e embaixo dele um papel dizia: "Coador de areia – ótimo para achar pedras preciosas". Lícia ficou imaginando se era possível haver pedras preciosas na areia do deserto. Outro era um grande chapéu espelhado, em cuja legenda era possível ler: "Refletor – mande os raios de volta para o sol".

O último que ela olhara, de formato cilíndrico e brilho prateado, era realmente interessante: "Gelador – mantém sua água gelada, não importa quanto calor faça". Era uma ótima escolha para o deserto, com certeza.

Ela levou a mão ao objeto, mas, antes de tocá-lo, uma voz apareceu pelas suas costas:

– Não toque no que não for comprar, menina! Esses objetos se apegam mais a você do que você a eles.

A garota virou-se para trás e viu um senhor baixinho segurando um cajado feito de madeira com um cristal na ponta. Ele parecia estar bastante cansado, usava uma túnica e um longo chapéu no formato de cone que, em sua cabeça, caía-lhe quase até os olhos.

– Como assim?

– Simples... Você só consegue comprar um objeto se ele gostar de você – explicava enquanto começava a andar pela loja. – Mas o problema maior não é esse, claro. Se ele gostar de você e não tiver dinheiro para comprá-lo, aí sim temos um grande problema... E que problema, eu digo!

– Mas é só fazê-los gostarem de outra pessoa, não? – questionou Lícia enquanto o seguia.

O velho parou e olhou-a indignado.

– Você ouviu o que eu disse, menina? Eles se apegam mais a você do que você a eles. Eles ficam depressivos se as pessoas de quem gostaram não os levam embora e começam a enlouquecer. O gelador se recusa a gelar, o coador não quer mais coar, o pente embaraça ao invés de desembaraçar. É uma loucura... E que loucura, eu digo!

– Que estranho, nunca vi objetos assim!

– Claro que nunca viu! Esses objetos são exclusivíssimos. Não é qualquer um que consegue dominar objetos mágicos, sabe? Eles são muito traiçoeiros.

– Mágicos?

– Sim, não é óbvio? Que pente normal iria entrar em depressão? Nenhum, eu digo!

– Ah, sim... Entendo.

– Duvido muito que você realmente entenda, menina! Mas, vamos, o que você veio fazer aqui?

– Bom... Eu preciso de uma capa, ou alguma coisa que me proteja do sol do deserto.

O velho mirou-a da cabeça aos pés, examinando com muita atenção. E depois de alguns minutos exclamou:

– Siga-me. – E recomeçou a andar para o fundo da loja.

A garota o seguiu tomando cuidado para não se perder no meio de tanta coisa, e abismada com o fato de que alguém pudesse precisar de tudo aquilo no deserto. E cada vez mais eles andavam para o fundo da loja, que parecia não ter fim. Até que finalmente o velho parou em um pequeno corredor com duas portas.

– Aqui estamos! Só me resta saber uma coisa, menina. Quanto você tem disponível para gastar nesta capa?

– Acho que...

– Não tenho tempo para pessoas indecisas, menina! Quero o número exato!

Lícia parou para pensar um pouco e respondeu:

– Tenho cem inks.

O velho olhou para ela como se estivesse fazendo pouco caso. Na verdade, ela tinha mais dinheiro, mas não podia gastar tudo no primeiro dia de viagem.

– Por essa porta, então – orientou, abrindo a porta esquerda. – Essas capas são ótimas; tratando de se proteger do calor, são bem fresquinhas. Os taonenses realmente sabem como fazer capas contra o sol. Estão faturando verdadeiras fortunas com esse tempo maluco!

Lícia entrou na pequena sala mal-iluminada que estava repleta de capas por todos os lados. A garota não resistiu ao impulso e logo tentou pôr a mão em uma delas, mas o velho a segurou antes disso.

– Não faça isso! Essas capas são mais baratas do que as outras, por isso não são tão boas assim, se é que me compreende. Elas se ajustam ao corpo de quem as usa e o protegem do calor como qualquer outra, mas não são confiáveis... Nem um pouco confiáveis, eu digo!

Lícia encarou-o com um olhar de quem não estava entendendo nada.

– Algumas delas se tornam pesadas demais com o tempo – continuou explicando –, outras fazem cosquinhas durante a viagem; e tem até aquelas que simplesmente fogem durante a noite.

– E como é que eu vou saber qual capa faz o quê?

– Ah... Não se sabe, só quem a compra pode saber. É um mistério... E que mistério, eu digo!

A garota ficou olhando para as capas, imaginando qual delas seria a menos traiçoeira.

– Ande entre elas, mas não as toque. Deixe que a capa te escolha; é o mais sensato a fazer, menina, acredite.

Lícia começou a andar entre elas. Havia uma variedade muito grande, capas de todos os tamanhos, cores, formatos; com capuz, sem capuz, com botões, bordados, brilhantes, transparentes...

Ela já tinha rodado metade da sala sem que nada de especial acontecesse, e o pó do lugar a fazia espirrar de cinco em cinco minutos, até que viu uma capa logo à frente cair ao chão. A garota abaixou-se e pegou-a. A capa era simples, de cor branca, não tinha mangas nem bordados, apenas um botão em forma de asas, um capuz e duas fendas na parte de trás, altura das costas.

Ela vestiu a capa que cobria os seus pés e suas asas passaram pelas fendas. Por dentro era revestida por minúsculas pedrinhas brilhantes.

– Parece que ela ficou perfeita em você! – exclamou o velho. – Esta capa foi mesmo feita para os kanianos! Estas pequenas pedras que cobrem a parte interna são pós dos cristais de Taon, o que garantirão sua proteção contra o sol e outras coisas também!

– Que tipo de coisas?

– Várias coisas, menina! Agora, o pagamento, por favor – pediu estendendo a mão.

Lícia tirou os inks da bolsa e os entregou a ele.

– Muito obrigado! – agradecia enquanto guardava o dinheiro no bolso. – Tome cuidado com ela, menina, e não esqueça o que eu lhe disse sobre essas capas.

Lícia saiu da loja e foi ao deserto. Seus olhos dourados mantinham-se abertos com dificuldade por causa do sol forte; os grãos de areia batiam no seu rosto, fazendo-a se sentir bastante incomodada. Ela vestiu o capuz, fechou o único botão da capa presa em seu peito e levantou voo.

Ela voou durante horas seguidas, parando somente uma vez para comer. As asas batiam com certa dificuldade, o vento quente dificultava a respiração, mas pelo menos a capa protegia seu corpo, mantinha-o fresco, tornando a viagem menos cansativa.

Capítulo 6

Quando a noite chegou, a temperatura caiu drasticamente. Lícia deu-se conta de que a água que trazia com ela não seria suficiente nem para dois dias. A vila de Kan ficava cada vez menor às suas costas e ela não via nada mais à frente, a não ser dunas e mais dunas.

Ela pousou e entrou em uma das casas abandonadas que constituía a cidade em ruínas, que um dia prosperara naquele lugar. O teto da casa estava praticamente destruído e a areia dominava o cômodo, mas as paredes que ainda se mantinham erguidas barravam o vento e a ajudavam a se aquecer.

Lícia tirou a capa e a vestiu do outro lado, fazendo os pós brilhantes ficarem para fora. A parte exterior era mais quente, o que a ajudaria a passar a noite; porém, quando Lícia terminou de vestir a peça, percebeu que ela estava um pouco menor: antes chegava a seus pés, agora estava acima de seu tornozelo.

A menina lembrou-se do que o velho lhe disse sobre essas capas serem traiçoeiras e pensou que talvez a sua tivesse um tamanho à noite e outro de dia, ou pelo menos queria acreditar que fosse isso. Seria um pouco melhor do que se ela começasse a encolher cada vez mais.

Lícia aconchegou-se na areia do deserto, torcendo para não aparecer nenhum animal estranho, e adormeceu. Um sono turbulento e muito leve, que a fazia acordar de meia em meia hora assustada.

Entre os intervalos em que dormia e acordava, Lícia ouviu um barulho de rodas e vozes. Antes de ela conseguir reorganizar seus pensamentos, duas mãos fortes e grandes a agarraram. Ainda atordoada, a garota segurou seu arco com força para não deixá-lo cair, enquanto se debatia e gritava, mas de nada adiantou. Lícia foi jogada dentro de uma jaula, atrás de uma espécie de carruagem, que possuía rodas largas e mais altas do que de costume.

– Bem-vinda – disse um garoto com ar sarcástico.

Lícia não respondeu. Dentro da jaula feita de madeira havia quatro crianças e um adolescente, todos com os olhos vazios preenchendo suas faces.

– O que está acontecendo? – perguntou Lícia.

– Estamos sendo roubados... – respondeu uma garotinha que tinha seu vestido rasgado, olhos cinza e cabelos brancos, iguais aos do homem que ela tinha encontrado na pousada.

– Como assim roubados?

– Não está vendo? – questionou o garoto que lhe dirigira a palavra inicialmente. – Eles são mercadores de escravos, e nós, agora, somos suas mercadorias.

Mercadores de escravos. Lícia já tinha ouvido falar deles antes, mas nunca havia encontrado um. Eles geralmente trabalhavam em grupos e saíam pelo mundo atrás de pessoas descuidadas ou perdidas. Ela, agora, era uma dessas pessoas. Parecia que, quanto mais falava para si mesma ter cuidado, mais se descuidava.

Lícia examinou as estacas de madeira que revestiam a jaula e a simples porta trancada por um cadeado de pedra e sorriu. Iria ser fácil sair dali. Ela estendeu a palma da mão e em milésimos de segundo uma pequena corrente de ar concentrou-se ali, formando uma esfera. No entanto, antes de atirá-la contra o cadeado, o garoto chamou-lhe sua atenção.

– Não vai adiantar! Essa jaula é coberta por magia. Se você jogar essa bola de ar contra o cadeado, é bem capaz que ela volte e acerte a sua própria testa, sem nem ao menos fazer um arranhão na jaula. Olhe para nós, acha mesmo que só você teve essa brilhante ideia? Acha que se fosse tão fácil nós não teríamos saído daqui?

Ela fechou a mão e a esfera de ar se dissipou. Fitou cada um que estava ali: o menino de cabelos verdes com algumas mechas marrons; ao lado dele, uma raposa de pelo avermelhado; a menina sentada próximo à raposa tinha a pela clara, cabelos negros que caíam sobre o seu rosto, dedos ligados por membranas e em formato de barbatanas; ao lado desta havia uma garota tão alva quanto ela de cabelos brancos e olhos prateados; o menino de pele escura, com cabelos pretos, olhos vermelhos e penas saindo dos cabelos; por último, o garoto mal-humorado, de cabelos cor de cobre.

– Somos todos de clãs diferentes... – observou Lícia.

– Demorou a perceber isso, não? – resmungou o garoto mais velho. – Você realmente não sabe nada sobre os mercadores de escravos, não é?

Lícia balançou a cabeça em sinal negativo, assumindo sua ignorância sobre o assunto.

O garoto sorriu com ar de superioridade.

– É muito raro eles pegarem duas pessoas de um mesmo clã, pois, assim, conseguem diversidade entre os escravos, e também aumentam os preços...

– E assim que retiram você da jaula, eles te prendem com algemas, que sugam os seus poderes para que não consiga escapar até ser vendida – continuou o garotinho que tinha cabelos verdes mesclados com marrom.

– Tem de haver um jeito de sair daqui – disse Lícia.

– Você pode tentar, se quiser – desafiou o garoto que havia lhe dirigido a voz primeiro.

Ela se levantou e tentou passar uma das mãos por entre a fresta de uma estaca e outra, mas não conseguiu; era como se uma parede invisível tivesse sido tocada. Lícia abaixou a cabeça decepcionada e reparou que o vento frio da noite fazia sua capa voar – e o mais interessante era que a capa passava por entre a fresta, a parede invisível.

Lícia passou os braços por dentro da capa e levantou um deles ainda enrolado pelo pano brilhante. Tentou passar sua mão novamente por entre as estacas, e dessa vez conseguiu. Um sorriso involuntário de satisfação abriu-se em seus lábios; a garota virou-se para encarar os outros e todos a olhavam com ar de surpresa.

– Acho que nós podemos sair! – ela exclamou.

As crianças deram enormes sorrisos e começaram a se agitar. Lícia pediu que fizessem silêncio enquanto ia até a porta da jaula. Ela passou a mão pela fresta da mesma maneira, virou a palma da mão para cima e fez o movimento concentrando o ar; depois, atirou a esfera em direção ao cadeado, que se partiu em vários pedaços.

A kaniana abriu a porta e pulou. Assim que se levantou, tirou a capa e a jogou para dentro da jaula, para que os outros também pudessem sair.

A carruagem ainda estava em movimento, mas era lenta na areia do deserto. Enquanto as crianças e o garoto revezavam-se para sair da jaula, Lícia tomou um impulso com os pés e levantou voo, para ter uma visão melhor. Tomando cuidado para não fazer muito barulho com as asas, ela avistou dois homens extremamente magros, corcundas e de pele acinzentada açoitando compulsivamente os quatro camelos que levavam a carruagem.

Revoltada, Lícia queria fazê-los pagar pelo dano que haviam provocado àquelas crianças, roubando-as de suas famílias para serem vendidas como objetos.

Tirou o arco das costas e segurou-o com a mão direita. Em seguida, estendeu a outra e em fração de segundo uma corrente de ar concentrou-se em sua mão, tomando a forma de uma flecha. Ela permaneceu ali, fazendo a sua mira por alguns segundos, mas desistiu. Ela não conseguiria atirar. Não poderia fazê-lo, por maior que fosse sua raiva.

Abaixou o arco e a flecha se dissipou. Ela estava prestes a descer quando, na lateral da carruagem, à frente da jaula, uma porta se abriu e um homem, bem mais forte do que os outros dois, colocou a cabeça para fora e olhou primeiro para os cocheiros. Estava prestes a dizer algo aos dois, quando o barulho das asas de Lícia chamou sua atenção e ele levantou a cabeça.

Fulminando-a com o olhar, o homem não perdeu tempo. Levantou uma das mãos e, no instante seguinte, um raio de cor púrpura foi lançado em direção à garota. Ela conseguiu desviar do primeiro e, quando ele lançou o segundo, Lícia já tinha uma flecha preparada, soltando a corda do arco no mesmo momento. O raio e a flecha chocaram-se no ar, formando uma bola de cor púrpura, antes de se desfazer.

Porém, do próximo raio ela não conseguiria fugir. Ele veio de um homem, que estava do outro lado da carruagem, Lícia não o viu surgir, apenas se deu conta quando o raio, que estava rápido demais para ser desviado, antes de atingi-la, amoleceu; depois, enrolou-a como uma corda. Suas asas pararam de bater e ela caiu na areia quente do deserto.

Lícia sentiu uma dor alastrar-se sobre seu corpo. Por sorte, não estava a uma altura muito grande; caso contrário, a queda poderia ser pior. A garota começou a se debater na areia, tentando livrar-se daquela corda estranha; mas, quanto mais ela se mexia, mais a corda apertava.

Desistiu de tentar se soltar quando ouviu passos. Virou-se e viu dois homens muito altos e fortes vindo em sua direção. Eles se aproximaram e a fitaram curiosos, como se não estivessem bravos por ela ter fugido e os atacado.

Capítulo 6

– Estamos curiosos para saber como você conseguiu...

Antes de ele terminar de falar, a ponta de um raio apareceu em seu peito, o homem cuspiu sangue e caiu morto. Logo em seguida, o segundo homem, meio atordoado, fez um movimento com a mão, mas, por não ter sido rápido o suficiente, outro raio surgiu e decepou seu pescoço.

– Você precisa aprender a matar! – exclamou o garoto de cabelos cor de cobre, com sorriso um tanto quanto forçado enquanto levava sua mão à Lícia para ajudá-la a se levantar. Em volta de sua outra mão havia vários raios que se estendiam brilhando até seu ombro; seus olhos estavam brancos por inteiro, com pequenos raios atravessando-o.

Lícia aceitou a ajuda, e as cordas que a prendiam se desfizeram.

– Onde estão os outros dois?

– Não muito melhor do que eles.

Ela levou seu olhar até a carruagem, podia ver sangue no chão e metade de um corpo. Voltou o olhar ao garoto à sua frente e reparou que ele tinha lágrimas nos olhos, mas nada comentou.

– Sua capa... – disse, estendendo-a a ela.

– Obrigada – ela vestiu a capa novamente. – O que eles eram?

– De que mundo você veio? – O garoto encarou-a com um sorriso. – Eles eram do clã dos imortais, Shinithi, que dominam a magia.

– Acho que devo te agradecer mais uma vez...

– Não, não precisa. Você me salvou tirando-me daquela jaula. Estamos quites!

Lícia sorriu.

– Para onde está indo? – perguntou ele.

– Akinus.

– Bom, então vamos por caminhos diferentes. Vou para Kan e, pelo que me parece, as crianças também. Eu as levarei comigo – ele se virou e começou a andar na direção oposta à dela. – Tenha mais cuidado na sua jornada! – exclamou antes de se distanciar.

– Você também!

Lícia viu-se sozinha mais uma vez. Os corpos estendidos ao chão lhe davam calafrios, contudo não conseguia sentir pena deles. Um pensamento lhe ocorreu de que talvez fosse melhor assim; havia muitas pessoas más no mundo. A garota balançou a cabeça como um gesto para afastar aqueles pensamentos. Não deveria pensar assim, não fora isso que seu avô havia lhe ensinado; tirar a vida de alguém não era uma escolha e nunca deveria ser, não importava a justificativa.

Desviando seus pensamentos, como em um passe de mágica sua capa dissolveu a barra até chegar a seu joelho. Isso era exatamente a última coisa de que ela precisava. Uma capa que encolhia! Se tivesse conseguido escolher, talvez tivesse comprado uma melhor. No entanto, não tinha muito do que reclamar, essa capa tirara-lhe de uma grande enrascada.

O céu ainda estava escuro, com as luas e as estrelas brilhando; apesar disso, não queria dormir. Ela olhou em volta e todas as dunas pareciam as mesmas, todas iguais. Perdida e sem saber para onde ir, Lícia bateu as asas e subiu ao céu. Decidiu ir em direção oposta da que o garoto fora, quem sabe tivesse mais chances de chegar a Akinus. Deixaria simplesmente acontecer, não teria como evitar, então não adiantaria ficar com isso na cabeça.

Poderia encontrar um oásis em algum lugar ou alguém que lhe ajudasse a sair dali. Teria chances bem pequenas de isso acontecer, é claro, mas o pensamento otimista a ajudou a continuar.

Após algum tempo, o Sol começou a nascer, deixando o céu alaranjado. Porém, para Lícia, nada havia mudado: tudo o que via era areia, como se estivesse dando voltas em círculos.

Ao meio-dia, o Sol queimava sem dó o corpo maltratado da menina; a paisagem era sempre a mesma e a capa agora chegara a seu quadril. Lícia passava sua língua seca pelos lábios rachados, judiados pelo sol; tinha sede e nenhuma gota de água sobrara, mesmo ela fazendo de tudo para economizar. O deserto parecia não acabar mais e a garota começava a achar que seria muito difícil sobreviver.

As asas cansadas estavam no seu limite, voavam rasteiras ao chão, sem forças para subir. Seus olhos pesados foram se fechando e as batidas, ficando mais lentas, até que ela caiu inconsciente de encontro à areia macia e fervente.

Capítulo 7

Lícia acordou e esfregou os olhos, os quais rapidamente formaram as imagens, mas ela não conseguia reconhecer que lugar era aquele; nunca tinha estado ali antes. A sala estava escura e, conforme se acostumava com a pouca luz, conseguiu identificar duas janelas fechadas com cadeados e uma porta de ferro; não havia mais nada na pequena sala.

Ela tentou levantar-se, mas percebeu que seus pés e suas mãos estavam amarrados; Lícia, então, começou a se debater, porém não adiantava. Seus olhos dourados encheram-se de lágrimas, que escorriam enquanto gritava:

Tire-me daquii! Tire-me daquii!

Ela ouviu um barulho na porta e parou de se mexer, seu coração pulsava como nunca, talvez não tivesse sido uma boa ideia gritar.

A porta abriu-se e por ela entrou um homem de cabelos e vestes negras, com um sorriso de dentes amarelados; no lugar do olho esquerdo existia somente um buraco fundo.

Dessa vez ela tentou gritar, mas a sua voz não saiu; era como se tivessem cortado suas cordas vocais. Queria gritar para que ele ficasse longe dela, mas não conseguia. Por que não conseguia?

O homem chegava cada vez mais perto e Lícia começou a suar frio. Ele colocou uma das mãos no bolso e tirou uma chave de ouro, totalmente detalhada e com pedras brilhantes.

Lícia arregalou os olhos e deu-se conta de que estava tremendo de medo.

"Acorde!", disse uma voz às costas de Lícia.

Ela tentou virar o rosto, mas a posição em que estava não permitia e por mais que tentasse não via ninguém. Além disso, tentou falar que não estava dormindo, mas continuava sem voz. O homem à sua frente ria cada vez mais.

"Acorde! Acorde, Filha de Kan!"

Lícia abriu os olhos assustada e sentou-se na cama ainda ofegante. A seu lado estava um garoto que parecia mais velho do que ela; ele tinha a pele pálida e seus olhos emitiam um brilho dourado opaco. Suas pupilas estavam dilatadas e ele possuía asas iguais às de Lícia.

– Oi, moça! – cumprimentou ele com um sorriso largo.

– Oi – respondeu Lícia ainda meio zonza.

– Desculpa ter te acordado, sabe, mas é que você começou a tremer, achei que estava tendo um pesadelo e...

– Não precisa se preocupar – pediu Lícia, mas o garoto pareceu nem ouvi-la.

–... a rainha disse para eu não acordar a Filha de Kan, mas achei que seria melhor se...

– Espera! Você disse rainha? Não existem rainhas em Akinus ou em Kan. Nós somos governados por um único rei há treze anos e, até onde eu sei, ele ainda não se casou.

O garotinho sorriu de novo.

– Mas você não está nem em Akinus nem em Kan!

Lícia fitou o garoto com uma expressão confusa. Será que ainda estava sonhando? Olhou ao redor e reparou que estava em um pequeno quarto sem janelas, as paredes eram feitas de pedras e barro e desenhos em miniatura circundavam todo o teto.

– Onde eu estou? – seus olhos ainda estavam vidrados nos desenhos e seu coração, acelerado com medo da resposta que poderia ouvir a seguir.

– Em Dilke.

– Diu o quê?

– Dil-que! – repetiu ele o mais nítido que pôde.

– E onde fica isso?

– Atualmente, embaixo do deserto de Kan.

– Você tem certeza de que me acordou? Porque eu tenho a impressão de ainda estar sonhando.

Ele sorriu.

– Você está acordada com certeza.

– Mas isso não é possível! – exclamou ela com os olhos arregalados. – Vocês construíram um reino embaixo do deserto?

– Foi exatamente isso que eu disse.

– Mas deve ter levado séculos para vocês conseguirem construir este lugar, sem contar que a luz do Sol não tem como chegar aqui, deve ser um lugar bem melancólico – comentou Lícia sem pensar muito sobre o que estava dizendo. – Como vocês fazem para chegar à superfície?

O garoto não pareceu gostar muito do comentário dela, mas nada comentou.

– Temos vários túneis que saem em pontos estratégicos do deserto.

– Não é à toa que você é pálido desse jeito – a menina tinha um leve tom de brincadeira na voz.

– Na verdade, eu nunca vi o sol – ele revelou com seriedade.

O sorriso se desfez no rosto de Lícia e ela olhou surpresa para o garoto.

– Você nunca viu o sol? Como assim?

– Eu não posso, ele queima...

Ela franziu a testa e olhou o garoto de cima a baixo, tentando decifrar se ele estava falando sério ou se era uma brincadeira.

– Queima? Como? É claro que se você ficar exposto ao sol por muito tempo ele vai te queimar, principalmente o do deserto, mas... Isso não te impede de ver o sol pelo menos uma vez...

– Talvez para você, mas nosso povo nunca viu o sol.

– Seu povo? Mas eu nunca ouvi falar de um clã que não pudesse ver o sol. – Sua cabeça estava mais confusa do que nunca.

– Meu povo na verdade! – pronunciou-se uma mulher que acabara de entrar no quarto, tão alva quanto o garoto.

Ela tinha um rosto comprido e delicado, e dos seus olhos prateados emanavam pureza e determinação. Seus cabelos brancos estavam presos em um elegante coque, e a mulher trajava um longo vestido de cor azul-celeste, com bordados que preenchiam todo o seu contorno e desciam pelas mangas longas e largas. A garota reparou que ela era bem mais alta do que o normal e uma coroa prateada circundava sua testa e perdia-se por entre os seus cabelos. Ao olhá-la, Lícia teve a certeza de que, se realmente existia uma rainha naquele lugar, era aquela mulher.

– Hinally! – exclamou o garoto com uma reverência. – Desculpe ter acordado a Filha de Kan, mas é que ela estava tendo pesadelos.

– Tudo bem, Calin – ela respondeu com um sorriso terno. – E não é necessário tanta formalidade – completou estendendo a mão para que ele a usasse para se levantar e, se virando-se para Lícia, perguntou:

– Descansou bem?

– Sim, obrigada... – ela respondeu sem reação, nunca havia estado na frente da realeza e não sabia como se comportar. Por via das dúvidas decidiu permanecer onde estava.

– Estávamos preocupados com você, fazia tempo que não acordava – disse Hinally.

– Há quantos dias eu estou em Dilke?

– Há dois dias. Uma pequena equipe de caça achou você desmaiada na areia do deserto e resolveu te trazer para cá. Eu te recebi e cuidei para que não morresse; você estava ardendo em febre.

– Muito obrigada, Vossa Alteza.

– Pode me chamar somente de Hinally – pediu a mulher com um sorriso –, e agradeça aos Gaulis por estar viva e não a mim.

– Gaulis? – Lícia já estava achando que era muita informação para um dia só.

– Gaulis são nossos animais de caça. Eles te sentiram e foram atrás de você.

– Ah, sim, agradecerei a um deles assim que eu vir algum – ela sorriu. – Hinally, como eu nunca ouvi falar de Dilke? Ele não está em nenhum mapa. Eu tenho um na minha bolsa se você quiser ver e... – Lícia olhou ao redor e se deu conta de que não estava com sua bolsa nem com seu arco. Seu coração acelerou e seus olhos denunciaram seu desespero.

– Sua bolsa e seu arco estão comigo. Aliás, eu achei algo bem interessante... – ela continuava com o mesmo sorriso terno.

Lícia viu a sala rodar. Estava perdida em um lugar e a única coisa que ela sabia era que ele ficava em algum ponto do deserto de Kan. A seu redor, pessoas que ela nunca viu na vida amaldiçoadas estranhamente por não poderem ver o sol. Não possuía mais seu arco e, pior, estava sem a chave. Tinha falhado antes mesmo de começar.

– Não precisa se desesperar, eu não vou fazer nada nem pretendo tomar sua bolsa de você. Se você tiver condições de se levantar, gostaria que me acompanhasse até a minha sala, por favor.

Lícia fez um sinal afirmativo com a cabeça e levantou-se da cama, sentindo as pernas formigarem.

– Pode voltar às suas atividades, Calin, e muito obrigada pela ajuda – agradeceu Hinally virando-se para o garoto. Ele fez mais uma reverência e saiu da sala.

– Venha comigo, Filha de Kan.

Lícia seguiu Hinally por um estreito corredor com pouca iluminação. Antes de chegar ao fim, entrou por uma porta e chegou a uma sala espaçosa. No centro havia uma grande mesa de madeira talhada com quatro pares de cadeiras; encostadas na parede, algumas estantes com livros e pergaminhos. Hinally fechou a porta e sentou-se em uma das cadeiras, convidando a garota a sentar-se ao lado dela. Lícia obedeceu.

– Esta é a minha sala – disse a rainha. – Passo a maior parte do tempo aqui, analisando documentos e decidindo o que será melhor para o meu povo. Uma vez por semana, temos reuniões com os sábios, e, se você quer saber, elas são uma verdadeira chatice.

Lícia deixou um sorriso tímido escapar de seus lábios e olhou ao redor da sala. Era bem simples, mas tinha os mesmos desenhos em miniatura circundando o teto.

– É algo bem modesto, eu sei, mas para nós, de Dilke, somente o fato de termos um lugar para morar já nos satisfaz. Não precisamos de regalias.

– Na verdade, eu estava admirando os desenhos, Vossa... Hinally – corrigiu ela a tempo.

– Na verdade, nem eu sei muito bem o que eles significam. Descobrimos por acaso essa magnífica construção. Sei que esses desenhos já estavam aqui quando nós chegamos, há uns sete anos, algum tempo depois da guerra. Os sábios estão trabalhando para descobrir todos os seus significados; afinal, agora eles fazem parte da nossa história também, já que decidimos morar aqui para todo o sempre.

– Então, não foram vocês que construíram Dilke?

Ela balançou a cabeça negativamente.

– Não, a construção já estava aqui, abandonada. Ainda estamos passando por um processo de adaptação, mas está sendo fácil. Sabe, é a primeira vez que nós, de Dilke, encontramos um lugar que podemos chamar de casa. Sempre fomos andarilhos, procurando nos esconder por entre as sombras, evitando o sol ao máximo. Talvez seja normal você nunca ter ouvido falar de nós, Filha de Kan, pois não somos muito conhecidos; em nossa descendência, temos o sangue de vários clãs, e um deles é o clã Shinithi, que traz a imortalidade.

— Nunca tinha ouvido falar que a mistura de clãs fazia isso com as pessoas, quero dizer, impossibilitá-las de ver ou sentir o sol.

Lícia estava realmente entretida com a história e escutava tudo com extrema atenção, tentando absorver cada palavra.

— Na verdade, a mistura de outros clãs não faz isso, mas somente aqueles que trazem no sangue a imortalidade. O poder dos imortais, quando misturado com o de outro clã, fica fraco. Nós vivemos por um tempo equivalente à eternidade, como aqueles que nos deram o seu sangue, mas temos como castigo a impossibilidade de ver o sol.

— Que triste, Hinally. Mas, sabe, eu sempre achei que Shinithi fosse um clã mágico, que vocês tinham como poder a magia, e a eternidade fosse consequência de alguma poção ou algo do tipo.

— É um erro comum de se cometer, muitos se enganam. Na verdade, a magia é uma consequência da imortalidade, pois ela é muito complicada e pode levar séculos para ser aperfeiçoada. Nossos antepassados tiveram a oportunidade de aprender a dominar a magia e nós aprendemos com o que eles deixaram — concluiu ela com o mesmo sorriso de sempre. — Mas eu não vim aqui para falar do meu clã e das minhas maldições. Vim falar sobre você e aquilo que carrega em sua bolsa, com total descuido!

Lícia fez uma careta de desaprovação quando ouviu tais palavras.

— Não adianta fazer cara feia, você tem sorte que foi meu povo que a encontrou e que eu não tenho interesse na caixa de ouro. Não sei por que você foi se aventurar no deserto com um objeto tão valioso; eu esperava pelo menos um mínimo de responsabilidade da sua parte.

— Mas eu comprei uma capa com pó de cristais de Taon. O problema foi que a capa diminuiu durante o caminho.

Nesse momento, Lícia pôs a mão no lugar em que deveria estar o botão em forma de asas, mas não o encontrou. Foi aí que ela se deu conta de que estava sem a capa.

— E acho que, nestes dois dias, a capa diminuiu até desaparecer — ela continuou se justificando.

— Pode ter sido, não me lembro de ter te visto com ela — dizia a rainha, enquanto se levantava e ia até um grande baú no fundo da sala. Abriu-o e tirou de lá o arco e a bolsa de Lícia, os quais entregou à menina.

No mesmo momento, Lícia abriu a mochila para ver se a chave ainda estava lá. De dentro da caixa de madeira vislumbrou a chave intacta, mas dessa vez ela não brilhou.

– Como eu disse, não tenho interesse na sua chave. Mas existem muitos outros que dariam suas almas para ter isso.

– Como quem?

– Poderia citar uma lista enorme que levaria no mínimo um dia inteiro para concluir, porém ninguém desejou tanto o poder da caixa como a feiticeira, aquela que tem seus olhos manchados.

– A Feiticeira de Trayena? Mas eu achei que Selaizan a matara. Reza a lenda que eles travaram uma luta incrível e que os dois perderam; acabaram se matando.

– Infelizmente, não. Ela chegou muito perto da morte, mas conseguiu retornar; cometeu um pecado horrível que eu não ouso nem mencionar e voltou mais poderosa do que antes.

Os olhos de Lícia arregalaram-se e seu corpo estremeceu.

– Eu temo por seu futuro, Filha de Kan.

– Lícia, meu nome é Lícia, Hinally.

– Lícia... É um nome bonito – elogiou a rainha entre um sorriso. – Talvez você tenha achado grosseiro da minha parte não ter perguntado o seu nome, me desculpe.

– Não, de modo algum – tentou corrigir Lícia, porém a rainha continuou sua explicação.

– Para mim isso não faz grande diferença, já que eu posso ver em seus olhos a pureza de seu sangue. Uma legítima filha da luz.

– Como você me chamou? – indagou a menina surpresa.

– Você é uma das poucas, Lícia. Durante muitos anos, os clãs têm se misturado e, com exceção do clã Akinus, tornou-se cada vez mais raro encontrar alguém que consiga dominar perfeitamente suas habilidades sem a interferência do outro poder, principalmente em Kan, um lugar que vive sempre cheio de estrangeiros. Já faz muito tempo que eu não vejo olhos tão dourados... – proferiu a última frase como se estivesse se perdendo em seus pensamentos.

Logo depois a terminou dizendo:

– Nas suas veias corre o vento e seus olhos podem ver o que ninguém mais consegue.

– Meus olhos veem o que qualquer um vê. Não tem nada de especial neles!

Hinally sorriu.

– Tem certeza disso?

– Tenho!

– Venha comigo, então – levantou-se da cadeira caminhando em direção à porta.

Lícia colocou a bolsa, segurou o arco com a mão esquerda e foi atrás da rainha.

Elas saíram da sala e caminharam até o fim do corredor, onde havia uma grade circundando uma abertura que dava vista ao andar de baixo, no qual um grande aquífero levava a água a um lago improvisado. À sua frente e aos lados era possível ver portais largos que viravam grandes corredores, dando-lhe uma noção da imensidão que era aquele lugar no subsolo.

– Fiquei tão boba quanto você quando me deparei com isso pela primeira vez. Certamente, é uma bela construção.

Lícia fechou os lábios, que, inconscientemente, tinham se aberto, e acenou positivamente.

– Então, responda-me uma coisa, Lícia: até que ponto desse lugar você consegue enxergar? – interrogou a rainha, apontando para o portal à sua frente.

O corredor estendia-se longamente por entre tochas e lamparinas acesas.

– Bom, consigo ver até o fim.

– Muito bom – a rainha virou a cabeça para o lado direito e chamou: – Calin! Venha até aqui, por favor!

O garoto, que levava livros até a porta ao lado, desviou-se do seu caminho e foi até eles.

– Chamou, Hinally?

– Sim, chamei, querido. Você pode fazer um favor para mim?

O garoto fez que sim com a cabeça.

– Olhe em frente e me diga o que vê.

Calin agitou as asas e exclamou:

– Acho que consigo ver até a sala do conselheiro Arius, Hinally! Depois, fica tudo escuro... Ah, olhe, aquele não é o conselheiro? Hahaha... – ele começou a rir –, como é desastrado, ele derrubou todos os livros no chão! – e continuou rindo.

– Obrigada, Calin – respondeu ela rindo também. – Pode voltar a seus afazeres e desculpe o incômodo!

– Não foi incômodo nenhum! – ele respondeu com um sorriso e voltou voando.

– Parece que você tem a visão melhor do que a dele, não é, Lícia? E como você deve ter reparado, Calin é descendente dos Kan. Eu mesma não consigo ver o que ele viu. Acho que você nunca reparou, pois seus pais viam as mesmas coisas que você. Nunca foi à escola?

– Na verdade, meus pais morreram na guerra de Kan e Akinus quando eu era pequena, há catorze anos. Lembro muito pouco deles. Fui criada por meu avô; tudo o que eu sei hoje foi ele quem me ensinou; nunca fui à escola.

– Entendo.

– Como você pode saber tantas coisas? – indagou a menina. – Você sabe coisas sobre mim que eu não fazia nem ideia!

– Eu já vivi muitos anos, vi muita coisa que preferia não ter presenciado. Se quiser, posso te contar uma breve história.

Lícia apenas concordou com a cabeça.

– Eu sou filha de Omeriel, cuja habilidade sobre os cristais e a arte nas espadas trouxeram-me a força, e de Jarien, cuja imortalidade trouxe-me a sabedoria. Vivi tempo suficiente para ver a desgraça cair sobre o meu povo e para ganhar forças para guiá-lo. Muitos pereceram nos meus braços e poucos continuaram firmes. Ganhei o título de rainha, embora eu pense que não o mereço. Há alguns anos, consegui restabelecer a harmonia deste lugar que chamamos de Dilke, e posso dizer, com a consciência tranquila, que nunca fomos tão felizes. Já andei por todos os clãs, alguns me receberam muito bem, outros trataram a mim e ao meu povo do mesmo jeito que tratariam a uma erva daninha, e já descobri segredos e histórias que deixariam seus lindos cabelos vermelhos em pé.

Lícia apenas ouvia, imaginando o tanto que aquela bela mulher à sua frente deveria ter sofrido na vida, e tentava digerir o maior número possível de informações. Ela nunca pensara sobre ela e a sua descendência daquela forma, nunca imaginara que haveria algo especial sobre isso; e, mesmo agora que Hinally havia lhe mostrado, ela não se sentia diferente.

– Sabe, nestes muitos anos em que eu andei vagando por estas terras, descobri muitas coisas e várias versões para a mesma história. Uma delas me pareceu muito interessante; quem me contou foi uma conhecida, que disse que existem várias formas de interpretar a história de Selaizan. Muitos contam que os guardiões são pessoas boas de coração, mas, de acordo com ela, eles são aqueles puros de sangue, que herdaram todo o poder remanescente de seus clãs e conseguem dominar seu elemento sem o choque de outra força. Ela os chamava de os verdadeiros Filhos da Luz. Eu tenho meus motivos para acreditar nela, motivos que não fariam diferença alguma para você, mas que são extremamente importantes para mim. Mas... talvez a versão certa seja a junção das duas formas. Bom, de qualquer maneira, não cabe a mim descobrir, e sim a você.

Lícia pensou em dizer a ela que a chave originalmente não era sua, que a herdara do avô quando ele se foi, mas decidiu deixar para outro momento. Já tinha informações demais para um dia só, sua cabeça estava mais confusa do que nunca. Ela sabia que iria ser difícil, mas parecia que a busca estava se tornando impossível.

Primeiro, a péssima notícia sobre a Feiticeira; agora, ela descobrira que era uma das poucas que tinha a habilidade de dominar o vento sem a interferência de outro poder. Parecia que seu fardo tinha triplicado. Uma chave tão simples tornara-se algo tão complicado.

A garota sentiu os olhos pesados; apesar de ter dormido por dois dias, ainda se sentia fraca. Agora que sabia que podia confiar na rainha, a única coisa que queria era tomar um banho, comer e dormir, quem sabe esquecer pelo menos por algumas horas de tudo o que teria de enfrentar.

– Talvez você queira descansar mais um pouco – falou a rainha, percebendo que a menina lutava para ficar com os olhos abertos. – Tem uma fonte com água canalizada do nosso lago, no primeiro andar. Pode tomar um banho se quiser e depois dormir um pouco. Às sete horas terá um jantar no salão, mas não se preocupe que eu peço para alguém te acordar antes.

– Obrigada, Hinally – agradeceu a menina. Levantou-se da cadeira, foi até a porta e abriu-a. Antes de sair, virou-se para a rainha:
– Até mais – despediu-se com uma reverência.

– Bons sonhos, Filha de Kan – respondeu com um sorriso.

Capítulo 8

Lícia entrou pela única porta do lado esquerdo no primeiro landar. Fumaças de vapor saíam da água. Ela deu mais alguns passos até uma enorme banheira de água natural; algumas mulheres tomavam banho mais à frente, mas a garota não se importou com elas e começou a se despir.

Colocou primeiro um pé na água para testar a temperatura da banheira, que estava morna; depois, não pensou duas vezes e entrou. Conforme se esfregava, a sujeira manchava a água de marrom; ao fim do banho, sua pele estava avermelhada de tão sensível, mas se sentia bem melhor.

Ela passou vários minutos dentro da água, pensando em tudo o que tinha lhe ocorrido desde que decidira partir de casa em direção a Akinus.

Cada detalhe da sua saga passava por sua mente lentamente. Ela tentava pôr os pensamentos em ordem, absorver tudo o que tinha aprendido, tudo o que lhe disseram.

"Filha de Kan" a frase retumbava em sua cabeça e soava estranhamente. Hinally havia dito em outras palavras que ela era especial, mas de modo algum se sentia assim. Involuntariamente olhou para as mãos, nunca tinha feito nada de extraordinário em toda sua vida. Sua pontaria era certeira, disso ela sabia; por essa razão ganhara o arco do seu avô, mas, com certeza, não significava nada demais.

Lícia mergulhou a cabeça embaixo d'água e voltou. O título da Feiticeira lhe veio à mente e ela estremeceu. "Feiticeira de Trayena." Seu nome fazia menção à deusa da morte e da guerra: Trayena, nada o que esse nome acompanhava era um bom sinal. Lícia conhecia canções e histórias sobre ela, e nenhuma lhe dizia bem. Ela fazia jus ao título e, além disso, era conhecida por ter sido a única datahriana com audácia suficiente para enfrentar Selaizan – e, o pior de tudo, vencê-lo.

Lícia sentia arrepios somente ao imaginar que ela havia retornado.

A Feiticeira podia estar atrás dela nesse exato momento, e o que ela poderia fazer contra isso, se fosse verdade? A kaniana tinha medo, contudo não podia deixá-lo dominar as suas ações. Era melhor reorganizar as ideias rápido, não queria perder mais tempo da sua viagem em Dilke. Aquele era um ótimo lugar, sem dúvida, mas tinha de continuar seu caminho, já perdera tempo demais.

Se conseguisse, na manhã seguinte partiria para Akinus, atrás do sr. Néron, o domador de dragões. Tinha grandes chances de ele ser um guardião da chave, mas se não fosse... Bem, poderia se preocupar com isso depois, precisava tentar. Porém muitas dúvidas ainda a assombravam. Apesar da boa intenção de Hinally, sua conversa com a rainha a deixara ainda mais confusa.

Ela saiu da banheira e tirou uma toalha de um dos montes, enxugou-se, vestiu suas roupas e voou para o quarto em que tinha passado os últimos dois dias. Lá, deitou-se na cama e dormiu. Um sono sem sonhos dessa vez.

– Filha de Kan... Lícia...

A kaniana foi abrindo os olhos sonolentos aos poucos. Calin a chamava.

– Espero que tenha dormido bem – sorriu. – Hinally está te esperando na sala de jantar.

Lícia nada respondeu, apenas retribuiu o sorriso e assentiu com a cabeça. Pegou sua bolsa – pois não iria a lugar nenhum sem ela – e levantou-se da cama esfregando os olhos.

– Hinally pediu que vestisse isso para o jantar – disse, mostrando a Lícia um vestido vermelho com detalhes em dourado na barra e no corpete, os quais combinavam perfeitamente com seus cabelos e olhos.

Lícia sorriu um pouco sem graça.

– Isso não é necessário.

– Ela pediu que eu insistisse e também me disse que mandaria alguém lavar suas roupas para usá-las amanhã.

Capítulo 8

A promessa de uma roupa limpa para usar fez Lícia rapidamente mudar de ideia. Ela pegou e vestido e Calin se retirou para que ela se vestisse. Quando estava pronta o garoto a chamou:

– Venha comigo! – disse enquanto sacudia as asas e voava.

Lícia o seguiu. Eles saíram do quarto e voaram até o fim do corredor. Ao chegarem à abertura, Calin entrou por uma porta à direita e ambos passaram por um longo corredor, subiram uma pequena escada e atravessaram outra porta, um pouco menor do que a primeira.

Calin aterrissou e ajeitou as asas; Lícia fez o mesmo. Tinham chegado ao salão de jantar.

Era incrivelmente grande. Lamparinas e castiçais deixavam o ambiente com uma luz amarelada, três grandes mesas rústicas estavam repletas de comidas e pessoas conversando, sentadas em suas respectivas cadeiras.

Ao lado de uma das mesas tinha uma fileira de animais deitados, todos eles lembravam cães, mas eram cheios de escamas, com um grande rabo entortado de ponta afiada e olhos vermelhos.

Na ponta da mesa do meio estava a rainha, imponente e bela. Calin pegou na mão de Lícia e a puxou.

– Vem, Hinally deixou um lugar para você!

Eles passaram por todas as cadeiras até chegarem à ponta. A rainha sorriu para eles e agradeceu:

– Obrigada, Calin! Pode sentar-se, Lícia, sinta-se à vontade para comer o que quiser!

Lícia sentou-se na cadeira vazia, à direita da rainha. Calin deu meia-volta e foi para a outra mesa.

A garota olhou para seu prato vazio e depois para quantidade enorme de comida que tinha à sua disposição, e sua boca começou a salivar. O cheiro estava ótimo. O problema era que ela nunca tinha visto nem experimentado nada parecido com nenhum daqueles pratos antes. E se ela não gostasse? O que faria? *Bom... Qualquer coisa, poderia fingir que estava engasgada e correr para fora do salão. É, parecia ser uma boa solução*, pensou.

Ela pegou um rolinho bastante colorido, colocou-o no seu prato, cortou e o levou até a boca. Ele tinha um gosto estranho no começo, mas depois se tornava adocicado; era gostoso, parecia ter sido feito com pedaços de frutas. Lícia pegou mais dos rolinhos e algumas outras coisas também; quando se deu conta, já tinha o prato cheio de comida, mas não se importou, estava com fome.

– O que está achando de Dilke?

Lícia parou o garfo na metade do caminho até sua boca e olhou para o senhor que estava sentado a seu lado direito. Ele tinha traços fortes e um olhar carrancudo escondendo o brilho avermelhado destes. Lícia reconheceu-o no mesmo momento como sendo o conselheiro que Calin vira há poucas horas:

– Muito agradável – respondeu a menina com um sorriso.

– Fico feliz que tenha gostado. Meu nome é Arius, sou o conselheiro real – apresentou-se o homem como se estivesse fazendo um esforço para parecer simpático.

– Prazer! Sou Lícia.

– Eu sei, já ouvi falar de você.

Eu também já ouvi falar de você, pensou Lícia abafando um sorriso e, finalmente, levando o garfo à boca.

– As pessoas daqui falam muito bem de Kan...

– Verdade? – indagou a menina depois de ter acabado de engolir.

– Sim... Dizem que é um clã bastante simpático e amável. Aqueles que conhecem Kan dificilmente querem voltar.

– Que bom, não sabia que andavam falando tão bem do meu clã.

– É um lugar que acolhe as pessoas, não se importando de onde elas vieram ou para onde vão. Na minha terra... nunca foi assim.

– De onde o senhor é?

– Akinus.

– É para onde eu estou indo. Por que o senhor diz isso?

– É uma longa história... Não estou a fim de entrar em detalhes, mas posso lhe dizer que eles são bastante arrogantes e orgulhosos.

– Ah, entendo... Desculpe-me por ter perguntado.

– Não precisa se preocupar.

Ele levou um copo de hidromel à boca e comeu um pedaço de carne. Lícia olhou novamente para o conselheiro, que, apesar de sua pele morena, era pálido como todos os outros em Dilke e não tinha traços que se assemelhassem a algum animal de fogo como os akinianos. Isso era algo a se estranhar.

– O senhor morou por muito tempo em Akinus?
– Tempo suficiente – respondeu secamente.
– Conheceu um senhor chamado Néron?
– Néron?
– É... Ele é domador de dragões.
– O domador de dragões? Claro que conheci! Ele era a alma mais nobre que vivia naquele clã. Não é à toa que os dragões gostavam tanto dele.

Os olhos de Lícia brilharam ao ouvir a notícia. Se tivesse alguém que lhe indicasse o caminho, seria muito mais fácil chegar até seu destino.

– E você sabe onde posso encontrá-lo?
– Sim, não é muito difícil. A casa dele fica dentro da Floresta Vermelha e o seu jardim está sempre repleto de dragões.
– Mas a floresta deve ser grande, não? E se eu não conseguir encontrá-la?
– Não se preocupe com isso... Dá para ver as labaredas de fogo a quilômetros de distância. Ele sempre está treinando algum dragão, mas tome cuidado para não ir muito fundo na floresta, os dragões selvagens vivem por lá.

Nesse exato momento, a rainha levantou-se e todo o salão se silenciou.

– Gostaria de agradecer a presença de nossa convidada esta noite e comunicar-lhes que irei me retirar aos meus aposentos. Aqueles que desejarem continuar o jantar, fiquem à vontade.

Muitos se levantaram com ela; outros poucos ficaram. Lícia foi até a rainha antes que ela chegasse ao corredor.

– Hinally, eu tenho mais algumas perguntas para lhe fazer e...
– Você poderá me perguntar amanhã – pediu a rainha. – Agora, se me der licença, estou extremamente cansada.

Lícia concordou com um aceno de cabeça e se afastou. Talvez tivesse sido imprudente ao tentar falar com a rainha daquela maneira, mas, como nunca tinha estado entre a realeza, não sabia como se comportar corretamente.

Desapontada consigo mesma, Lícia rumou para o quarto e dormiu novamente; parecia que o deserto tinha drenado todas as suas energias. Quando acordou, não sabia ao certo se ainda era noite ou não; a falta de janelas e luminosidade do lugar a estava deixando confusa. Levantou-se do mesmo jeito, vestiu suas roupas normais – que já estavam limpas –, ajeitou os cabelos e, seguindo a sua fome matinal, decidiu ir para o salão de jantar.

Ela passou pelo corredor, virou à direita e continuou até chegar ao salão, onde encontrou as mesas repletas de comida e pessoas da mesma maneira que da noite anterior. *Ainda sei diferenciar o dia da noite, mesmo sem vê-los,* pensou. Ao lado da rainha – que usava um vestido da cor verde com detalhes em branco de rendas e bordados –, tinha uma cadeira vaga, e ela se dirigiu até lá.

– Bom-dia, Hinally – cumprimentou ela curvando-se.

– Bom-dia – respondeu a rainha com ar de ternura –, pode sentar-se.

Lícia assim o fez. Serviu-se de um copo de leite e deu um grande gole, pegou um pedaço de pão que ainda estava quente e começou a comer.

– Hinally... – começou Lícia quando tinha acabado de mastigar –, como deve saber eu tenho algumas perguntas. Poderia fazê-las agora?

Hinally sorriu.

– Não tenha pressa, termine o seu café da manhã e me encontre em minha sala.

Após dizer essas palavras, a rainha levantou-se e saiu do salão. Lícia sentia a curiosidade e a ansiedade consumindo-a. *Será que já não era suficiente tudo o que ela tinha esperado?* Ela terminou seu café o mais rápido que pôde e se retirou da sala de jantar.

Voou rapidamente para a sala de Hinally, mas, assim que abriu a porta, encontrou o local vazio. Lícia chamou pela rainha e seu nome retumbou pelo cômodo sem nenhuma resposta. Mesmo assim, entrou e fechou a porta.

Acomodou-se na mesma cadeira em que tinha sentado no dia anterior e se pôs a esperar. Enquanto isso, começou a observar os desenhos nas paredes: havia a representação de duas pessoas, a primeira delas possuía asas e jogava uma corrente de ar em direção à outra, que contra-atacava com uma bola de fogo. No desenho seguinte, uma grande explosão, e depois os dois caíram mortos ao chão.

Era uma guerra a qual ninguém poderia vencer.

Lícia desviou sua atenção para a outra parede, em que várias pessoas com asas subiam e desciam, por passagens pelo deserto, carregando comidas e pessoas feridas.

A porta atrás da garota abriu-se e ela foi desviada de seus pensamentos.

– Nunca lhe disseram que a paciência é uma virtude, Filha de Kan? – perguntou Hinally com um sorriso.

– Devem ter me dito isso em algum dia de minha vida, mas não consigo me recordar qual – respondeu ela retribuindo o sorriso.

A rainha foi até a sua cadeira e sentou-se.

– Pois então, aqui estou! O que você precisa desesperadamente me perguntar?

– Antes de lhe fazer as perguntas que quero, tenho uma para lhe fazer.

A rainha acenou com a cabeça.

– Dilke era um refúgio de guerra?

– Vejo que andou observando os desenhos... Provavelmente, alguns desenhos falam sobre isso, outros não; mas, como lhe disse antes, ainda estamos os estudando. Próxima pergunta?

– Sei que essa pergunta não cabe a você responder, porém não tenho mais ninguém a recorrer, então imaginei que pudesse me ajudar...

– Prossiga.

– Como eu posso encontrar os outros guardiões das chaves? Datahriun é enorme, e por um motivo muito grande eu realmente preciso encontrá-los.

– Temo que não a possa ajudar nisso. Nada sei sobre como encontrar os guardiões das chaves, aliás, as chaves foram separadas exatamente para que não voltassem a se encontrar. O melhor conselho que eu posso lhe dar é: siga o seu coração.

– Pensei que talvez você pudesse me ajudar... – Lícia abaixou o olhar, um pouco desapontada. – De qualquer forma, tenho outra dúvida: se a Feiticeira está atrás da chave, provavelmente logo ela irá me encontrar. Como me defenderei dela?

– Impossível.

– Como?

– É impossível. Atualmente, não há ninguém capaz de superá-la em poder. Se a Feiticeira a quiser, ela a terá.

Lícia sentiu essas palavras ferirem-na como se fossem adagas presas em suas costas.

– Já lhe disse uma vez e repito – continuou Hinally –, temo pelo seu futuro, mas não há nada que eu possa fazer perante isso.

– Entendo... De qualquer forma, obrigada...

– Não fique triste. E o mais importante: não desista... Nada é fácil e nada é de graça. Se quisermos muito algo que está fora de nosso alcance, devemos lutar para tê-lo, lembre-se disso. Agora, se estiver mais disposta, pode sentir-se à vontade para explorar meu humilde reino.

Lícia agradeceu e saiu. Sua mente continuava confusa e seu fardo, sempre mais pesado. Andava pelos corredores quando encontrou Calin conversando com outros garotos perto do pequeno lago. Assim que a viu, foi até ela.

– Você está bem? – indagou Calin em tom preocupado.

– Não muito.

– Hum... posso tentar fazer o seu humor melhorar?

Lícia o fitava intrigada.

– Quer conhecer um lugar legal? – perguntou novamente Calin.

Ela sorriu.

– Quero sim. Talvez seja melhor me distrair um pouco.

Calin a levou até uma porta na outra extremidade. Ela era feita de pedra e dos dois lados havia colunas de flores esculpidas que se encontravam na extremidade.

O garoto a olhou e disse:

– Feche os olhos.

– Para quê?

– Somente feche seus olhos.

Ainda confusa, Lícia obedeceu. Ela pôde ouvir o ranger da porta e então um cheiro maravilhoso junto com um ar refrescante a atingiu. Calin empurrou levemente a garota, que permanecia com os olhos fechados, para dentro da sala e fechou a porta.

– Pode abrir.

Lícia abriu os olhos e deparou-se com uma cena completamente inesperada; era como se ela tivesse entrado em uma floresta: havia um emaranhado de árvores e samambaias de todos os tipos, musgo e mato rasteiro cobriam o chão por onde cresciam plantas e flores de cores e formatos diversos. Ao longe, ela conseguia ouvir canto de pássaros e pequenos animais pulavam nos galhos acima de suas cabeças.

— Nem em Kan existem florestas tão belas... — sussurrou ela, como se fosse para si mesma.

Uma luz de cor lilás saía por entre as folhas das árvores. Lícia perguntou o que seria aquilo, mas Calin não respondeu. Em vez disso, saiu correndo por entre as árvores, chamando Lícia para que o seguisse. Ela assim o fez.

Eles percorreram uma grande extensão por entre os galhos, cipós e ervas até chegarem a uma clareira onde a luz se intensificava. Calin entrou na clareira e deitou-se na grama fitando o teto.

— Nós a chamamos de Lunian, a Pequena Estrela.

Lícia, maravilhada, deitou a seu lado, observando a esfera lilás que brilhava suspensa no ar.

— É linda... Como vocês conseguem ter uma floresta aqui dentro?

— Foi tudo graças a Lunian.

— Ela é realmente uma estrela?

— Sim... Ela caiu do céu há alguns anos, já não brilhava mais quando chegou à terra, mas Hinally fez com que ela voltasse a brilhar... Nós, então, a trancamos dentro dessa sala e acabamos por esquecê-la com tantos outros problemas de adaptação que tivemos de enfrentar. Quando voltamos a abrir esta porta, um ou dois anos depois, encontramos uma floresta praticamente adulta. Ninguém sabe como cresceu tão rápido, e muito menos como nasceu, mas talvez seja por causa da magia que a Hinally empregou na estrela, ou então por causa da magia da própria Lunian. É um mistério.

Eles ficaram um tempo sem falar, apenas admirando, quando ela resolveu quebrar o silêncio.

— Como é ser um usuário de magia?

Calin franziu a testa.

— Como é ser uma usuária do vento?

— Você sabe como é! Você também pode dominar o vento.

— Não como você!

— O que eu quero dizer... — Lícia tentou se explicar — é que a magia não é algo com que se nasce. Você vai aprendendo com o tempo. Eu nasci com o vento correndo pelo meu corpo; não tive de aprender, somente aperfeiçoar... É diferente.

– Não exatamente... Você nasceu sabendo falar? Não. Você teve de aprender, mas hoje é como se sempre soubesse; você acaba se acostumando. Todos nós nascemos iguais: sem poder algum e com todos os poderes ao mesmo tempo, independentemente do clã.

– Você quer dizer que eu poderia aprender a magia se eu quisesse?

– Sim e não.

– Você está me deixando confusa.

Calin riu.

– Desculpe. Vou começar desde o início então, assim você irá entender.

– Quando Datah, o deus da vida e da luz, criou nossos primeiros ancestrais, estes possuíam todos os tipos de poder: podiam dominar o fogo, a água, o vento, a terra, os raios, os cristais e até criar ilusões. Mas os nossos corpos eram – e ainda são – muito primitivos para suportar todas essas forças e muitos acabavam se autodestruindo. Datah, então, percebeu o grande erro que tinha cometido em conceder todas essas forças a um só corpo e decidiu que iria selá-los. Cada pessoa poderia ter somente um poder. A partir daquele momento, todas as crianças que nasciam tinham facilidade de dominar uma força, e assim que esse poder começava a ser desenvolvido os outros eram bloqueados no cérebro. Com o passar do tempo essas crianças foram crescendo, e Datah as instruiu a casarem somente com aqueles que possuíam poderes iguais aos seus, para que seus filhos continuassem dominando somente um poder. Foi assim que surgiram os primeiros clãs. Deixando as lendas um pouco de lado, todo datahriano possui todos os poderes, mas controla somente um, porque apenas esse poder foi desenvolvido, estando os outros selados.

– Então, como podem existir pessoas iguais ao povo de Dilke, por exemplo, com dois poderes?

– Nossos poderes são limitados. Possuo a metade da força que você tem. Por conta da mistura de clãs, nosso corpo acaba liberando dois poderes – uma pequena porcentagem deles, mas, mesmo assim, dois.

– E os filhos de mestiços, terão quatro poderes?

– Não, tenho vários amigos cujos pais eram mestiços e dominavam dois poderes cada, e eles, ainda assim, dominam somente dois. Acredito que os dois poderes mais fortes entre os quatro prevaleçam.

– Entendi, mas onde a imortalidade entra nessa história?

– De acordo com a lenda, antes de Datah decidir que iríamos ter somente um poder, uma mulher que tinha perdido seu marido, por ele não conseguir dominar todos os seus poderes, levou seus dois filhos, um menino e uma menina, para o deus e implorou que este retirasse os poderes das crianças e desse a eles saúde. Datah, que estava começando a tomar consciência de seu erro, assim o fez e selou seus poderes. As crianças então cresceram imunes a todos os tipos de doença e, como foram perceber mais tarde, à velhice também. Fora a lenda, não conheço nenhuma história que explique isso.

– Por que todas as vezes em que você se refere à história dos deuses usa a palavra "lenda"? É como se você não acreditasse nelas.

– E por que deveria acreditar? Se existem mesmo deuses, responda-me uma só pergunta: por que eles se esqueceram de Datahriun, agora que nosso mundo precisa tanto deles?

Lícia ficou em silêncio.

– Não consigo acreditar que possam existir deuses que assistam a tudo isso de braços cruzados e não fazem nada para mudar o nosso destino – continuou Calin. – Se eles realmente existem, são seres bastante egoístas.

– No que você acredita então?

– Acredito no que vejo. Nada mais.

– É uma existência triste, não é? Viver acreditando que não existe esperança, que o nosso mundo é, e sempre será, simplesmente este e que devemos aceitá-lo se não conseguirmos mudá-lo. Que não existe vida após a morte, ou a justiça divina; que os bons e os maus terão o mesmo destino, irão apodrecer no fundo da terra: os primeiros sem sua glória; os segundos, sem seu castigo.

– É uma escolha dura e um caminho difícil de trilhar, mas foi o mais real que encontrei.

– Se for assim, pelo que devemos viver ou lutar?

– Você mesma já respondeu a essa pergunta. Devemos lutar para mudar o mundo e fazer aquilo que é certo. Desculpe-me se eu acabei te deixando confusa, sem saber no que acreditar. Não se preocupe com isso, faça aquilo que o seu coração julgar ser certo; independentemente se existe um deus ou não, não tenha dúvidas de que esse é o caminho correto.

Lícia sorriu, enquanto perdia seu olhar mais uma vez olhando para a bela estrela mágica.

– Por que não posso aprender magia?

– Porque você teria morrido de velhice antes de aprender o mais simples feitiço.

– Não é justo.

– Não seria justo se os Shinithis não tivessem nenhum meio de defesa. Os outros clãs nos esmagariam, pois seríamos a espécie mais fraca.

– No entanto, tornaram-se uma das mais fortes.

– Os últimos serão os primeiros, Lícia – respondeu ele enquanto piscava. – É melhor voltarmos.

– Por quê?

– Está na hora do almoço!

Lícia tinha perdido a noção do tempo enquanto conversava com Calin, absorvida pelas histórias do passado. Seu avô lhe ensinara tudo o que podia, mas parecia que não havia sido o suficiente para ela conseguir desvendar todas as histórias de Datahriun. Eles se levantaram e saíram da floresta banhada pela luz lilás de Lunian.

Ao chegarem à sala de jantar, Lícia sentou-se no mesmo lugar, ao lado direito da rainha e ao lado esquerdo do conselheiro. Enquanto almoçava, Lícia começou uma conversa animada com as pessoas ao redor.

Antes de a rainha se levantar para despedir-se, Lícia dirigiu-se a ela, agradeceu pela hospitalidade e comunicou-lhe que partiria assim que amanhecesse. Hinally concordou e respondeu que Calin estaria esperando por ela no térreo para guiá-la por entre um dos túneis.

– Como você já deve saber, nós temos várias passagens para a superfície. Uma delas dá exatamente no começo da ponte do mar Kanus que liga os dois clãs, Kan e Akinus – comentou a rainha. – É por esse túnel que você irá passar. Eu gostaria muito de me despedir de você amanhã, mas estarei ocupada e não poderei comparecer à sua partida. Porém, desejo a você toda a sorte do mundo. Que Datah ilumine seu caminho e Juhrmaki a proteja de todo mal.

Terminando a frase, a rainha levou seus lábios de encontro à testa da garota.

– Você tem a minha bênção, Lícia.

– Obrigada mais uma vez, Hinally.

Capítulo 9

Com seu relógio biológico muito bem treinado, assim que o Sol nasceu – mesmo sem saber disso – Lícia se levantou, pegou tudo o que trazia consigo, conferiu se a chave estava na caixa e desceu até o lago, Calin já a esperava, junto com o mesmo animal que ela viu na sala de jantar.

– Bom-dia, Filha de Kan!

– Bom-dia! – respondeu ela com a voz ainda rouca.

– Está com fome?

– Sim, mas estou com pressa também.

– Não se preocupe com isso, o túnel não é tão longo, principalmente para quem tem asas. Eu trouxe um pouco de comida, se você quiser – oferecia enquanto abria uma trouxa de pano com um pedaço de pão e os mesmos rolinhos coloridos que ela experimentou antes.

– Obrigada – agradeceu enquanto pegava um dos rolinhos. – Vamos andando, assim não perdemos tempo.

– Tudo bem!

Eles atravessaram o pequeno lago e, já do outro lado, passaram por algumas portas fechadas, começando a subir em um longo corredor de pedras escuro.

– Não tem luz aqui? – questionou Lícia com a boca ainda cheia de comida.

– Não. Os gaulis enxergam muito bem no escuro, por isso eu trouxe um deles conosco; assim não batemos em nenhuma parede ou entramos em algum lugar errado.

– Ah, então isso é um gaulis?

Nesse momento, o animal parou e olhou para Lícia com os olhos vermelhos e rosnou, mostrando os dentes afiados. Lícia paralisou achando que iria ser atacada.

– Não precisa ficar com medo, ele não vai fazer nada, pelo menos não agora – tranquilizou Calin. – É só você não chamá-lo de "isso" novamente. Os gaulis são bastante sensíveis.

O animal olhou para Calin como se concordasse com o que ele falava e continuou a andar.

– Claro! – Lícia pôs-se de acordo.

– Nós não utilizamos muito essa passagem – continuou Calin –, não gostamos do povo de Akinus. Eles são bastante arrogantes, se você quer saber. Só porque têm ligação direta com os animais de fogo se acham superiores.

– É, eu ouvi algo do tipo na primeira noite em que estive aqui... Achei que somente o Arius não gostasse do clã do fogo.

– Ninguém em Dilke gosta! E o conselheiro tem um motivo ainda maior para isso.

– Ele começou a falar sobre isso, mas não quis terminar. Posso saber o que aconteceu?

Lícia não gostava de se intrometer na vida dos outros, mas gostava menos ainda quando alguém começava a contar uma história e não a terminava.

– Resumindo, o pai de Arius era akiniano e sua mãe, uma shinithi, o que o fez dominar apenas uma pequena porcentagem do fogo e da imortalidade. Mas o problema foi que ele não era é um puro-sangue de fogo, então nasceu sem predestinação a um animal, e qualquer akiniano que não consiga ter um dragão ou uma fênix é considerado um estorvo, alguém inferior ou até mesmo um traidor de seus costumes, e pode ser banido para sempre.

– Que horror... Mas ele poderia tentar ter um animal, não? Mesmo nascendo sem a predestinação, quero dizer, ele poderia, por exemplo, pedir ao sr. Néron que domasse um dragão para ele. Assim, ele teria um animal.

– Não é bem assim que funciona... Os dragões e as fênix são tão orgulhosos quanto os akinianos, não aceitam ser dominados por ninguém que não seja um legítimo de fogo. Por isso, antes mesmo de a criança nascer, ela é marcada pela magia dos animais. Aqueles que terão a fênix nascerão com penas na cabeça; aqueles que terão dragões, nascerão com escamas.

– Que complicação... – Lícia abriu um sorriso como se risse para si mesma. – Acho que eu ainda tenho muito que aprender.

Calin também riu.

– Será que nós poderíamos voar agora? – ela encerrou a conversa.

Calin sacudiu as asas e levantou voo. Lícia fez o mesmo e o gaulis corria o mais rápido que podia, sempre à frente dos dois.

Após alguns minutos de voo no túnel avistaram os raios de sol ao longe. Calin parou e Lícia o imitou. O garoto desviou os olhos da luz e fechou-os por um tempo; depois, voltou a abri-los enquanto falava.

– Odeio a luz! Por mínima que seja, já deixa os meus sentidos perturbados.

– Deve ser difícil.

– Ah, depois de um tempo você acaba se acostumando – Calin sorriu e estendeu sua mão em cumprimento. – Foi bom te conhecer e seria bom se você pudesse ficar... Nenhum dos meus amigos tem asas e seria legal ter alguém para voar comigo em Dilke...

– Eu adoraria, Dilke é um lugar maravilhoso, mas eu fiz uma promessa e tenho de cumpri-la.

– Eu entendo... mas tente voltar quando puder; existem lugares em Dilke que você ainda não conheceu, que eu tenho certeza que irá adorar, como túneis que dão acesso à passagens escondidas. É divertido passear por lá!

– Não posso prometer, mas juro que vou tentar! – eles sorriram e Lícia continuou: – Acho que é melhor ir...

Calin acenou com a cabeça.

– Até mais, Lícia.

– Até.

Despediram-se enquanto acenavam e ela começava a se distanciar. O gaulis deu um longo uivo, fazendo os pelos de Lícia se arrepiarem, mas ela entendeu aquilo como um adeus. Acenou com a cabeça, virou-se em direção à luz, agitou as asas e começou a voar.

– Não se esqueça de voltar! – ela ouviu a voz de Calin já distante.

Em poucos minutos, Lícia estava em frente a uma porta de madeira quadriculada. Levou a mão até um dos quadradinhos e percebeu que havia vidro ali. Talvez fosse uma forma de alertar alguém de

Dilke, que estivesse vindo, se ainda era dia ou noite, antes que abrisse a porta e se deparasse com o sol escaldante. Ela empurrou a porta e abriu, deixando punhados de areia entrar. A garota limpou os olhos, que começaram a arder, e os ergueu para o céu azul, tão claro quanto as águas cristalinas do mar. Para ela, uma amante dos céus, seria impossível viver fechada sem nunca ver o sol.

Ela saiu pela passagem e a fechou. Deparou-se com a larga ponte do mar Kanus na fronteira de Kan com Akinus bem diante dos seus olhos. A ponte era magnífica, feita de magma e tinha desenhos contando a história da aliança entre os dois clãs, fogo e vento.

É realmente linda... Muito mais bonita do que nos livros, pensou Lícia olhando maravilhada.

Ela andou alguns passos até alcançar a ponte. De onde estava, tinha a impressão de que poderia demorar até um dia inteiro para atravessá-la. A ruiva começou a caminhar sobre ela; queria aproveitar o tempo em que estava ali, observar os detalhes; depois, poderia voar e chegar mais rápido ao outro lado. A paisagem esplêndida a fazia esquecer todas as dores e perdas que possuía; a correnteza forte corria metros abaixo de seus pés; pássaros voavam sobre a sua cabeça; uma brisa suave e salgada acariciava o seu rosto; as árvores, casas, e os três grandes vulcões de Akinus podiam ser vistos por ela. Ela vasculhou o território e seus olhos aguçados acharam a Floresta Vermelha, que possuía grandes árvores de folhas alaranjadas, mas nenhuma labareda de fogo subiu ao ar.

A história contava que há alguns anos, Kan e Akinus eram governados cada um pelo seu rei. Estes possuíam várias características em comum, como a ambição, a luxúria e a indiferença pela felicidade de seu povo. Tinham também suas qualidades, porém que eram ofuscadas pelas maldades e as cicatrizes deixadas no coração de seus súditos. Depois que o Senhor da Luz faleceu, a cada dia que passava os reis buscavam a discórdia entre as nações.

Qualquer mínimo motivo serviria para desencadear uma guerra – que não havia começado antes por respeito e medo pelo mais antigo mago do mundo –, até que um dia um comerciante de Akinus, obcecado pela beleza da filha de um nobre de Kan, tirou à força a inocência da pobre moça. O pai da jovem levou pessoalmente o assunto ao rei, que em uma situação normal não daria muita importância, mas como se tratava de Akinus, abriu uma exceção, e declarou guerra ao clã, dizendo que os akinianos não eram dignos de confiança, não possuíam honra e, por isso, não mereciam viver. O rei de Akinus, por sua vez, decidiu aproveitar a oportunidade, que não poderia ser melhor, para declarar que as kanianas eram feiticeiras, não possuíam reputação digna e que o rei delas era um tolo por defendê-las.

Assim, uma guerra totalmente sem sentido começou e permaneceu durante 21 longos anos. A guerra que levara os pais de Lícia embora para sempre. Mas o destino não era tão ruim assim. Os reis já eram velhos, e a cada ano que se passava isso se tornava mais nítido.

O primeiro a falecer foi o rei de Akinus, a partir de um ferimento em batalha que infeccionou, o que enfraqueceu o clã profundamente. O rei não tivera filhos, e seu irmão mais novo, herdeiro ao trono, não morava em Akinus havia muito tempo. Ele havia se casado com uma taonense e a população akiniana se recusava veemente a aceitá-lo como rei ou seus filhos como príncipes.

Apesar do novo rei ser um puro sangue de Akinus, ele havia quebrado uma tradição antiquíssima, em que akinianos somente se casavam com akinianos, e consequentemente seus filhos não tinham ligação com animais de fogo. O clã foi fortemente desestabilizado em meio a uma guerra e o rei de Kan não perdoou seu luto nem por um dia.

No final do 21º ano, o rei de Kan adoeceu e faleceu quatro dias depois. Seu filho mais velho herdou o trono; e ele tinha ideias divergentes das de seu pai e se aproveitou da instabilidade do clã akiniano para sugerir uma proposta que acabasse com a guerra.

Akinus não estava tão forte quanto antes; conflitos internos se avolumavam e o rei temia por sua vida e a vida de sua família diariamente. Então, o rei de Akinus aceitou a proposta que lhe foi feita, renunciou ao trono, entregou-o ao rei de Kan e eles declararam fim à guerra.

Isso não significava que os conflitos internos de Akinus haviam acabado naquele mesmo momento, mas uma aliança entre os dois clãs havia sido estabelecida. Desde então, Akinus e Kan viviam em harmonia, nenhum de seus costumes ou regras foi mudado, os impostos para importar e exportar mercadorias de um clã para o outro foram diminuídos, e eles se tornaram a maior e mais forte aliança da história de Datahriun.

Capítulo 10

Lícia ainda caminhava pela ponte admirando os desenhos e lembrando-se da história que tinha ouvido várias e várias vezes antes de dormir quando ainda era uma pequena menina. Ela também se recordou de uma antiga música que sua avó costumava cantar para ela todas as noites, sempre que terminava uma de suas histórias.

As três luas fazem brilhar
As flores dos sonhos que só sabem cantar
Sobre o mar Kanus voam os dragões
Que fazem tremer até os vulcões

Na alta montanha o mago a contar
As antigas lendas do povo do ar
O fogo e o vento representam a união
Dos que cantam esta canção

Por muitos anos eles lutaram
Até a desgraça chegaram
Uma lembrança angustiante
Pesadelo torturante

Até que aqueles que queriam o poder
Vieram a perecer
Deixando livre o caminho
Para aquele que sozinho

Restabeleceu a esperança
E nos deixou como herança
A paz de nossas ações
E a união dos nossos corações.

– Bonita música, forasteira.

Um grande pássaro, com penas da cor do fogo, pousou à sua frente. Montada nele estava uma mulher com uma armadura da cor cobre que lhe protegia o peitoral e em sua cabeça havia um elmo. Os braços estavam cobertos, deixando vulnerável somente as articulações, e da parte que cobria o ombro saía mais um grupo de penas das mesmas cores que as três penas vermelhas presas por entre os cabelos negros. Sua mão direita segurava uma lança.

– Permita que eu me apresente – disse a mulher. – Meu nome é Panladine e esta – apontando o braço esquerdo para a ave, que estava logo atrás – é Mair, minha fênix.

A ave encurvou a cabeça.

– Muito prazer. Meu nome é Lícia – respondeu a menina.

– Lícia... – repetiu a mulher, fitando-a dos pés à cabeça. – Devo informá-la, Lícia, que eu sou a guardiã dessa ponte e somente kanianos ou akinianos têm permissão para atravessá-la. Mas isso, é claro, se eles não forem traidores...

Um olhar cínico destacava seus olhos de íris vermelhas, fazendo Lícia desconfiar do significado daquelas palavras.

– O que quer dizer com isso?

– Quero dizer que você não veio do deserto, pois, se tivesse, eu a teria visto antes de chegar à ponte – começou a explicar. – Então, só pode ter vindo pelo buraco deles – e apontou a lança para a areia do deserto.

– De Dilke, você quer dizer?

– Não ouse dizer o nome daquele lugar na minha frente.

– Mas...

– Não tenho tempo para ouvir os seus "mas" e desculpas, garota – esbravejou a mulher enquanto apontava a lança para a garganta de Lícia. – Sugiro que você volte para o buraco de onde saiu.

– Não posso voltar – pronunciou Lícia. – Sou uma kaniana e tenho o direito de entrar em Akinus.

Lícia sentiu como se o sangue que corria em suas veias estivesse mais rápido. O povo de Dilke era honesto; pelos dias que passou lá, podia ter certeza disso! Não era justo que ela os insultasse sem sentido algum e que muito menos a impedisse de continuar sua jornada. Suas mãos se fecharam e um vento forte surgiu vindo do deserto.

– Eu digo se você tem direito ou não de entrar – continuou Panladine. – E, neste caso, já disse que não tem. Se você preza sua vida, é melhor voltar.

Os cabelos da morena esvoaçavam com o vento forte.

– Já disse que não vou voltar – avisou novamente Lícia.

Em seguida, a garota deu um passo à frente e Panladine respondeu com um movimento ágil, avançando a lança contra a garganta de Lícia; mas a ruiva impulsionou os pés, agitando as asas e desviando-se antes que a ponta afiada lhe acertasse o pescoço.

A morena dos olhos de fogo mordeu os lábios enquanto levantava o braço esquerdo; uma rajada de fogo saiu da palma de sua mão.

Atordoada com a rapidez dos movimentos dela, Lícia apenas ergueu os braços, como se tentasse inutilmente pará-la com as suas mãos, enquanto fechava os olhos e torcia para que o fogo não lhe acertasse. Ela sentiu o calor roçando-lhe o rosto, e o vento, que tinha mudado de direção.

Quando Lícia abriu os olhos, percebeu que a rajada de fogo passara a centímetros de seu rosto, e o vento aumentava gradualmente, fazendo a areia levantar e dominar a ponte. Ela provavelmente sabia o que tinha acontecido: havia mudado inconscientemente a direção do vento, mas não ficaria ali para abusar da sorte pela segunda vez.

– Espero que você possa fazer bem mais do que provocar uma ventania – gritou Panladine contra o vento.

A garota não respondeu e voou em direção ao céu, onde, a cada segundo, aumentava a quantidade de minúsculos pontos amarelos. Era como se uma tempestade de areia estivesse se formando.

Panladine montou a fênix e seguiu a garota, tentando proteger os olhos da areia que maltratava seu rosto e seu corpo.

Lícia concentrou a tempestade a uma altitude mais baixa do que a sua, controlando o vento e deixando limpo o lugar em que estava.

Capítulo 10

A grande ave da cor do fogo vinha em alta velocidade. Lícia tirou o arco das costas, mirou e puxou a corda duas vezes. As flechas cortaram o ar com uma rapidez incrível e, antes de chegar à fênix, dividiram-se em várias outras menores, impedindo que ela desviasse.

A ave gorjeou e se contorceu de dor. Panladine gritou agudamente enquanto segurava o braço que sangrava. A fênix tinha as asas machucadas, mas, mesmo assim, continuava indo de encontro à Lícia.

A visão da akiniana estava prejudicada por causa da tempestade e tudo o que conseguia ver acima eram borrões. Mesmo assim, não tirava os olhos vermelhos e sedentos da mancha, que ela imaginava ser a kaniana.

Panladine formou uma bola de fogo em cada mão e atirou em direção à mancha, e fez isso repetidas vezes, sem ter certeza se iria acertá-la ou não.

Já prevenida em relação à rapidez de Panladine, Lícia desviava-se das bolas de fogo com grande agilidade, contudo não foi rápida o suficiente para evitar que uma delas acertasse sua perna esquerda, formando uma queimadura negra. Ganhou mais altura e fez a tempestade ficar mais forte, até que tudo o que ela conseguia ver era uma mancha vermelha irregular.

Lícia nunca tinha lutado antes. A adrenalina corria em suas veias e ela respirava ofegante; seu coração pulsava como nunca, acelerado, mas não podia mais continuar com aquilo, não teria como vencer Panladine. Alguma hora a mulher do fogo iria se livrar da tempestade de areia e Lícia não conseguiria lutar com ela de igual para igual. Poderia aproveitar que Panladine estava com a visão prejudicada e ir embora. Ela nunca a encontraria depois.

Achando que essa era realmente a melhor coisa a fazer, Lícia tomou impulso com as asas e rumou o mais rápido que podia para o fim da ponte.

Panladine mantinha os olhos fechados e sua fênix parecia cansada lutando contra a ventania. O vento, forte demais, impedia que ela avançasse rapidamente e a areia parecia maltratá-la mais do que as flechas.

Os olhos vermelhos se abriram lentamente enquanto ela os protegia com as mãos. Os minúsculos pontos amarelo-raivosos não a deixavam ver absolutamente nada. Sua fúria ia crescendo cada vez mais.

Nunca tinha perdido, nunca deixara alguém que não merecesse atravessar a ponte e não seria hoje que isso iria acontecer. Não seria uma garotinha traidora que passaria por seu caminho.

Panladine fez a ave parar de avançar. Já estava cansada dessa perseguição inútil e colocaria um fim nisso. Ela fechou os olhos e se concentrou o máximo que podia, seu corpo entrou em chamas, junto com a sua arma que encandecia, e, então, tudo o que aconteceu depois disso foi extremamente rápido.

Uma grande bola de fogo formou-se em volta dela e foi tomando espaço cada vez maior, engolindo tudo que estivesse à sua volta. Consumindo toda a vida, a bola de fogo foi se tornando oval e cobrindo toda a extensão da ponte. Então, uma grande explosão retumbou toda a terra de Akinus e fez várias pedras se desprenderem do teto de Dilke.

Lícia não teve como escapar. Suas asas pegavam fogo enquanto ela caía em alta velocidade para a água fria do Mar Kanus.

A tempestade de areia se desfez, e Panladine assistiu à cena com um grande sorriso de satisfação em seu rosto. Tinha vencido, mais uma vez.

Capítulo 11

Lícia acordou com algo molhando seu rosto. Desajeitada, tentou proteger-se com as mãos; seus olhos sonolentos foram formando as imagens aos poucos. Uma língua. Um animal. Um dragão...

– AAAH... Argh... – ela começou a gritar, mas logo em seguida se contorceu de dor. Seu pulmão parecia não ter forças.

Com os olhos arregalados, o coração pulsando forte e uma dor se alastrando pelo corpo, ela se sentou devagar no canto da cama, sentindo as costelas doerem, e puxou as cobertas com medo. A pequena criatura, de escamas esverdeadas como uma esmeralda, olhava para ela com ar de ternura, balançando a pequena cauda freneticamente.

– KYMAA! – uma voz abafada vinha do lado de fora. Os passos na escada ficavam mais próximos.

Uma mulher abriu a porta, segundos depois, com um sorriso encantador nos lábios. Ela tinha cabelos negros e longos trançados, pele morena e olhos de cor vermelho-sangue. Usava um leve vestido branco e escamas de dragão roxas e azuis subiam cobrindo todo seu braço direito.

– Kyma! Desce daí agora!

A dragoa olhou para a morena com uma cara triste e bateu as pequenas asas em direção aos braços dela.

– Desculpe, não a vi saindo de perto de mim. Mas não se preocupe, ela não faz mal pra ninguém... – dizia a moça morena enquanto acariciava a cabeça da dragoa. – Bom... quer dizer... às vezes ela acaba soltando fogo sem querer, sabe como é... ela ainda é um bebê, então não sabe controlar as chamas direito.

Lícia arregalou ainda mais os olhos dourados, pensando que poderia ter ficado desfigurada sem querer há alguns minutos.

A akiniana sorriu e colocou Kyma para fora da porta e a fechou. Foi até a janela que estava aberta e a fechou também.

– Imagino que ela deva ter entrado pela janela, já que eu fui a última a entrar neste quarto e tenho certeza de que fechei bem a porta... – continuou ela como se tivesse falando consigo mesma. – Mas então... – virou-se para Lícia –, já está se sentindo melhor?

– Não sei... – respondeu a ruiva –, não lembro como estava me sentindo antes para dizer.

– Hum... – a mulher sentou-se na cama ao lado de Lícia, que já tinha parado de agarrar as cobertas. – Houve uma grande explosão há uma semana no início da manhã; se a ponte do mar Kanus não fosse tão forte, acredito que ela estaria em pedaços agora... – Ela parou por um momento e retornou a contar: – Minha irmã estava brincando com a Kyma perto da margem do rio que desemboca no Mar Sina, quando você apareceu sendo levada pela água. Ela veio correndo até em casa me chamar, e, quando cheguei, devo dizer que você não parecia nada bem. Eu te trouxe para casa e cuidei de você como podia... Com as ervas certas, podem-se curar as feridas causadas pelo fogo sem deixar cicatrizes, mas eu lamento muito por não ter conseguido cuidar das suas asas...

Lícia demorou alguns momentos para conseguir digerir aquelas palavras. Tentou mexer as asas e uma dor avassaladora tomou conta do seu corpo, fazendo-a se contrair.

– Você está bem? – perguntou a morena preocupada.

Lícia olhou-a com os olhos marejados de lágrimas.

– Você tem um espelho?

A mulher não respondeu, apenas apontou para trás de Lícia, onde havia um belo e grande espelho. A garota não precisou se levantar, apenas virou a cabeça e as lágrimas começaram a descer por seu rosto.

Metade das suas asas e grande parte do seu cabelo haviam sido consumidos pelo fogo e o que sobrou estava extremamente danificado.

– Eu sinto muito... – balbuciou a morena.

Lícia balançou a cabeça levemente em sinal negativo, não conseguindo dizer as palavras que queria de imediato.

– Não precisa se desculpar – pedia ela com uma voz chorosa e os olhos vermelhos, enquanto mais lágrimas caíam –, não foi sua culpa.

– Eu vou te deixar sozinha, é melhor. Qualquer coisa, pode me chamar – levantou-se e abriu a porta. Mas antes de sair se virou: – Ah, a propósito, meu nome é Nahya.

Assim que a porta se fechou, Lícia deitou novamente na cama com o rosto no travesseiro e chorou, com soluços abafados. Ela estava tão entretida em sair daquela ponte que não tinha entendido como tinha sido atingida. Sentiu somente seu corpo extremamente quente e não conseguiu controlar seus movimentos; por instantes, achou que tinha morrido, mas talvez isso tivesse sido melhor.

Ela não poderia mais voar por um bom período de tempo. As asas voltariam a crescer, mas demoraria muito para chegarem ao tamanho que tinham. Agora estava sem elas, perdera-as, assim como todo seu orgulho de ter nascido em Kan, de ter o poder de dominar o vento. De que valia esse poder agora? Quando voltaria a sentir o vento cortando sua pele e, ao mesmo tempo, não ter peso nos pés? Lícia não sabia.

De tanto chorar, caiu novamente em sono profundo. Acordou quando a noite já havia chegado; sua garganta estava seca e os olhos inchados. Ela se sentou na cama sentindo espasmos por todo o corpo, com a cabeça a rodar. Ao lado da cama, havia um prato com comida e um copo de suco sobre uma mesinha.

Ela bebeu o conteúdo do copo, pegou o prato e começou a comer; a comida estava boa, mas tinha um tempero muito forte. Algumas lágrimas ainda insistiam em cair por seu rosto. Lícia acabou de comer e levantou-se da cama com o prato e os talheres ainda nas mãos.

Abriu a porta com cuidado e mirou o corredor escuro; parecia que ninguém estava acordado. Ela virou à esquerda e começou a descer as escadas, as quais davam direto na sala, um lugar espaçoso e aconchegante com uma estante repleta de livros. A ruiva atravessou o local olhando para os lados, procurando alguma porta. Achou-a logo à esquerda e entrou na cozinha; lá, ela acendeu a lamparina e foi até a pia lavar seu prato.

– Não precisa se preocupar com a louça, eu lavo mais tarde.

Lícia assustou-se e quase deixou os talheres caírem.

– Eu te acordei? Desculpe-me... – respondeu a ruiva enquanto se virava.

– Não, eu não estava conseguindo dormir por causa de uns rumores que estavam circulando pela vila vizinha... Mas isso não vem ao acaso agora. Como se sente? – perguntou Nahya.

– Bem, obrigada – sua voz estava sem forças.

– Ainda não sei o sei nome.

– Ah, é Lícia.

– Você veio para Akinus sozinha?

– Sim...

– Você se importa se eu lhe fizer mais algumas perguntas?

– Na-ão... – vacilou Lícia, enquanto sentia seu coração pulsar mais forte.

A akiniana fez um movimento com a mão e a chama que estava na lamparina foi para a palma de sua mão, apagando-se assim que ela a fechou.

– Vamos para a sala, é melhor.

Lícia a seguiu até o outro cômodo. Nahya acendeu as lamparinas com apenas um estalo dos dedos, deixando o lugar iluminado. Depois, sentou-se no sofá, ao lado da ruiva.

Desde que Lícia recobrou a consciência, não tinha parado para pensar onde estavam sua bolsa e a chave. Poderiam estar em qualquer lugar: no mar, no rio, ou até mesmo com a mulher que estava diante dela. Suas mãos começaram a suar frio.

– Eu não quero parecer indelicada, mas acho que você me entenderá – começou a morena. – Apesar de sermos clãs aliados, não é muito comum ver um kaniano por aqui, a não ser por motivos de negócios. Vocês quase nunca atravessam o deserto, principalmente sozinhos; quando o fazem, estão em comitivas, e o mais comum é chegarem em Akinus por navios... O que te traz a Akinus?

– Bom... Eu estou atrás de um amigo, tenho um recado muito importante para dar, e espero que ele me ajude.

– Posso saber o nome dele?

– Chamam-no de sr. Néron.

Nahya arregalou os olhos e fitou Lícia por breves segundos.
– Sr. Néron?
– Sim... – respondeu Lícia sem ter certeza de que poderia dizer aquilo.

O silêncio reinou por breves segundos, até Nahya quebrá-lo.
– Por que você foi barrada pela Panladine?
– Ela não me deixou explicar, disse que eu era uma traidora por ter vindo de Dilke. Mas não sou, morei em Kan a minha vida inteira.

Lícia nunca achara que Dilke era um lugar de traidores, e continuava completamente contrária a essa ideia; mas, de tanto ouvir falar que Akinus era um lugar repleto de pessoas preconceituosas e arrogantes, ela não sabia com quem poderia ser sincera e expor suas opiniões. Estando debilitada tanto física quanto psicologicamente, não desperdiçaria a oportunidade de permanecer em um lugar seguro, expressando a sua opinião indevidamente.

– Não acho que você esteja mentindo, e, se estiver, devo dizer que é uma ótima atriz. Seus olhos emitem confiança e sinceridade – concluiu Nahya. – Você não foi a primeira pessoa que eu acolhi em minha casa, mas nunca precisei fazer interrogatórios antes. Não que eu desconfie de você, mas algo me preocupa.

Lícia ouvia aquilo com o coração pulsando cada vez mais. Ela devia ter dado mais atenção a Hinally, quando esta disse que ela era descuidada, e mais valor ao fardo que carregava.

– Hoje à tarde fui ao vilarejo fazer algumas compras e conversar com uns amigos – continuou Nahya. – Entre essas conversas surgiu um assunto que me deixou intrigada: há um estranho homem à procura de uma garota de Kan com as suas características. Assim que fiquei sabendo disso, fui à procura desse homem. Como não sabia nada a seu respeito, imaginei que vocês tivessem se perdido pelo caminho. Assim que o encontrei, no entanto, mudei de ideia. Ele não me parecia confiável, usava vestes negras, tinha um tapa-olho e, além do mais, não possuía nenhuma característica dos clãs que eu conheço. É estranho ele ter conseguido entrar em Akinus... Sabe de quem eu estou falando?

– Não faço a mínima ideia... Não sabia nem ao menos que estava sendo procurada... – respondeu a menina confusa. Segundos depois, seus olhos se arregalaram e uma lembrança passou por sua mente. – Eu... eu acho que já vi esse homem antes, mas nunca falei com ele, não sei nem quem ele é.

– Entendo, mas, de qualquer forma, ele está procurando você e não vai demorar muito até que te ache aqui. Ouvi outras coisas a respeito dele e seria melhor se você tomasse cuidado. E, sem querer ser arrogante, seria melhor para todos nós se você fosse embora assim que se sentisse melhor.

– De modo nenhum quero causar problemas a você... Você já fez muito por mim, obrigada.

– Antes de você ir, vou te ajudar pela última vez, creio eu... Por mais incrível que pareça, sr. Néron é meu pai e ele está dormindo no andar de cima a esta hora.

– Não acredito! Você está falando sério?

Nahya fez que sim com a cabeça.

– Por Datah, nem acredito nisso!

– Você poderá falar com ele ao amanhecer – prosseguiu Nahya. – E desculpe-me se fui rude, mas não posso colocar minha família em risco.

Lícia afirmou para que ela não se preocupasse com isso, agradeceu mais uma vez e perguntou:

– Nahya, quando eu cheguei aqui, eu estava com uma bolsa e um arco?

– Estava sim, estão no guarda-roupa do seu quarto.

Elas saíram da sala em direção aos quartos. Quando Lícia se encontrou sozinha, começou a pensar no que tinha ouvido. Ela estava sendo seguida desde Kan e não se dera conta disso. Tinha certeza de que o homem de quem Nahya falava era o mesmo que tinha visto na taverna, na pousada, e que estranhamente apareceu em seu sonho uma vez. Um frio percorreu sua espinha e ela se encolheu na cama.

Estava com medo do seu destino, nervosa por imaginar que teria de despistar um homem que a perseguia por tanto tempo e que provavelmente conhecia seu segredo, mesmo ela não tendo ideia de como. Lícia repassou os fatos em sua mente pensando onde tinha errado, se talvez tivesse dado alguma pista, ou se descuidado na taverna de Tolki, mas nada de suspeito lhe ocorreu. Isso a deixava mais apavorada.

Levantou-se, pois não adiantaria ficar pensando nisso por muito tempo, já que não acharia uma resposta. Foi até o guarda-roupa e o abriu. O que sobrara de suas roupas estava lá, mas ela tirou somente o arco e a bolsa, praticamente aos pedaços, deteriorada pelo fogo. Das coisas que possuía, somente a caixa estava estranhamente intacta. Ela a abriu para se certificar de que a chave ainda estava ali; seria melhor se arranjasse um lugar junto a ela para guardá-la.

Tirou a chave da caixa e percebeu que ela estava quente, não o suficiente para queimá-la, mas havia um calor inexplicável emanando do objeto dourado. Sem dar muita importância ao fato, abriu as outras portas do guarda-roupas; em uma das gavetas, havia algumas tiras de couro; ela pegou uma e amarrou firmemente a chave. Levantou a blusa – que provavelmente era alguma roupa velha emprestada de Nahya – e amarrou o cordão em sua cintura, da melhor maneira que podia.

Lícia deixou seu arco a seu lado, deitou-se novamente, mas não conseguiu dormir. Seus pensamentos giravam em torno de tudo o que aconteceu e o que poderia acontecer.

Amanhã falaria com o sr. Néron sobre a chave, tudo indicava que ele era um guardião. A bondade de seu coração e o fato de que sua filha era uma legítima de fogo, por possuir um dragão, significavam que ele também era um, mas teria um problema se ele não possuísse uma chave e apenas fosse um homem bom. Ela estaria revelando seu segredo à toa; quanto menos pessoas soubessem de sua chave, melhor seria, pois correria menos riscos de a Feiticeira achá-la.

Lícia continuava perdida em pensamentos quando uma chama cortou o céu, clareando sua janela e fazendo-a se sobressaltar. Um rugido de dragão fez a casa inteira estremecer e ela se levantou ainda atordoada, pegou seu arco e abriu a porta do quarto.

As luzes do corredor estavam acesas por lamparinas. Um senhor e uma senhora abriram a porta no mesmo momento que ela. Eles ainda vestiam roupas de dormir, tinham os olhos de íris vermelhas assustados e os cabelos desgrenhados. Nahya havia sido mais rápida e já descia as escadas para a sala.

Uma garotinha ainda sonolenta abriu a porta do quarto ao lado logo depois. Segurava Kyma nos braços, tinha os cabelos tão pretos quanto os de Nahya e olhos vermelhos; os pés descalços deixavam aparecer as escamas de cor esmeralda que subiam por seus calcanhares.

– Zaira, volte para seu quarto agora e fique lá! – ordenou a senhora para a menina, que obedeceu imediatamente, fechando a porta.

Lícia começou a descer as escadas e o casal foi logo atrás.

– O que está acontecendo? – perguntou Lícia.

– Não fazemos a menor ideia – respondeu o senhor.

Os três chegaram à sala logo depois de Nahya, que abrira a porta e acariciava a cabeça de um dragão, o qual deveria ter sete ou oito vezes seu tamanho e de escamas da mesma cor que as suas. No quintal da casa ainda havia outros dois dragões maiores do que o primeiro, e outros dois menores. Os quatro estavam enfurecidos, farejavam o ar como se procurassem alguma coisa e balançavam os rabos com violência. Lícia sentia a chave presa a seu corpo queimando cada vez mais, um calor que começou a incomodar.

A garota segurou seu arco com força, esperando o pior, e andou em direção à morena, olhando para todos os cantos. Ao chegar perto de Nahya, notou que ela parecia estar conversando com o dragão, e não apenas tentando acalmá-lo. Seus olhos vermelhos estavam fixos nos dele, que possuíam exatamente a mesma cor.

– Alguém com um grande poder esteve aqui – sussurrou Nahya sem tirar seus olhos da fera à sua frente.

Nesse momento, um grito estridente ecoou de dentro da casa, do andar de cima. Todos, incluindo os dragões, olharam em direção à casa. A senhora que tinha saído junto com seu marido, para acalmar os furiosos dragões, levou uma de suas mãos ao peito e gritou:

– ZAIRAA!

Os dragões voltaram a se agitar e levantaram voo cercando a casa. Nahya correu em direção à porta e os outros foram atrás. Eles subiram as escadas o mais rápido que podiam. No corredor a cena que temiam encontrar os esperava: um homem de aparência macabra e com um tampão no lugar do olho esquerdo estava com as mãos no pescoço de Zaira – que gritava e se debatia. Um sorriso sinistro estampava o rosto dele. Kyma, o pequeno dragão de Zaira, estava deitado no chão, inconsciente.

No mesmo instante, Lícia o reconheceu como sendo o homem que a procurava e, pela expressão no rosto de Nahya, percebeu que ela também se dera conta disso. Ele fixou seu único olho bom em Lícia e pronunciou as seguintes palavras:

– Entregue-me a chave. Eu não irei pedir outra vez.

Involuntariamente, Lícia colocou a mão em sua cintura enquanto tremia. Não podia entregar a chave, fizera uma promessa, em memória do seu avô. Não poderia fazer isso.

Seus olhos dourados fixaram-se nos da garotinha, que chorava cada vez mais. Era uma vida que estava em jogo; Zaira não tinha nada a ver com isso, ela não poderia morrer. Lícia levou seus dedos trementes até os cordões que amarravam sua chave, mas, antes de começar a desamarrá-los, a voz de Nahya a interrompeu:

– Ela perdeu sua chave no mar, você não irá encontrá-la aqui – alertou, dando um passo e ficando frente a frente com Talled. – Leve a minha em troca e deixe minha irmã – respondeu ela, enquanto tirava da blusa um cordão de ouro, com um pingente de uma chave arredondada menor que a de Lícia, mas tão bonita quanto.

Lícia olhou aquilo com o maior espanto possível. Sua chave agora queimava ainda mais. Talled estendeu um braço a fim de pegar o objeto, e os olhos de Lícia se arregalaram com o que viram, mas não havia nada a fazer.

A chave de Nahya caiu na mão fria do homem de vestes negras.

– Duas guardiãs em um lugar só, quem diria?! – espantou-se Talled com cinismo. – Vou voltar atrás de você ainda, garota! – ele disse se dirigindo a Lícia. – E, se realmente perdeu a chave, sei que um dia você vai encontrá-la novamente... Por hoje, um prêmio somente basta – terminou indo à janela do corredor com as mãos ainda na garganta de Zaira, que chorava cada vez mais.

– Você já tem sua chave, solte minha irmã – implorou Nahya.
– Fique com ela!

Talled empurrou a garota para a frente e saltou pela janela.

Capítulo 12

Talled ria. A floresta passava rápida por seus olhos, enquanto ele corria como sombra por entre as árvores. Ao longe, podia ver luzes, fogo, mas não se importava; estava longe demais para alguém encontrá-lo. A magia da chave queimava em suas mãos, mas a segurava com força. A dor era um sentimento ao qual já havia se acostumado.

Depois de achar a garota ruiva na pousada, tinha a seguido até o deserto, onde, depois de ser roubada por mercadores de escravos, ela desmaiara. Mas ele sabia que ela não iria morrer ali. Se a sua Feiticeira tinha dito para segui-la, era porque aquela garota sabia de alguma coisa, ou então o levaria para algum lugar importante. O que seria isso realmente ele não saberia dizer. A Feiticeira tinha seu método de resolver as coisas e era muito misteriosa em certos casos. Se por um acaso, aquela garota morresse ali, ele roubaria a chave e levaria embora para o reino de sua Senhora.

Não muito tempo depois que estava esperando, alguns gaulis apareceram como se fossem urubus atrás de carniça e a levaram embora.

Talled tentou segui-la, mas foi impossível. Os gaulis são muito ágeis e deveriam ter sentido sua presença, pois se apressavam cada vez mais e tentavam despistá-lo, até que sumiram de sua vista e Talled não conseguiu achá-los. Seu senso de obediência e lealdade lhe informou que deveria escrever à Feiticeira de Trayena e contar a ela o ocorrido, mas não o fez.

Informar um segundo fracasso não a deixaria feliz. Decidiu voltar para Akinus, onde tinha começado sua busca. No continente do fogo ele voltou à caça da chave que viera buscar. Após alguns dias de longa procura, ficou sabendo sobre uma garota de Kan que lutara contra a guardiã do portão do Mar Kanus e que, apesar de ter perdido a luta, tinha chances de estar viva. As descrições da menina eram compatíveis, e ele agradeceu a si mesmo por não ter escrito para a Feiticeira e por existirem muitas velhas fofoqueiras loucas por um ouvinte.

Voltou então a procurá-la. Estava ficando entediado com essa brincadeira de achá-la e perdê-la; ela era arisca demais. Assim, tomou a decisão que lhe parecia mais sensata. Mesmo não sendo ordem de sua superior, ele não poderia ficar brincando de pega-pega a vida inteira. Se seu objetivo era a chave, iria pegá-la.

Tinha desobedecido, mas esperava que ela não o punisse por isso, pois, mesmo sendo sem querer, encontrara a chave que a sua Feiticeira queria, aquela que o fizera sair nessa busca: a chave do clã do fogo. Poderia ter perdido a chave da menina do vento, mas isso não tinha tanta importância agora; ele a pegaria mais tarde. Investigaria se era verdade o fato de que ela tinha perdido sua chave no mar. Se fosse mentira, levaria sua língua junto com a chave de presente para a Feiticeira.

Quando estava a uma distância relativamente grande da casa, onde estivera minutos atrás, ele afrouxou o punho e abriu a mão. Seus dedos tinham sido marcados, como que pelo fogo, e a palma da mão estava em carne viva. A pequena chave não emitia ondas de calor, não aparentava estar quente, mas a sentia como brasa em sua pele.

Talled tirou do bolso um pedaço de papel amarelado e uma pena, molhou-a no sangue da ferida já aberta e, apoiando-se em uma pedra, pôs-se a escrever com grande satisfação.

"Minha Senhora,

É com grande prazer que lhe envio aquilo que deveria ser seu por direito."

Dobrou-o três vezes e o deixou em um canto no chão enquanto desenhava um triângulo na areia. Colocou a chave no meio e em volta desenhou símbolos (a escrita que garantiria que a chave chegasse a Shinithi). Depositou o papel em cima da chave e deixou uma gota de sangue cair sobre cada símbolo, dizendo no final:

– Eilian Sathylen!

No instante seguinte, o triângulo com a chave pegou fogo, deixando somente as cinzas do papel no centro. Esperou breves segundos, e as cinzas foram se juntando novamente formando o mesmo pedaço de papel amarelado dobrado três vezes.

Ele o abriu e as letras anteriormente grafadas ali haviam sumido. No lugar delas, somente um recado do que seria sua próxima caçada: Cristais.

Talled podia ver o sorriso de satisfação da sua Senhora por trás daquela palavra. Guardou o papel novamente no bolso e levantou-se. O ar calmo da noite entrou por suas narinas, trazendo o cheiro que ele havia perseguido constantemente nos últimos dias. A chave que tinha capturado estava a quilômetros de distância, então seria impossível aquele odor da magia branca vir dela. Provinha de outra chave. A chave da garota mentirosa. Talled sentiu o ódio crescendo em suas veias amaldiçoadas, pois não gostava de ser passado para trás. Como tinha prometido a si mesmo, levaria a chave da menina junto com a língua dela.

Sentia que ela ainda estava na floresta, provavelmente procurando por ele. Talled seguiu, ainda na forma humana, na direção que o cheiro lhe indicava, até chegar a uma clareira.

Sua passagem foi bloqueada por uma enorme caverna de pedras, mas Talled se transformou em sombra e tentou desviar passando pelas árvores. No entanto, não conseguiu passar. De repente, um rugido fez as árvores balançarem e uma enorme cabeça coberta de escamas, com uma bocarra repleta de dentes afiados, saiu de dentro da caverna. As enormes patas do animal faziam o chão estremecer; logo atrás dele, apareceu outro dragão, menor do que o primeiro. Os dois tinham as escamas acinzentadas e chifres saindo por trás das orelhas. Ambos miraram os olhos vermelhos na direção de Talled, provavelmente sem nada enxergarem, e começaram a farejar o ar.

Talled fitou-os com grande desapontamento, pois sabia o que aquilo significava, e isso não o deixava nada contente. Eles eram dragões selvagens, criaturas que viviam geralmente no centro da Floresta Vermelha e que se recusaram a se juntar aos humanos. Viviam por si, pela floresta. Não eram ignorantes, pelo contrário, eram espertos e algumas vezes mais poderosos do que aqueles dragões conectados com akinianos. Sua face era mais alongada, com chifres e escamas sem cor.

Capítulo 12

Eram caçadores noturnos, saindo de suas cavernas apenas sob a luz prateada das luas. Aliados da floresta, recebiam em troca o poder que a grande anciã do mundo possuía. Se os dragões sentissem fome, ela lhes daria comida; se estivessem em perigo, ela os protegeria, assim como os dragões faziam pela natureza. A julgar pela cara dos dragões à sua frente, diria que eles estavam com fome, e ele seria o jantar.

Os dragões começaram a agitar as asas e a grunhir impacientes com fato de que não conseguiam enxergar sua futura comida. Talled tentou passar mais uma vez, sem sucesso. Procurou escalar uma das árvores, mas parecia que a gravidade havia aumentado; não conseguia subir. Voltou à sua forma material e, antes que pudesse pensar em qualquer outra coisa, o dragão menor o abocanhou pela cintura e o jogou ao ar. Talled rodopiou e começou a cair. As duas bocas enormes, sedentas e com dentes afiadíssimos, estavam abertas, mirando-o. Os dragões se empurravam, disputando o prêmio da noite.

Talled empunhou a espada e caiu por entre os dentes afiados das criaturas; seu corpo desfazendo-se como sombra, poupando-o da morte e de qualquer tipo de ferimento.

Assim que chegou ao chão, retomou a forma material, mais uma vez. Sua espada golpeou a mandíbula do dragão menor, que grunhiu e chacoalhou a cabeça ferozmente, acertando o outro dragão. Talled passou por baixo das patas do animal maior, acertando as duas dianteiras e saindo de lá o mais rápido que podia. O dragão perdeu o equilíbrio e foi ao chão.

O dragão menor tinha levantado voo, seus olhos vermelhos o miraram com raiva e determinação. Ele abriu a bocarra e começou a cuspir fogo em sua direção. Deve ter sido mais ou menos nessa hora que a floresta percebeu o erro que havia cometido, aprisionando um caçador para ser a caça, e ele ouviu o roçar das árvores se afastando lentamente.

As árvores se movimentavam com tanta leveza que era como se não tivessem se mexendo. Assim que uma pequena fresta apareceu entre elas, ele parou de desviar do fogo e se embrenhou no meio da floresta, deixando dois dragões feridos e furiosos para trás.

Talled voltou à sua busca. Encontraria a garota logo e a faria se arrepender de tê-lo enganado.

Capítulo 13

Zaira correu na direção de seus pais, enquanto Lícia e Nahya foram atrás de Talled. A kaniana pulou da janela e por breves segundos esqueceu-se de que não possuía mais asas. Seu corpo foi caindo em queda livre do segundo andar, quando um dragão de escamas reluzentes e de cores frias, montado por Nahya, a salvou.

– Esqueceu que não pode mais voar? – relembrou a akiniana.

– Estava acostumada...

A janela do corredor, como todas as outras, dava para a Floresta Vermelha. Elas voavam por cima das árvores, o mais baixo que estas permitiam. Lícia estava acostumada com a altura e a voar, mas nunca tinha estado no ar em cima de um animal antes. Achou a situação bastante desconfortável.

Seus olhos aguçados vasculhavam cada canto da floresta, que mesmo a escuridão não conseguia enganar. Nahya soltava algumas bolas de fogo por entre as árvores, a fim de clarear sua visão nos pontos mais obscuros, apesar de akinianos enxergarem muito bem no escuro.

Lícia sentia o calor da sua chave diminuindo cada vez mais, e por algum motivo a certeza de que não o encontrariam.

Por inúmeras vezes elas desceram por entre as árvores da floresta com a impressão de terem visto alguma coisa; por fim, não passava de algum animal. Procuraram inutilmente durante horas, até o sol voltar a iluminar Datahriun, e finalmente o dragão cansado pousou em uma clareira no meio da floresta.

Nahya desceu do dragão e ajudou Lícia a fazer o mesmo, que agradeceu por estar de volta ao chão usando seus próprios pés. A morena deu a volta pelo corpanzil do dragão e fixou seus olhos nos dele como se estivessem se comunicando. O dragão acenou com a cabeça e ela voltou ao lado de Lícia, que estava sentada na grama úmida de orvalho.

– Sinto muito por ter feito isso com você, Nahya – arrependeu-se Lícia.

– Não foi culpa sua, Lícia. Eu sei que você não o trouxe para a minha casa de propósito. Não tinha como você saber que eu possuía a chave.

– Realmente... Eu não fazia ideia, eu vim para cá na esperança de que seu pai fosse um guardião da chave. Ouvi dizer que ele era uma pessoa boa e... desculpe-me, eu realmente não quis fazer isso com a sua família. – Ela parou por algum tempo e recomeçou: – Você sabia que eu tinha uma chave.

– Claro que não! Mas no momento em que ele te pediu a chave, eu percebi que não poderia estar falando de nenhuma outra, a não ser as chaves de Selaizan. Elas são os pequenos objetos mais valiosos do mundo. Apesar de muitos não acreditarem em sua existência, não é incomum alguém estar atrás delas. E, pelo que me parece, você também está procurando os guardiões... Por que está atrás deles?

– Bom... É uma história longa...

Então, Lícia contou a Nahya tudo o que havia se passado com ela desde o dia em que o seu avô lhe confessara ser o guardião da chave. Relatou como ele faleceu e sua decisão em cumprir o último pedido que lhe tinha feito; narrou sua estada pela taverna e a primeira vez que tinha visto o homem que roubara a chave de Nahya, seu caminho até o deserto, a pousada e a conversa que ouvira e a influenciara a encontrar o sr. Néron. Contou sobre a loja e a capa que tinha comprado, sua travessia pelo deserto, como tinha sido raptada por mercadores de escravos, como escapara deles e, por fim, sua estada em Dilke. Em relação à cidade subterrânea, ela não disse todos os detalhes, pois levaria horas se assim o fizesse. Lícia nunca contara a ninguém tudo o que lhe ocorrera até então, e ficou impressionada com a quantidade de experiências em um período de tempo tão curto. Sua vida antigamente era tranquila, nada demais acontecia durante dias.

– Está me dizendo que a sua intenção, vindo até aqui, é salvar Datahriun?

– Você resumiu bem, mas é praticamente isso.

– Isso é loucura, não?

– Sim, totalmente, mas eu precisava fazer, precisava colocar um sentido em minha vida... Eu já achei que seria impossível te achar e veja só o que aconteceu! Na verdade eu nem precisei procurar muito, já que foi você quem me achou.

– Isso é verdade, você me achou e aquele homem também. A sua saga é mais do que insana, é perigosa.

– Você quer dizer nossa saga, não?

– Por enquanto ela é somente sua.

– Claro que não! Selaizan enviou a chave para que você fosse a guardiã, essa saga já era sua há muito tempo.

Nahya sorriu sem graça.

– Não sou mais guardiã, eu falhei.

– Você ainda nem começou, como pode ter falhado?

A akiniana fitou Lícia com curiosidade.

– Você é engraçada, Lícia... Não sente medo?

– Sinto, tenho medo de perder o propósito da minha vida... já não me resta mais nada nem mais ninguém. Pelo que eu vou viver e lutar se não for por isso?

Nahya nada respondeu, apenas ficou em silêncio ouvindo o som do vento.

– Mas pense por outro lado... – prosseguiu Lícia –, o nosso mundo está sendo destruído aos poucos. Trinta e cinco anos foram suficientes para fazer um terço de Kan virar deserto e desencadear várias guerras... O que você acha que acontecerá com Akinus?

Nahya abaixou os olhos e levantou-os segundos depois.

– Já está acontecendo, na verdade... Até os dragões estão sentindo – lembrou Nahya, olhando para o dragão a seu lado, que rosnou como se concordasse. – Tem um grande vulcão no ponto leste da Floresta Vermelha, aquela montanha ali, consegue ver? – apontou para o lugar.

Lícia sabia que se tratava de uma pergunta retórica, pois o vulcão era grande demais para não ser visto. Mas, mesmo assim, acenou com a cabeça em sinal afirmativo.

– A última vez em que entrou em erupção foi há 800 anos, e parece que agora entrou em atividade novamente... Se isso acontecer, se o vulcão entrar em erupção, vai acabar com toda a Floresta Vermelha – continuou Nahya.

– Então, se juntarmos todos os guardiões e chegarmos à caixa, podemos recuperar Datahriun!

– Você é muito sonhadora, Lícia. Fala como se fosse fácil...

– Eu sei que não é fácil, mas o primeiro passo é querer.

– Tudo bem, então. Para começar, como iremos recuperar a minha chave? Você mesma disse que não conhece aquele homem.

– Realmente, só o vi duas vezes em minha vida, e outra em sonho, mas provavelmente você não reparou no que eu vi esta noite... Quando ele estendeu o braço para pegar sua chave, a manga da blusa dele levantou. Nisso notei um detalhe: ele tinha uma marca no braço direito, uma rosa negra perfurada por uma espada. Você sabe o que isso significa, não?

– Ele é um Espírito Renegado... – respondeu Nahya incrédula. – Quem seria louco o suficiente para invocar um Renegado?

– Eu não posso ter certeza; no entanto, quando estava em Dilke, a rainha Hinally me disse que a Feiticeira de Trayena não tinha morrido e que cometera um pecado horrível para voltar ainda mais poderosa. Qual é o único modo de ela conseguir isso?

– Vendendo a alma... Que, coincidentemente, é o único modo de conseguir o poder sobre um Espírito Renegado... – Nahya arregalou os olhos. – Você tem noção de que poderíamos estar mortas agora? Frente a frente com um Renegado, desafiando a própria Feiticeira!

– Mas não estamos! Ele provavelmente me quer viva para que eu consiga recuperar a minha suposta chave perdida... Ele irá voltar para me pegar, e, quando isso acontecer, nós temos de estar prontas!

– Nós? Olha, Lícia, eu acho que você tem de ir com um pouco de calma. Não sei bem se você tem noção do que está enfrentando...

– Você quer sua chave de volta, não quer? Você vai ter de derrotá-lo primeiro para conseguir chegar até a Feiticeira.

– Eu não tenho certeza se quero chegar até a Feiticeira...

– Não acredito que estou perdendo meu tempo com uma covarde! – esbravejou Lícia, levantando-se.

– Covarde?

– Sim, é isso o que você é!

– O medo não é sinal de covardia, Lícia. A coragem vem da superação do medo, o que você sente é diferente. Você diz que sente medo, e pode até ser que sim, mas eu não o vejo em você... Eu não a vejo como corajosa e sim como uma garota inconsequente.

Lícia perdeu a fala por breves momentos, sem conseguir encontrar palavras para responder.

– Pode até ser, não me importo – retomou Lícia. – Pelo menos não desisto no primeiro obstáculo... Eu luto por aqueles que eu amo, nem que seja pela memória deles. Você protegeu sua irmã um dia, mas no outro não tem coragem de salvar o mundo em que ela vai viver... Que futuro você espera que ela tenha?

Nahya não respondeu.

– Se o Senhor da Luz te escolheu, é porque ele sabia que você era forte o suficiente... Você só tem de acreditar...

Lícia voltou a sentar-se ao lado dela e as duas se calaram, ouvindo somente o som das suas respirações e das árvores.

– Sabe, quando estava perto da sua chave, a minha emitia muito calor – contou Lícia enquanto desfazia os nós da tira de couro e segurava a chave nas mãos. – Agora ela continua quente, mas é uma onda menor de calor.

Ela entregou sua chave para Nahya, e, assim que esta a tocou, a chave começou a brilhar, fazendo as garotas terem de proteger seus olhos da luz. O dragão agitou as asas, e por breves instantes pareceu que a floresta inteira estava no mais puro silêncio.

– Acho que a minha chave consegue reconhecer os guardiões da chave – concluiu a ruiva assim que a luz diminuiu.

Nahya continuou por alguns minutos olhando para a chave em sua mão, que já não brilhava mais, e a entregou para sua dona.

– Para onde você vai depois de Akinus?

– Não tinha pensado nisso ainda, na verdade... Já estava achando que encontrar você seria difícil demais, então não me preocupei com o que aconteceria depois.

Nahya permitiu que um pequeno sorriso aparecesse em sua face.

– Tenho vários mapas em casa; nós podemos dar uma olhada neles e decidir qual será nosso próximo destino.

Lícia deu um sorriso largo; elas se colocaram de pé e Nahya a ajudou a subir no dragão e montou nele logo depois. Este levantou seu corpanzil, agitou as longas asas e voou para casa. O sol da manhã iluminava a floresta, dando a ela uma aparência ainda mais avermelhada, honrando o nome que possuía.

Capítulo 14

O sol era do mais puro laranja e o céu possuía um azul-opaco perante os olhos vermelhos dela. O vento quente e abafado, característico de Akinus, batia no rosto de Nahya. Lícia mantinha as mãos firmes em sua cintura, enquanto ela segurava na sela, a qual as ajudava a manterem-se em Layer. As árvores passavam rápidas abaixo deles; durante a noite, não tinha reparado quanto voaram na busca do ladrão da chave.

Parecia que o destino tinha lhe pregado uma peça, fizera Lícia parar na porta de sua casa desmaiada e ferida. Aquela garota poderia ter ido parar em qualquer lugar da floresta, ou do mar, mas não foi assim que aconteceu. Talvez Selaizan estivesse guiando-a, ajudando a salvar o mundo que ele protegeu por tantos e tantos anos.

A mulher do fogo tinha os sentimentos confusos. A garota que estava atrás dela havia entrado em sua vida de um modo tão repentino e, agora, estava transformando-a; não a conhecia, nunca ouvira falar dela ou de sua família, mas, mesmo assim, aceitou aquela menina em sua casa e, em seguida, salvaria o mundo junto com ela. Aquilo era insano, não? Como confiaria em uma estranha? Se não fosse pelo Layer, talvez não tivesse aceitado.

— *Não gosto de influenciar em suas decisões, sabe disso* — retumbou uma voz forte em sua mente.

— *Mas você deve saber que faz isso, mesmo sem querer, o tempo todo... Se você diz que ela é boa e fala a verdade, quem sou eu para dizer o contrário?*

— *Eu só digo o que vejo.*

– *E o que os seus olhos veem vale mais do que um milhão de palavras, meu bom dragão.*

Layer diminuiu a velocidade chegando próximo ao chão. As folhas secas se afastaram enquanto ele batia as majestosas asas; suas patas fortes tocaram a terra levemente, levantando um pouco de poeira, e ele se inclinou do lado direito para facilitar a descida de Lícia, que, mesmo assim, desceu meio desengonçada e quase perdeu o equilíbrio, quando chegou ao chão.

– Ah, que tormento! Se eu tivesse minhas asas, não perderia o equilíbrio com tanta facilidade. E, com todo o respeito – dirigiu-se ao dragão –, não precisaria voar em dragões. Definitivamente, não estou acostumada com isso.

Layer bufou, soltando fumaça pelas narinas no rosto de Lícia, que começou a tossir e se afastou abanando a mão na frente do rosto.

– *Duvido muito que essa imitação de ave sem asas voe melhor do que eu* – proferiu o dragão.

Nahya começou a rir.

– Do que está rindo? – perguntou Lícia.

– Nada não, coisa de dragão.

Lícia fechou o cenho, emburrada. Nahya tirou a sela de Layer e pensou na sorte que tinha por ter se esquecido de tirá-las na noite passada – senão, suas pernas não estariam em bom estado agora. Seus olhos miraram a porta de sua casa entreaberta; de dentro, era possível escutar vozes. Obviamente seus pais não estavam dormindo, e ela teria grandes explicações a fazer.

Nunca contara a eles sobre a chave de Selaizan. Não precisou que alguém dissesse que era segredo, pois, no momento em que a recebeu, sabia que deveria escondê-la de modo que ninguém a roubasse ou soubesse de sua existência. Poderia parecer estranho, mas era como se tivesse ouvido Selaizan dizendo a ela sobre sua importância e quanto estava grato por ter encontrado alguém que fosse capaz de protegê-la. No fim das contas, achava que ele tinha se enganado.

– *Não se preocupe. Seus pais nada irão perguntar a você.*

– *Como não?*

– *Enquanto voávamos de volta para casa, Rorian, a pedido de seu pai, exigiu informações sobre o acontecido e não pude negá-las. Expliquei a ele do modo mais simples possível, omiti o fato de Lícia ainda possuir uma chave e que provavelmente aquele homem era um Espírito Renegado. Disse apenas como e quando você conseguiu a sua chave e que não sabemos de onde veio aquele homem. Isso foi suficiente para acalmá-los. Provavelmente, seus pais não farão muitas perguntas a respeito.*

– Ah, muito obrigada. Não sei como sobreviveria sem você.

– *Comendo, bebendo e dormindo. Afinal, não é isso que vocês fazem para sobreviver?*

– *Sim, mas seria uma existência vazia e sem sentido* – relembrou enquanto dava um beijo no rosto de Layer.

– Posso fazer uma pergunta? – intrometeu-se Lícia que já tinha melhorado seu humor.

Nahya respondeu com um aceno de cabeça.

– Quando vocês ficam quietos e olhando um para o outro, estão conversando?

– Sim, e não é óbvio?

– Sinceramente, não. É bem estranho, para falar a verdade. É difícil imaginar uma conversa em que não se usam as palavras.

– Acho que esta não seja uma boa hora para lhe explicar como funcionam os costumes dos dragões, mas eu te explico qualquer dia desses. Vamos entrar agora, preciso descansar.

Layer agitou as asas, levantando voo novamente enquanto elas se dirigiam à porta da casa. Os pais de Nahya estavam sentados no sofá com expressões sérias; a morena suspirou e sentou-se ao lado deles. Lícia entendeu que aquele não era um momento para ela e subiu as escadas.

– Você devia ter nos contado, minha filha – começou a senhora de cabelos curtos.

– Sempre achei que não haveria segredos entre nossa família; no entanto, escondeu uma coisa tão importante como essa. Você sabe, somos seus pais... nós... nós dividiríamos esse fardo com você... Não precisava ter guardado por tanto tempo... – continuou o senhor de cabelos grisalhos e escamas azuis nas costas das mãos.

– Era necessário... – disse Nahya secamente, abaixando os olhos.

– Necessário? O que acha que nós iríamos fazer? Roubá-la? Traí-la?

– Néron, não diga isso de nossa filha. Ela nunca duvidaria de nós.

– Só estou tentando entender, Hadassa, não gosto de segredos, nunca gostei... Vamos, Nahya, diga-me por que não contou? Eu, que a acolhi nesta casa pela segunda vez, mesmo sendo contra nossos costumes. Poderia ter perdido minha honra e tudo o que conquistei até hoje por sua causa, e, mesmo assim, escondeu de mim, de nós, um fato de tanta importância? Como acha que me sinto?

– É exatamente por isso que não contei, pai. Acho que já sou um estorvo para vocês – lágrimas encheram os olhos dela, mas as segurou para que não caíssem. – Não deveria estar aqui... Eu... sinto muito por tudo o que causei... só não queria atormentá-los mais. A chave era um fardo que eu tinha de carregar sozinha, para não colocar ninguém em risco... para não colocar vocês em risco – Nahya suspirou e uma lágrima teimosa desceu em seu rosto. – Tinha de tê-la protegido até meu corpo se recusar a respirar, com todas as minhas forças, e nem isso consegui fazer... Sinto-me tão... inútil... Não é à toa que ele se foi... não é?

– Não diga isso, minha querida – confortou Hadassa abraçando-a. – O destino é cruel às vezes, sem nem ao menos merecermos isso. Você deve estar exausta, suba para seu quarto e descanse um pouco. Não iremos atormentá-la mais com esse assunto, está bem? – proferiu a última frase lançando um olhar severo ao marido, que acenou afirmativamente, mesmo sem querer.

Nahya deu um beijo na testa de sua mãe e subiu as escadas, entrou em seu quarto e jogou-se na cama. Os fatos que ocorreram à noite e esta manhã a atormentavam, mas seu sono e cansaço foram mais fortes e em breves minutos ela adormeceu.

Acordou com Layer batendo levemente na janela. Já era noite, o sol tinha deixado o horizonte e as estrelas ofuscadas pelas luas, que brilhavam ainda mais perante os seus olhos, surgiram no céu negro. Nahya levantou-se assustada, não era normal Layer acordá-la. Abriu a janela e não precisou perguntar o que havia ocorrido, pois o dragão já começou a informá-la.

– *Sinto o cheiro dele na floresta...*

– *Dele quem?* – perguntou Nahya, já pensando na provável resposta.

– *O Espírito Renegado. Não tenho dúvidas nenhuma, agora, de que ele não é um ser vivo... Não tinha conseguido identificar o cheiro na noite passada; nunca tinha sentido algo parecido, ele não é normal... algo podre, pútrido, exala pelo seu corpo.*

– *O cheiro da morte, talvez. Ele está por perto?*

– *Está suficientemente perto para que eu possa senti-lo, mas não acho que seja uma ameaça por enquanto.*

– *Está se movendo?*

Layer levantou a cabeça e respirou fundo.

– *Não.*

– *Não acho que seja uma boa ideia esperar por outro ataque.*

– *Ele é forte demais para você.*

Os lábios de Nahya se contorceram.

– *Você não pode ter certeza disso, Layer.*

– *Temos de ter paciência.*

– *Eu não posso pôr a minha família em risco novamente.*

– *É perigoso, Nahya, já disse.*

– *O que você quer que eu faça então?* – perguntou Nahya se alterando. – *Ficar aqui esperando enquanto ele planeja outro ataque? Ele vai voltar, Layer, você sabe disso. Você consegue sentir as intenções dos seres, sabe o que ele quer. Ele irá voltar pela chave de Lícia, e, quando o fizer, o que iremos fazer? Ficaremos sentados de braços cruzados, somente porque você diz que eu não sou forte o suficiente para derrotá-lo? Fique sabendo que eu sou forte o suficiente para mandá-lo de volta à deusa Trayena.*

– *Seu coração anda confuso, minha pequena guerreira; bom saber que ainda resta força dentro dele.*

Nahya entendeu o recado e soltou um leve sorriso, virou-se para o armário, abriu e tirou de lá uma armadura negra. Seu braço direito ficava descoberto, pois assim possuía maior agilidade nos golpes e também não necessitava de proteção, já que ele mesmo era pura escama. Tirou também a sela de Layer, uma espada longa de cabo simples e tocou a lâmina fria na testa, enquanto murmurava uma oração.

– *Que Juhrmaki me proteja* – terminou levando a lâmina reluzente aos lábios e colocando-a em seguida na bainha.

– *Ele está no mesmo lugar ainda?*
– *Sim.*
– *Mesmo assim, não vamos esperar mais.*

Nahya pegou a sela de Layer e entregou para ele, que a pegou cautelosamente com seus dentes afiados, tomando cuidado para não danificá-la. Depositou-a no chão, levantando o pescoço para que a morena pudesse usá-lo para sair da janela.

Chegando ao chão, Nahya prendeu a sela devidamente em Layer e subiu logo em seguida.

– *Não devíamos chamar mais alguém?*
– *Está com medo, Layer?* – perguntou ela com um sorriso cínico.

Layer soltou um leve rugido, para não acordar ninguém, mas mesmo assim demonstrando que não tinha gostado da brincadeira.

– *Eu entendo, mas não podemos chamar meus pais, eu não os envolveria nisso. E Lícia ainda está debilitada em razão da luta com Panladine. Sobramos só eu e você.*

Layer passou sua língua de cobra pelos lábios e grunhiu:
– *Farei churrasco de espírito esta noite.*

Nahya riu enquanto o dragão dava um impulso com as grandes patas e batia as asas alcançando o céu. Apesar de ser noite e o calor do sol ter ido embora, Akinus continuava quente, mas ela de modo algum sentia calor. Eles voaram por pouco tempo até Layer pousar em uma clareira, no meio da floresta escura, fazendo-a retumbar, e alguns pássaros se assustarem, saindo das árvores.

– *Realmente você não é nada discreto* – comentou Nahya.

O dragão ergueu o pescoço e farejou o ar.

– *Ele não se importa com a nossa presença, não somos importantes para ele* – rosnou Layer.

– *É claro que não, ele já está com a minha chave. O que mais iria querer de mim, não é? Ele está aqui, e não vai aparecer?*

– *Está entre as árvores, por onde não consigo passar. Não sinto nenhum instinto assassino vindo por parte dele, somente a indiferença... Ele está esperando algo, mas não é nada relacionado a nós.*

Nahya mordeu os lábios sentindo o sangue ferver. Seus olhos vermelhos vasculhavam cada canto entre as árvores perfeitamente, mas sem conseguir enxergar nada que o identificasse.

– Então, ele não quer lutar comigo... Ele rouba a minha chave e acha que pode me humilhar ainda mais.

Layer soltou um rugido fazendo a floresta tremer, como em resposta ao comentário.

– Queime! – ordenou Nahya enquanto tirava a espada da bainha.

O dragão abriu a bocarra, mostrando os enormes dentes afiados enquanto uma labareda incandescente a transpassava queimando as árvores à sua frente.

– Está com medo de me enfrentar? – Nahya gritou para a floresta em chamas. – Por que está se escondendo? Rouba a minha chave covardemente e ainda não tem coragem de aparecer quando lhe procuro? Onde está a sua honra? – ela perguntou mais uma vez para a noite escura, esperando uma resposta.

– Minha honra ficou no submundo – entoou uma voz às costas do dragão.

Com um movimento rápido, Layer balançou a cauda tentando atingi-lo, mas nada acertou.

– Preste atenção, mulher... não quero lutar com você... Se ainda tem amor por sua vida, suma daqui, antes que eu mude de ideia. – A voz dele retumbava por todos os lados; era impossível para Nahya saber de onde vinha.

– Você não me assusta com seus truques. Esta noite irá se arrepender de ter brincado com fogo.

– Você tem coragem! – respondeu ele, soltando uma gargalhada. – Vamos ver se é tão boa com a espada como é com as palavras. Quero jogar um jogo – falou enquanto aparecia na frente de Layer, que, instantaneamente, abriu a boca soltando fogo em Talled. Este ria enquanto desviava. – Ainda não ditei as regras, dragão. Aliás, você não está incluso no meu jogo.

Talled abriu a mão direita e dela saiu uma espécie de pano negro que seguiu rapidamente na direção de Layer. O dragão soltou labaredas de fogo em direção ao pano negro, porém este se desfazia e voltava a se juntar, até que cobriu a cabeça do dragão, fazendo-o cair ao chão logo em seguida.

Nahya pulou com rapidez de suas costas para não ser esmagada e correu a fim de tentar tirar o pano negro, mas sem nenhum sucesso.

Era como se fossem garras presas em suas escamas: conforme ela puxava, começavam a sangrar.

– Layer! Layeeer! – ela gritava, enquanto lágrimas escorriam por seu rosto. Tirou as mãos do dragão com medo de machucá-lo ainda mais, no entanto nenhum som veio do corpanzil caído na terra coberta de folhas. Seu tórax subia e descia indicando que ainda estava vivo, mas seu corpo inerte fazia Nahya tremer. – O que você fez, maldito?!

A mulher do fogo correu na direção de Talled com a espada erguida mirando a cabeça dele. Queria decapitá-lo, queria fazê-lo pagar por toda a dor que ele provocara. Perder seu dragão seria como perder metade de sua alma. A vida sem ele seria triste, escura e infinitamente vazia. Seus olhos embaçavam-se com lágrimas, porém isso não a impediu de descer o braço em um golpe graciosamente perfeito, mas sem sucesso. No último instante, Talled sacou uma espada da bainha e defendeu-se, sem nenhum esforço, enquanto um sorriso cínico cortava seu rosto.

– Seu dragão agora está tendo adoráveis sonhos. Não são todos que têm o privilégio de experimentar a morte várias e várias vezes e ainda assim continuar vivo...

Nahya rangeu os dentes e gritou atacando ferozmente várias vezes seguidas, mas sem conseguir acertá-lo.

– Não precisa se preocupar. A mente dos dragões é mais forte do que a sua; ele não irá morrer nem enlouquecer tão fácil.

– Seu monstro! – Nahya sentia seu sangue ferver ainda mais, junto com a frustração de não conseguir acertá-lo de jeito nenhum. Ele era bom com espadas, tinha de admitir, mas ela ainda não havia dado o seu máximo, estava muito longe disso. Se ele achava que seria fácil matá-la, estava completamente enganado – e, caso morresse, o levaria junto para o lugar de onde ele nunca deveria ter saído.

– Calma, calma, eu ainda não expliquei as regras do meu jogo – Talled parou de se defender e atacou Nahya três vezes, fazendo a espada dela cair. – É simples, se você conseguir me acertar, apenas uma vez, eu devolvo seu dragão; senão, ele será um presente para a minha Senhora – comunicou com a espada apontada para a garganta de Nahya.

– E se eu não quiser jogar?
– Você não tem escolha.

Nahya soltou uma rajada de fogo da palma da mão, fazendo Talled se afastar enquanto recuperava sua espada. Assim que esta tocou sua mão, a lâmina queimava. A pele de Nahya começou a ficar avermelhada; a garota sentia suas veias queimando, era como se não tivesse sangue correndo por elas, e sim fogo.

A akiniana atacou Talled mais uma vez alternando golpes de espada com rajadas de fogo, mas ele sempre desviava. Às vezes, Nahya tinha a impressão de que o Espírito se desfazia no ar e aparecia novamente, esquivando-se de seus ataques.

– É o melhor que pode fazer? Estou começando a ficar entediado... Seu dragão deve estar se divertindo com os meus sonhos.

Nahya automaticamente desviou o olhar e fitou Layer por alguns segundos. O dragão continuava no mesmo lugar, mas sua respiração estava mais ofegante. Segundos depois, ela sentiu sua carne queimando e uma dor aguda em sua perna esquerda, onde Talled tinha acabado de acertar-lhe com a espada.

A mulher segurou o grito para não dar o prazer a seu adversário de vê-la sofrer mais, cambaleou alguns passos e voltou a encarar Talled, que sorria enquanto passava a língua pela lâmina manchada de sangue de sua espada.

– Não se distraia – murmurou ele no momento em que preparava outro ataque.

Nahya se recuperou e sentiu sua perna vacilar, porém não deixou que isso a abalasse e bloqueou os ataques seguintes, a maioria deles por reflexo. Ele era rápido demais e a atacou mais uma vez por cima. Nahya conseguiu bloquear, sentindo uma fisgada e o sangue escorrendo por sua perna.

Enquanto as espadas ainda estavam cruzadas, o corpo de Nahya rapidamente se encheu de chamas e o fogo explodiu; não tinha como ela ter errado. A bola de fogo que surgiu da explosão cresceu até chegar às árvores queimadas pelo fogo de Layer. Ela se sentiu cansada, aquele poder consumia muita energia.

Quando o fogo diminuiu, como se estivesse voltando ao corpo de Nahya, ela estremeceu. Não havia nada à sua frente, a não ser as árvores queimadas. Uma dor dilacerante atravessou seu braço direito; de algum modo completamente inexplicável, o golpe atravessou suas escamas.

Sua espada caiu, e com mais um ataque na articulação de uma de suas pernas ela foi de encontro ao chão.

Nahya, de joelhos, sentia suas forças indo embora. A risada aguda e irritante de Talled chegava a seus ouvidos como o canto da morte. Um puxão em seu cabelo fez sua cabeça ir para trás, e a lâmina gelada da espada encostou-se à sua garganta. Então, era assim que iria acabar? Morta por um Espírito Renegado, sem conseguir proteger ninguém, sem conseguir salvar seu próprio dragão? Era para isso que tinha vivido todos estes anos? Para morrer na lâmina de um morto-vivo?

– Suas últimas palavras de misericórdia?

Nahya sorriu.

– Você fala demais.

Os olhos de Nahya começaram a brilhar como brasas e em segundos seu corpo ficou em chamas novamente. Inevitavelmente, Talled se afastou, mas já preparando novamente o ataque que iria decapitá-la. No entanto, uma mão de fogo o interceptou e segurando o seu braço o queimou, fazendo-o largar a espada. Nahya conseguiu pegá-la antes de chegar ao chão. A mão direita da akiniana pingava sangue, mas reencontrara suas forças no fogo. Ela levantou e, segurando a garganta de Talled, começou o sufocá-lo; com sua outra mão, empunhou a espada no coração do Espírito.

O Espírito começou a rir mais uma vez. O fogo de Nahya rondava-os e tomava proporções cada vez maiores. Sentia o calor do fogo queimando-o por dentro e por fora.

– Você está me divertindo!

– Acertei você, devolva o Layer – exigiu ela sem forças na voz.

– Eu acho que não.

Nahya girou a espada, que continuava presa no coração de Talled, mas ele não demonstrava nem ao menos dor. Dos olhos incandescentes de Nahya não se via reação nenhuma, no entanto seu coração acelerado dizia a ela mesma seu desespero em não compreender absolutamente nada. Talled deu um passo à frente, aproximando-se de Nahya e fincando a espada ainda mais. Ele levou sua mão ao pescoço dela e a levantou do chão.

O ar não saía nem entrava. Nahya sentia os pés suspensos. Nenhum dos seus ataques o afetara; o golpe de espada não tinha surtido efeito algum, tentara inutilmente sufocá-lo. Por que não dava certo? Por que ele não morria?

Seus olhos vacilaram e fecharam-se, seu pulmão gritava por ar, mas ela não se desesperaria. Morreria com honra.

Nahya ouviu o barulho do vento, rápido e forte como em um corte, um cheiro pútrido subiu e o oxigênio voltou a entrar para seu pulmão. Seu corpo foi de encontro ao chão e ela abriu os olhos pela última vez naquele dia.

Um braço negro estava caído a seu lado; Talled não estava mais à sua vista. Uma garota de cabelos vermelhos e rosto de anjo vinha em sua direção. O rosnado de Layer e o barulho da terra estremecendo enquanto ele se levantava eram como música para seus ouvidos. Nahya sorriu, enquanto ouvia a voz de Lícia chamando seu nome.

– A sua sorte é incrível, menina.

Ela fechou seus olhos e caiu na terra dos sonhos.

Capítulo 15

Talled corria como sombra. A luta estava divertida, mas durou bem menos do que ele esperava.

O delicado pescoço da mulher do fogo estava prestes a ser esmagado, quando sentiu o ar cortando sua pele, estraçalhando os seus músculos e quebrando seus ossos. A dor foi torturante, sentia seu sangue negro escorrendo lentamente, e a ideia de que quase foi morto o atormentava. Ele teve somente tempo de olhar para a garota de Kan, com um arco prateado nas mãos, antes de virar sombra com as últimas forças que lhe restavam, pois nessa forma o sangramento seria menor.

A mentirosa e arisca tinha se livrado dele mais uma vez. Talvez aquela pobre garota não fizesse nem ao menos ideia da sorte que tinha. Sorte por não possuir a chave que havia procurado desde o início, sorte por ter lhe acertado justamente naquele braço e naquele lugar e, ainda mais, sorte por ainda estar viva. Os deuses deviam gostar muito dela.

Quando Talled havia se livrado dos dragões selvagens, ele seguiu o cheiro da magia da chave, e fora ao seu encontro, mais rápido do que antes. Mas não demorou muito até que a floresta se fechasse à sua frente novamente. Ele achou que havia mais um dragão à sua espera, porém dessa vez foi diferente: nenhum predador apareceu por entre as árvores, ou pelo céu. A única coisa que se ouvia era o som do farfalhar das folhas, e um zumbido agudo entrou por seus ouvidos, apoderando-se de seus sentidos.

Talled caíra de joelhos e gritara guturalmente. Seus olhos negros miraram as árvores. Elas estavam mais próximas do que antes, suas raízes se entrelaçavam como se estivessem se abraçando, e formaram uma espécie de prisão em volta dele. O Espírito Renegado ainda sentia o ouvido zunir, mas, mesmo assim, levantou-se e sacou a espada. Começou a golpeá-las, no entanto parecia que seus ataques não surtiam efeito, pois elas continuavam no mesmo lugar, sem nenhum arranhão sequer. Tentou escalá-las, mas, como da outra vez, foi inútil.

O som estridente em seu ouvido continuava mais forte, era como se fossem gritos. Por fim, ele se rendeu à força que lhe prendia ali. Seus olhos vacilaram e foram se fechando, os gritos silenciando e formando vozes. Vozes sonhadoras, que diziam:

– *Você não é bem-vindo nesta floresta, Espírito. Vá embora, não volte mais.*

Talled então compreendeu que a floresta não tinha lhe prendido para os dragões como forma de alimentá-los, e sim para livrar-se dele. Ele sorriu. Como era tola essa floresta. As vozes continuavam entrando por seus ouvidos, como músicas celestiais. Seu cérebro foi ficando confuso, seus olhos viraram. O Espírito não sabia mais quem era, de onde viera ou o que tinha de fazer. Era como se ele tivesse virado parte da floresta; sua única vontade era de ficar ali, quieto e silencioso, junto das árvores, as majestosas anciãs do mundo. Queria ser como elas, uma delas, plantar suas raízes na terra e viver de raios de sol.

Algum tempo depois, Talled abriu os olhos atordoado, sentindo o corpo quente e uma claridade grande demais. Tinha adormecido, sabe-se lá por quanto tempo. Uma sensação estranha percorria seu corpo, como se por alguns momentos tivesse sido dominado. Mas ele não se importava mais, tinha voltado à consciência. As árvores ainda estavam em sua volta, suas raízes entrelaçadas, porém as folhas estavam queimadas e fumaça subia ao céu. Talled então entendeu, a floresta estava sendo queimada. Aproveitou que as árvores estavam fracas demais para mantê-lo aprisionado e virou sombra, passando por entre as mínimas frestas que algumas raízes faziam antes de tocar o chão.

Quando saiu do fogo ardente, Talled ouviu a voz de uma mulher chamando-o de covarde, e sorriu. O destino gostava de pregar peças; mal sabia a akiniana que tinha acabado de salvá-lo de sua provável prisão perpétua, ou, talvez, provável segunda morte. Como retribuição ao favor que ela, involuntariamente, lhe concebera, lutaria com ela, já que era assim que esta desejava.

Mas a luta não teve o fim que ele desejava e, enquanto fugia, sentia sua força diminuir drasticamente. Quando Talled estava longe o suficiente, voltou à sua forma material e examinou o ferimento, concluiu que por menos de dois centímetros ainda estava em Datahriun, e não no reino da morte, com a deusa Trayena.

Rapidamente, fez um símbolo com sangue na terra, proferiu algumas palavras mágicas e uma fumaça negra começou a se formar em volta do ferimento, fazendo-o estancar. A ferida ainda continuava em carne viva, mas garantiria que ele continuasse com seu corpo material até sua chegada em Shinithi, para onde teria de voltar, mesmo sendo contra sua vontade, a fim de restaurar o que havia perdido.

O Espírito estava realmente cansado, seu corpo parecia não querer responder a seus comandos, mas ele não poderia permanecer na floresta por mais tempo. As árvores e as plantas já tinham sentido a presença da magia negra e ele teria de correr se não quisesse ser pego por elas mais uma vez. Então, virou uma mancha negra por entre as raízes e gramas e saiu da floresta o mais rápido que conseguiu.

Parou somente quando chegou ao próximo vilarejo, a quilômetros de distância. Encostou-se na parede de uma taverna, junto com dois outros moribundos; tirou o papel amarelado do bolso e escreveu para a Feiticeira, dizendo que estava ferido e precisava voltar para Shinithi o quanto antes. Seu corpo material poderia não aguentar por muito tempo, causando o fim da sua existência. Ao final da carta, desculpou-se por ter sido inconsequente e por ter sofrido tão grave ferimento. Prometeu que isso nunca mais ocorreria e disse as duas palavras que levariam o papel até ela.

Quando o papel voltou das cinzas em sua mão, ele o abriu e o encontrou em branco. Talled imediatamente sentiu o ódio correndo por suas veias. Então, era assim que seria tratado por ela? Depois de servi-la por longos e longos anos, era assim que ela lhe retribuía? Ele continuou praguejando coisas, quando um triângulo começou a se formar no papel, envolto em símbolos manchados de vermelho, que significavam as coordenadas de onde ele se encontrava. No centro do papel, no meio do triângulo, formou-se uma mancha negra de onde Talled retirou um pequeno frasco azul.

Talled o abriu. O conteúdo do frasco era prateado, tinha um aroma acre. Era incrível o fato de que criaturas tão belas e puras pudessem ter um gosto tão repugnante. Ele o levou até os lábios e passou sua língua pela borda do frasco. Pequenas gotas do líquido tocaram sua boca e ele as engoliu, sentindo-as passar por sua garganta, como se fossem cacos de vidro. Levou o frasco mais uma vez aos lábios e bebeu tudo o que havia. A dor que sentiu seria suficiente para fazer qualquer pessoa enlouquecer; no entanto, seu rosto não se alterou uma única vez.

Seu corpo começou de modo involuntário a tremer, o espírito foi ao chão, seu olho virou, deixando aparecer somente o globo branco, e sua boca salivava. Ele continuava a tremer, mas a convulsão repentina cessou do mesmo jeito que começou. Talled fechou o olho e tornou a abri-lo. Sangue de unicórnio produzia sempre o mesmo sintoma, mas o efeito compensava.

Ele se levantou e sentiu o sangue esquentar e correr mais rápido; seu coração negro pulsava como nunca e sua energia estava completamente renovada contudo, ainda tinha um braço faltando que precisava recuperar.

Ele virou sombra mais uma vez e desapareceu por entre as vielas escuras. Iria ao porto de Akinus, entraria escondido em algum barco que estivesse indo para Shinithi; se não conseguisse nenhum, rapidamente iria pelo mar, rastejando-se pelas profundezas. Não demoraria muito para estar mais uma vez com sua Senhora, rainha e Feiticeira. Beberia sangue de unicórnio até se fartar, pediria a ela para restaurar o que ele havia perdido e, por último, queria a autorização para matar.

Capítulo 16

Layer pousou devagar. Tentando fazer o mínimo de barulho possível, Lícia desamarrou Nahya das costas do dragão e desceu primeiro. Segurou Nahya pelas pernas e a puxou devagar; depois, passou o braço dela por seu ombro e com a ajuda de Layer, que a apoiava, chegaram à porta da casa. A parte mais difícil foi subir as escadas: Lícia tentava se equilibrar usando o corrimão e encostando-se à parede, mas, mesmo assim, a morena era maior e um pouco mais pesada do que ela, dificultando muito as coisas. Com sacrifício, elas chegaram ao quarto de Nahya. Lícia deitou-a na cama, fechou a porta e foi até a cozinha, onde pegou um pote e encheu-o com água.

– Não consegue dormir? – a voz vinha de suas costas.

Lícia assustou-se e deixou o pote cair, e a água se esparramou no chão. O homem às suas costas riu.

– Desculpe, não queria te assustar, pode deixar que eu limpo...

Lícia virou-se para encará-lo e abaixou a cabeça, envergonhada.

A propósito, com essa confusão toda, não fomos apresentados. Sou Néron, mais conhecido como sr. Néron – apresentou-se, estendendo a mão para cumprimentá-la. Lícia fez o mesmo. – Não que o "senhor" faça muita diferença, mas as pessoas gostam de me chamar assim, sabe-se lá por quê.

– Muito prazer, sou Lícia... ouvi falar muito bem do senhor por aí.

– Ah, as pessoas gostam de inventar histórias e falar sobre os outros. Penso eu que elas não têm mais o que fazer.

Lícia soltou um leve sorriso.

– Não precisa ficar acanhada, criança. Pegue sua água e pode voltar à cama; não perca seu tempo ouvindo um velho como eu.

A garota encheu o pote de água mais uma vez, pegou um pano de cima da mesa, pediu licença e saiu, subindo as escadas correndo. Entrou novamente no quarto de Nahya, sentou-se ao lado dela, molhou o pano na água e colocou em sua testa, mas imediatamente a água começou a evaporar. Lícia retirou o pano e colocou a mão na testa de Nahya, que literalmente queimava. A ruiva retirou a mão em um movimento rápido e levantou-se assustada, não sabendo direito o que fazer. Durante o caminho, a morena lhe pedira, entre um sussurro e outro, para não avisar seus pais – mas e se ela morresse ali? Seria sua culpa, por ter seguido o pedido de uma mulher que estava à beira do delírio. Ela foi à porta, porém antes de sair uma voz rouca e fraca lhe pediu que parasse.

– Eu estou bem... – acalmou Nahya. – Já estive melhor, é verdade, mas estou bem... Só me ajude a tirar esta armadura, está me incomodando...

Lícia obedeceu, e assim que o fez percebeu os ferimentos feitos pela espada no braço e na perna da morena. Estes começaram a manchar o lençol, e Lícia não os tinha notado antes.

– Nahya, você tem certeza do que está fazendo? Você está ferida e queimando.

– Eu sou quente por natureza, Lícia – brincou ela com um sorriso singelo. – Tem uma bolsa com curativos e alguns medicamentos dentro da primeira gaveta... – fechou os olhos assim que terminou de falar, como se aquilo pudesse poupar suas energias.

Lícia correu até a gaveta e tirou de lá a pequena bolsa, de onde tirou um vidrinho com um líquido vermelho, uma agulha com linha e um pano leve para fechar o curativo. Lícia foi até Nahya com as mãos tremendo; a ferida continuava a derramar sangue no lençol. A ruiva despejou um pouco do líquido vermelho no pano e passou na ferida. Sentiu o corpo da akiniana estremecer e ouviu um gemido escapar dos lábios dela.

– Desculpe, mas isso vai doer um pouco mais – alertou, enquanto apertava levemente o pano contra a ferida, tentando estancar o ferimento.

Nahya acenou com a cabeça e apertou o travesseiro. Lícia respirou fundo, sentindo as mãos ainda mais trementes, pegou a agulha e retirou o pano. Seus olhos marejaram e sua mão parou de responder a seu comando. Respirando fundo mais uma vez, recolocou o pano no ferimento e limpou com os olhos cheios de lágrimas.

Lícia estava com medo de errar e acabar piorando a situação, sem contar que nunca fora muito boa com curativos. Ela fechou os olhos e respirou fundo pela terceira vez, tirou o pano e levou a agulha até a ferida, passando pela pele. Nahya abafou um gemido de dor com o travesseiro, enquanto Lícia tentava deixar sua mente limpa, sem pensar em mais nada, a não ser no que estava fazendo.

Assim que terminou, limpou o ferimento e o tampou. Nahya relaxou.

– Obrigada – agradeceu quase sem voz.

– Não foi nada...

Lícia fez um curativo simples no segundo ferimento da perna de Nahya e no seu braço de escamas; depois, pegou uma roupa do guarda-roupa dela e a entregou, para que vestisse algo mais confortável. A akiniana caiu no sono mais uma vez. Lícia pensou em ir para seu quarto, mas achou melhor ficar por ali; caso Nahya precisasse de algo, estaria por perto. Pegou outro travesseiro, colocou no chão e deitou-se ao pé da cama.

Ela sabia que não tinha culpa do que ocorrera, mas, mesmo assim, os pensamentos de que poderia ter feito algo antes lhe atormentavam, principalmente porque Nahya não estava em um bom estado agora.

Ainda existia um fato intrigante: ela havia derrotado o espírito com apenas um golpe, coisa que Nahya não havia conseguido fazer. Ela não poderia ser mais forte do que Nahya. Apesar de nunca tê-la visto em combate, só de olhar conseguia distinguir uma imensa quantidade de poder entre elas. Lícia era fraca e inexperiente, e sabia muito bem disso.

As horas foram passando sem que conseguisse pegar no sono novamente, até que em algum ponto da noite ela adormeceu, sem saber exatamente quando. Acordou na manhã seguinte com Nahya a chamando delicadamente:

– Como você... Já está se sentindo melhor? – Lícia, incrédula, esfregava os olhos sonolentos.

– Sim. Não estou completamente curada, mas boa o suficiente para continuar com as minhas atividades diárias e manter as aparências como se nada tivesse acontecido! – disse ela dando uma piscada. – Grande parte por sua causa; outra, por causa de Layer. Há uma ligação entre nós e os dragões, você deve saber disso. Layer pode dividir minha dor, minhas fraquezas, e o mesmo eu posso fazer com ele.

– Ah, entendi.

– O café da manhã já está servido. Levante-se logo, pois iremos sair depois.

– Para onde vamos?

– Depois eu explico! – e saiu do quarto em seguida.

Lícia se levantou, arrumou-se rapidamente e desceu as escadas passando pela sala e chegando à cozinha. Nahya estava sentada à mesa, ao lado de sua irmã mais nova. Néron estava sentado em uma das pontas, enquanto Hadassa tirava um pão do forno e o colocava à mesa. Sem jeito, Lícia falou um bom-dia tímido, que foi respondido calorosamente, e sentou-se à frente de Nahya. Esta sorria e fazia brincadeiras com Zaira.

– Quer pão, querida? – perguntou a mãe de Nahya, dirigindo-se a Lícia.

– Quero sim, obrigada.

Ela cortou uma grande fatia e entregou à garota. Depois, pegou um copo e o encheu de leite.

– Acredito que vá querer leite também – e serviu-lhe o copo.

Lícia agradeceu mais uma vez.

Logo depois Néron começou a puxar uma pequena conversa sobre dragões, o tempo, além de algumas perguntas sobre Kan e curiosidades sobre o costume do povo do vento que lhe deixava intrigado, por exemplo, como os kanianos conseguiam conviver com tantos imigrantes e ainda assim manter a ordem em Kan? Ou como eles conseguiam passar até dois dias voando sem pôr os pés na terra? Tais perguntas Lícia nunca havia feito, pois achava tudo aquilo extremamente normal, e não soube responder com certeza. Acabou dizendo qualquer coisa como "com o tempo se acostuma" e, logo mudaram de assunto novamente.

Passados alguns minutos, Nahya levantou-se, pegou a sela do seu dragão de algum canto – que ela deveria ter tirado dele pela manhã, já que Lícia não o fizera na noite anterior – e comunicou aos pais que daria uma volta com Layer. Acenou para Lícia ir junto com ela.

Do lado de fora da casa, Layer estava deitado na grama, cochilando levemente. A morena chegou próxima a ele e o tocou com as pontas dos dedos. O dragão abriu um dos olhos vermelhos e a fitou por alguns minutos, depois levantou as patas traseiras sacudindo a cauda, abriu a bocarra e se espreguiçou. Na mais perfeita combinação de roxo e azul, suas escamas cintilavam com os raios do sol.

Nahya sorriu em um bom-dia silencioso, prendeu a sela na fera azulada, ajudou Lícia a subir e montou logo em seguida. Layer abriu as asas e alçou voo, enquanto Nahya virava o pescoço para trás, com o vento embaraçando seus fios negros, e fitava Lícia com um sorriso. A ruiva abriu os lábios, mas, antes de começar a falar, Nahya comentou:

– Você deve estar curiosa!

– Sem dúvida nenhuma! Para onde vamos?

– Para um lugar aonde eu deveria ter ido antes de entrar naquela luta. Fui insensata, eu sei, não pretendo errar outra vez! A informação pode ser crucial em uma batalha, e tanto eu quanto você somos leigas quando se trata de magia negra e Espíritos Renegados...

Ela fez uma breve pausa e continuou:

– Eu quero muito saber por que ele fugiu depois que você chegou e, ainda mais, como você conseguiu arrancar um braço dele?! Eu o acertei no coração e ele continuava rindo de mim... Há coisas que eu preciso perguntar.

Lícia assentiu com um aceno.

– E onde fica esse lugar?

– Não sei bem ao certo...

– Como espera que cheguemos lá? – Lícia a olhava com uma sobrancelha erguida.

– Não é um lugar que se possa achar. Foi criado para ser assim, descoberto ao acaso, ou se ele permitir que você ache e...

– Ele quem? – interrompeu Lícia, que já estava ficando cansada de respostas enigmáticas.

– Eu já ia dizer isso... O nome dele é Talulian, dizem que é tão velho quanto o terceiro vulcão de Akinus, que é o mais novo dos três, mas, mesmo assim, já é velho o bastante.

– Deve ser do clã Shinithi...

– Sim, pelo menos metade do seu sangue é.

– Se ele não é um puro sangue de Shinithi, como espera encontrá-lo em plena luz do dia?

– Se ele quiser ser encontrado, ou se nós quisermos muito achá-lo, podemos fazer isso a qualquer hora. Dizem que não há luz no lugar onde ele vive.

– Ele vive embaixo da terra?

– Como eu vou saber? Nunca estive lá!

Lícia estava achando aquela ideia maluca: procurar um homem que elas não faziam a mínima ideia de onde estaria, em um território tão grande – e parecia que nem ao menos Nahya estava certa do que fazia. Poderia levar horas (ou, quem sabe, dias) até que o acaso as ajudasse, ou que ele quisesse ser achado. Pelo menos tinha tomado um bom café da manhã, assim não sentiria fome tão cedo.

Ela levou o olhar para as árvores alaranjadas; voavam por cima da Floresta Vermelha. Com a brisa quente chegando à sua face, a garota permitiu que momentos de nostalgia a invadissem e, assim, fechou os olhos. O farfalhar das grandiosas asas de Layer foi suavizado até virar o simples roçar de penas, marrons e brancas. Não havia nada abaixo de seus pés, nenhum animal a conduzia pelo céu coberto de nuvens brancas de algodão; era somente ela e mais ninguém. Voava de novo, rodopiava e sentia-se leve, como fizera todos os dias até decidir cumprir a promessa que havia feito ao seu avô.

A garota do ar sentiu suas bochechas molhadas e abriu os olhos; deles, lágrimas escorriam. Não chorava por se arrepender de ter entrado nessa jornada, mas em razão da saudade que sentia – sentimento maligno que, quanto mais se pensa sobre ele, mais consome a sanidade. Lícia abaixou os olhos mais uma vez para as árvores, porém não voltou a sonhar acordada.

– No que está pensando? – Nahya virou-se para trás mais uma vez.

– Ahn... em nada – omitiu Lícia.

– Então talvez seja por isso que estamos voando sem nada achar! Concentre-se em Talulian, está bem? Pense no tanto que você precisa da ajuda dele, quem sabe dê certo... – Nahya dizia como se não acreditasse em suas próprias palavras.

– Certo!

Ela começou a fazer aquilo que Nahya havia pedido: pensou em como encontrá-lo, em onde ele estaria e nas perguntas que faria se conseguisse achá-lo. Refletiu sobre isso durante longos minutos sem que nada ocorresse. Layer tomara outro rumo, deixava as árvores alaranjadas para trás, e o vento havia ficado mais forte.

Mudando sua estratégia, Lícia começou a imaginar Talulian como um velho baixinho cujos cabelos grisalhos desciam pelas costas corcundas; tinha um nariz avantajado e uma verruga no meio da testa. A ruiva sorriu, lembrando-se de que seria impossível ele ser daquele jeito, já que nenhum shinithi encontra a velhice.

— Sorte a minha, não? Se eu dependesse da sua imaginação, teria vergonha de me olhar no espelho — zombou uma voz sombria e ácida às suas costas.

Lícia sentiu seus pelos eriçarem e se virou, mas não havia ninguém. De repente, ela se deu conta de que não sentia mais o vento; a atmosfera parecia ter ficado mais densa, como se não tivesse oxigênio suficiente para eles. O ar entrava e saía por seu peito com regularidade, mas seu pulmão continuava gritando por mais ar. O céu ficava cada vez mais escuro com uma velocidade incrível, até ficar preto como a noite.

— Nahya... — ela balbuciou sem tirar os olhos das nuvens negras.
— O chão sumiu... — completou a morena.

Lícia despregou os olhos e mirou o lugar onde deveria estar um riacho e, mais atrás, a Floresta Vermelha, mas não havia nada além de uma imensidão tão negra quanto o céu. O dragão já não batia mais as asas, porém eles continuavam na mesma altura. As garotas ouviram um estalo e ergueram as cabeças. Em frente, uma pequena cabana cor de caramelo com fumaça saindo pela chaminé. A porta estava aberta, e uma placa pregada no chão dizia: "Bem-vindos".

Layer rugiu e se virou para encarar Nahya.
— Há alguém na casa...
— Talulian! — exclamou Lícia.
— Acha que não devemos ir lá?
— A ideia foi sua e você me pergunta se devemos ou não ir para lá?

Nahya não respondeu, tinha os olhos fixos em Layer e, apesar de a pergunta ter sido feita em voz alta, Lícia entendeu que não foi dirigida a ela.

– O que ele tem? – indagou Lícia.

Nahya olhava fixamente para Layer como quem estava tendo uma conversa séria, até o dragão virar-lhe a cara. Ela suspirou e ele bufou soltando fumaça pelas narinas.

– Ele não quer que a gente entre.

– Por quê?

– Bom... como você deve imaginar, para alguém entender bem de magia negra e espíritos, no mínimo deve ter (ou já teve) contato com isso antes. – Nahya chegou perto do ouvido de Lícia e começou a sussurrar: – Diziam que Talulian havia largado a magia negra, mas, de acordo com Layer, este lugar está impregnado dela.

Lícia engoliu em seco.

– Mas, agora que estamos aqui, acho que não temos outra opção a não ser entrar na cabana – continuou Nahya.

Sabendo que Talulian poderia ler sua mente, a kaniana somente concordou, sem coragem para comentar ou pensar algo a respeito.

Ao entrarem na pequena casa, avistaram no centro uma mesa com uma bola negra esfumaçada soltando raios em torno de si mesma; do lado direito, uma lareira em chamas e, à esquerda, mais ao fundo, quase perdido no meio da escuridão, um homem estava sentado em uma cadeira acendendo um cachimbo.

– Querem sentar? – perguntou ele, ao mesmo tempo em que duas cadeiras saíam de uma porta ao lado da lareira e paravam diante delas.

As garotas entreolharam-se como se conseguissem se comunicar apenas pelo olhar. Decidiram sentar-se para não contrariá-lo.

– Acho que seu dragão não gosta de mim... – dirigiu-se a Nahya, levantando os olhos enigmáticos para fitá-la. – Nesse caso, vou deixá-lo fora desta conversa. – Com um gesto com uma das mãos, a porta se fechou.

Lícia sentiu um frio percorrendo sua espinha.

O homem levantou-se e foi até a lareira. A luz amarelada das chamas o iluminou, e elas conseguiram enxergá-lo melhor. Tinha um rosto de traços comuns e seus olhos eram tão vermelhos, que chegavam próximo à cor dos vinhos; olheiras denunciavam sua falta de sono. A pele morena-pálida disfarçava uma cicatriz que cortava seu pescoço. Usava uma capa de viagem surrada e botas longas. Ele levou o cachimbo à boca e soltou a fumaça minutos antes de voltar a falar.

— Não fiquem tímidas, sei que me procuravam... Não precisam de permissão para começar a falar em minha casa.

A menina engoliu em seco sentindo as cordas vocais lhe faltarem. Um instante depois, Nahya pigarreou e começou a falar:

— Nós viemos te procurar porque precisamos de informação.

— E que tipo de informação seria? Já vou adiantando que eu não aprendi a costurar para poder lhes dar dicas.

Nahya franziu o cenho e fez uma careta para o comentário machista.

— Não vim perguntar sobre costura! Quero saber sobre os Espíritos Renegados.

— Hum... interessante — Talulian a observava com mais atenção. — E de que tipo de informação você precisa?

— Quero saber como faço para destruí-los.

Sua expressão era indecifrável, e era impossível dizer se ele iria ou não ajudá-las. Seu olhar frio pousou brevemente sobre Nahya e depois partiu para Lícia, examinando-as lentamente como um bom observador. Um sorriso que mais parecia uma careta deformou seu rosto antes que começasse a gargalhar.

— A resposta para essa dúvida é a mais provável possível, e tenho de admitir que vocês estão me deixando curioso... Antes de respondê-la, quero saber se tem mais alguma pergunta...

— Como funciona o poder deles? E como escapar de algo desse tipo?

— Muito bem. Querem saber somente sobre os Espíritos Renegados?

Nahya interrompeu seus pensamentos por breves segundos e decidiu arriscar.

— Não, também queremos saber sobre a Feiticeira de Trayena.

— A Feiticeira? Não falo sobre ela.

— Por quê?

— Está fora de questão! Se quiserem saber sobre essa bruxa, terão de procurar outro shinithi.

— Está bem. Então, fale somente sobre os Espíritos.

Talulian voltou a sentar-se em sua cadeira banhada pela escuridão e pegou a bola negra com uma das mãos. Ela continuava a soltar raios em volta de si, mas parecia que não surtia efeito na pele do mago.

– Posso fazer muito mais do que contar a vocês sobre esses seres das trevas... Posso mostrar-lhes, poderão ver com seus próprios olhos.

Lícia notou um brilho de interesse nos olhos de Nahya com a hipótese de poder ver a história acontecendo à sua frente, como se fosse real. No mesmo instante, ouviu-se o grunhido de Layer do lado de fora, e Nahya voltou a si, balançando levemente a cabeça atordoada.

– Não, obrigada.

O mago piscou algumas vezes e o mesmo sorriso que deformava seu rosto apareceu entre seus lábios. Ele devolveu a bola negra ao centro da mesa.

– Muito bem. Nesse caso, não poderei pedir algo muito grande em troca de meia dúzia de frases...

Nahya suspirou um pouco decepcionada.

– Claro que não iria ser de graça – comentou como se fosse para ela mesma.

– Conhecimento não se adquire de graça, principalmente quando o assunto é tão restrito – ele se justificou.

– Muito bem... O que você quer? – questionou Nahya.

– Estou precisando de um ovo de dragão, akiniana.

Lícia viu os olhos de Nahya se arregalarem e suas mãos começarem a tremer.

– Um ovo de dragão? Para que você quer esse ovo? – Ela quase engasgou com a pergunta.

Talulian se inclinou para a frente, seus olhos vermelhos sanguinários encontrando os assustados olhos de Nahya.

– Preferia não comentar sobre o assunto se não se importasse – dizia enquanto levava o cachimbo à boca.

Em estado de choque, Nahya não conseguia murmurar uma só palavra. Brincando com o cachimbo, Talulian soltava bolas de fumaça que desvaneciam no ar, até que se cansou e olhou para Nahya mais uma vez.

– Se quiser a informação de que precisa, procure-me com o ovo de dragão em suas mãos. Agora, se puderem me dar licença, tenho mais o que fazer.

O mago fez um gesto com a mão e a porta se abriu. As garotas levantaram-se em silêncio e as cadeiras saíram, arrastando-se sozinhas pelo chão de madeira até o cômodo escuro por onde tinham entrado.

Silenciosas, as garotas retiraram-se da casa. À frente não havia mais a placa com a saudação de boas-vindas, mas, sim, um: "Volte sempre", que não parecia tão convidativo. Em alerta, Layer mantinha a cauda agitada e fumaça saía por suas narinas. Nahya tinha o olhar vazio e o ignorou. Montou em suas costas e apenas estendeu um dos braços para ajudar Lícia, que tentava, desajeitada, fazer o mesmo.

O dragão grunhiu em desgosto e agitou as asas no mesmo instante em que o vento quente e forte os atingiu, fazendo o ar puro entrar novamente, acalmando os pulmões. O céu voltou a ter o mais puro azul-celeste. Os olhos dourados de Lícia miraram abaixo de seus pés, encontrando o riacho e a Floresta Vermelha, exatamente onde deveriam estar.

Capítulo 17

Lícia poderia não admitir que Talulian a assustava, mas isso era perceptível; ela havia passado o tempo todo da conversa muda e estática, incapaz de dizer uma única palavra.

O dragão de cores frias deu meia-volta, tomando o rumo de casa. Nahya tinha um olhar perdido no horizonte e Lícia estava com receio de perguntar-lhe o que estava acontecendo. Havia algum detalhe naquela história que ela tinha perdido, algo que ela não compreendia.

As árvores passavam rápidas, as nuvens eram apenas borrões brancos, e a casa de sacada larga ficava cada vez mais próxima. Havia dois grandes dragões sentados na grama: o primeiro tinha escamas douradas e parecia ser maior do que o segundo dragão lilás. Os dois mantinham seus olhares da cor do fogo admirando o espetáculo que acontecia entre o sr. Néron e dois outros dragões menores, de escamas acinzentadas. Lícia imaginou que ele estaria treinando as duas criaturinhas, mas não teve tempo de perguntar, pois Layer mudou a direção e começou a descer ao encontro de uma clareira.

Suas patas dianteiras tocaram o solo, amortecendo a queda. Antes de parar completamente, Nahya já tinha pulado ao chão, enquanto falava qualquer coisa, que Lícia não conseguiu ouvir por causa do barulho que o dragão fez ao tocar a terra e o vento forte que levou as palavras embora.

– O que disse? – questionou Lícia, tentando descer.

– Eu não posso fazer isso! – repetiu Nahya, começando a andar de um lado para o outro.

– Pegar o ovo de dragão? – deduziu ela enquanto acabava de chegar ao chão.

– É.

– Mas... por quê? Não deve ser tão difícil assim achar um ovo por...

– Não, não, não – interrompeu Nahya. – Você não entende, não é? A questão não é achar um ovo! Há milhares de ovos de dragões escondidos em cavernas nesta floresta... Mas a questão não é a quantidade ou a dificuldade, Lícia. É algo que vai muito além disso.

Lícia continuou em silêncio, esperando que ela continuasse.

– Pense em um bebê de Kan, qualquer um, não importa se você conhece ou não os pais dele... Você entregaria esse bebê a um mago em troca de informações?

– Não!

– Exatamente! Não. É assim que eu me sinto. Não acho certo fazer isso nem com uma simples formiga! Cada um tem o direito de viver sua vida.

– Mas existem caçadores de dragões, não existem? E seu pai treina esses dragões para os caçadores!

– Sim, mas é um caso diferente. Você sabe como são os dragões selvagens?

Lícia fez que não com a cabeça.

– Esses dragões não têm o senso de maternidade que nós temos – continuou ela. – Se um dragãozinho se machuca, eles o abandonam à própria sorte, mesmo porque não teriam como curá-lo. O dever de um caçador de dragões é achar essas criaturas perdidas, curá-las e dar um novo lar para elas. Não é um ato maldoso, muito pelo contrário.

– Entendi... Mas e agora? Como iremos conseguir informações sobre o Espírito Renegado?

– Não faço a mínima ideia, mas vamos ter de arranjar outro jeito.

Nahya voltou até Layer e subiu nele, estendendo, em seguida, a mão para Lícia. Elas voltaram para casa sem trocar nenhuma palavra. Layer pousou um pouco afastado da casa para não atrapalhar o treinamento dos pequenos dragões acinzentados e elas desceram. Nahya tirou a sela de Layer e seguiram em direção à porta da casa, enquanto Layer se juntava aos outros dois dragões maiores para admirar o Sr. Néron tentando fazer as criaturinhas obedecerem aos seus comandos.

— A parte mais difícil de treinar um dragão são as primeiras semanas — observou Nahya, atravessando a porta de entrada. — Eles são extremamente agressivos no começo, não deixam nem ao menos que você chegue próximo a eles sem soltar fogo em sua direção... Ah, voltamos, mãe — avisou Nahya, aparecendo na porta da cozinha e desaparecendo logo em seguida.

— Preciso que me ajude, Nahya. Depois volte aqui!

— Sim, senhora! — respondeu ela com um sorriso. — Volto assim que guardar a sela de Layer — completou enquanto rumava para as escadas e tornava a falar sobre os dragões. — Esses dois já passaram por essa fase, agora estão começando a receber ordens, a fim de perder um pouco do orgulho que todo dragão selvagem tem em excesso. Fica extremamente difícil conviver com eles quando ainda estão orgulhosos; acham que podem viver por si sós na floresta e sempre acabam morrendo quando encontram outros de sua espécie. Dragões da floresta nunca andam sozinhos, sabe? Estão sempre em bando... Depois disso, vem a parte em que eu e o Layer entramos: nós ensinamos dragões a se comunicar com os humanos, ensinamos a nossa língua e como entrar na mente de uma pessoa sem enlouquecê-la. Você não faz ideia de quanta dor de cabeça eu tenho por causa disso!

— Mas isso não é perigoso demais? Você está se oferecendo como cobaia de dragões inexperientes.

— Sim, sempre tem um pouco de risco nesta profissão. No entanto, de acordo com meu pai, entre mim e Layer não há tantos riscos assim, eu nunca entendi direito o porquê...

Ela fez uma breve pausa e depois continuou:

— Mas ele me disse uma vez que, em todos os seus anos de vida, nunca tinha visto um dragão e um akiniano com tanta sincronia quanto nós. Isso me deixou bem orgulhosa na época...

— O dragão dourado é do seu pai?

— É sim, chama-se Rorian; o lilás é da minha mãe — assim que terminou a frase, abriu a porta do seu quarto. — Ah, não vou obrigá

-la a trabalhar em minha casa, e não adianta fazer essa cara! É nossa convidada, então tem a tarde de folga. Aproveite para descansar e, se quiser explorar Akinus, fique à vontade. Só não vá muito longe, pois pode se perder!

Lícia protestou, mas Nahya foi firme em não deixá-la trabalhar e logo encerrou a discussão; a kaniana, então, aceitou sua condição. Apesar de todos serem bem receptivos, a ideia de estar incomodando a rondava. Por mais que fosse bem tratada, sabia que era apenas uma estranha e não queria dar trabalho a ninguém.

Por enquanto, decidiu aceitar sua condição de convidada e explorar a cidade ou vila mais próxima, já que só iria atrapalhar e aumentar seu desconforto se ficasse ali.

Ela já tinha ouvido rumores sobre Akinus em Kan. Um deles dizia que Akinus só perdia em beleza para Mériun, o continente da água, e a oportunidade de estar a sós lhe daria tempo para pensar sobre o que fazer para conseguir informações a respeito do Espírito Renegado.

Lícia também precisava de roupas novas, já que as suas tinham sido queimadas, e ela já estava cansada de pegar vestidos emprestados de Nahya. Então, juntou as poucas moedas que tinham ficado de algum modo em sua velha bolsa e pediu explicações ao sr. Néron de como chegar à vila mais próxima. Depois de mostrar-lhe o caminho, ele se desculpou dizendo que lhe ofereceria um dragão se ela soubesse como voar nele. A menina disse que não se preocupasse com isso e partiu andando devagar pela trilha cercada de arbustos e árvores de folhas vermelho-alaranjadas. Não muito tempo depois, suas pernas começaram a doer. Por ter asas, não estava acostumada a caminhar, e a viagem de mais ou menos uma hora acabou se tornando árdua.

Quando chegou ao final da trilha, deparou-se com um pequeno vale cuja grama, apesar de verde, aparentava estar seca – talvez pelo clima excessivamente seco. Era estranho até que houvesse uma floresta ali. Três cavalos magros alimentavam-se da grama próximos a uma casa feita de madeira, de onde se podia ouvir o som estridente de um instrumento musical entoando uma melodia um tanto quanto fúnebre.

Depois do vale, seus olhos dourados podiam ver que as árvores e plantas eram do mais puro verde-claro, lembrando as cores das árvores de Kan. Deveria estar nos limites da Floresta Vermelha. A partir dali, não faltaria muito para chegar à vila. Lícia atravessou o pequeno vale o mais rápido que pôde sem olhar para os lados uma única vez. A música sombria a arrepiava. A melodia ia deixando os seus ouvidos, tornando-se cada vez mais distante. Encontrou uma estrada tortuosa de pedras e a seguiu.

Enquanto caminhava, para tentar esquecer-se da dor que assolava seus pés e suas pernas, perguntava-se como conseguiriam as informações que desejavam. Dúvidas e mais dúvidas passavam por sua mente; de vez em quando, alguma ideia mirabolante aparecia, mas era descartada logo em seguida. A certa distância do portão da cidade, Lícia já enxergava os dois soldados que guardavam a entrada: o do lado direito tinha uma fênix e o outro, um dragão vermelho um pouco maior do que Layer.

Olhando os dois, Lícia lembrou-se de que era praticamente uma fugitiva, não tinha tido autorização para entrar em Akinus, e Panladine, a akiniana que proibiu sua entrada, apesar de ter vencido a luta, poderia ter desconfiado de sua sobrevivência.

Sempre ouvira falar que os akinianos eram muito rigorosos com a entrada de imigrantes, controlavam tudo o máximo que podiam. Se alguém fosse descoberto em Akinus sem autorização – uma marca de fogo temporária no pulso esquerdo –, poderia ser condenado à fogueira. Nahya provavelmente tinha se esquecido disso quando lhe sugeriu que fosse explorar.

Mesmo assim, ela achou que já estava longe demais para voltar sem ter conhecido nada. Só teria de arrumar um jeito de esconder suas asas queimadas, fato que provavelmente a denunciaria. Do portão saíam e entravam várias pessoas, a maioria com seus animais de fogo, algumas em charretes ou carroças puxadas por cavalos. Se ela conseguisse uma carona em uma carroça daquelas, poderia entrar com mais facilidade. Se ela esperasse por um tempo, talvez alguma passasse por lá.

Lícia saiu da estrada e sentou-se em uma pedra logo ao lado. Com seus olhos dourados que conseguiam ver a quilômetros de distância, vasculhava a paisagem absorta no meio de tanta beleza. O sol em Akinus parecia ser maior do que realmente era, mas talvez fosse somente uma ilusão. A estrada por onde Lícia andava fazia uma curva e descia por uma grande colina, passando rente à floresta e se perdendo em outra curva por entre as árvores.

Não demorou muito tempo para ela avistar uma grande que voava e, logo depois, uma carroça fazendo a primeira curva. Conforme se aproximava, ela conseguia distinguir as pessoas: um homem e um garoto, ambos com pequenas penas por entre os cabelos. À medida que a carroça chegava mais perto, ela voltou à estrada e começou a caminhar mais devagar do que de costume. Às suas costas, podia ouvir o som dos cascos e das barulhentas rodas contra as pedras. Assim que estavam suficientemente próximos, ela virou-se, acenou e a carroça parou.

– Bom-dia! – cumprimentou a menina com o seu melhor sorriso.

– Bom-dia! – respondeu o homem, retribuindo o sorriso.

– O senhor está indo para a cidade?

– Estou sim, jovem.

– Ah, estava rezando para que alguém passasse por aqui com uma carroça dessas! Já perdi a noção de quantas horas estou andando. Meus pés estão me matando. Já que vamos para o mesmo lugar, o senhor poderia me dar uma carona?

– Claro que sim! Pode subir.

– Obrigada.

Ela entrou pela parte traseira da carroça que era coberta. Havia um banco de cada lado e no meio – o que dificultou a sua entrada –, vários tipos de tapete com detalhes e desenhos, em sua maioria na cor vermelha. Deitada sobre eles estava uma pequena ave de penas da cor do fogo. Lícia sentou-se em um dos bancos e pegou um dos tapetes, que escorregara para a lateral, e uma ideia passou por sua cabeça.

– São belíssimos estes tecidos! – exclamou ela para o homem.

– Ah, não são tecidos! – respondeu ele com uma risada. – São tapetes!

Lícia fez uma cara de surpresa e jogou o tapete em suas costas, que caiu por seus ombros e cobriu suas asas.

– Mas dariam ótimos vestidos com certeza!

O homem riu, mais uma vez.

– Talvez no clã de onde você vem usem-se coisas desse tipo. Mas aqui em Akinus nossas roupas são feitas, em sua maioria, de tecido leve por causa do calor.

– Ah, sim... muito compreensível. Já estou aqui há alguns dias, sabe? E até hoje não me acostumei com o calor... Importa-se se eu ficar assim até chegarmos à cidade?

– Não, não me importo! Mas não é muito quente?

– Sim, um pouco... Mas me faz lembrar Kan; estou com saudades de casa! – explicou Lícia, lembrando-se de que a maioria dos tecidos de Kan era importada de Akinus e de que sua mentira poderia falhar por aí.

O homem pareceu não reparar nesse detalhe e continuou a conversa:

– Por que veio para Akinus?

– Tenho amigos por aqui!

– Devem ser muito queridos para fazer você viajar todo esse caminho...

– Com certeza são... Eu não atravessaria o deserto à toa.

– Ainda não consigo acreditar que aquela região virou um deserto... – O homem ficou em silêncio por alguns segundos e exclamou: – Que Datah nos abençoe... Este mundo está perdido!

Lícia suspirou e levou a mão até sua cintura, onde continuava a guardar sua chave.

– Sim, está perdido...

– Vamos falar de coisas melhores! Quem são seus amigos? Talvez eu os conheça!

– É provável que conheça sim. Sou amiga de Nahya, filha de Néron.

– Néron? Esse nome me é familiar...

– Ele é domador de dragões.

– Ah, sim! O domador de dragões... São poucos os que ainda se arriscam nessa profissão; muitos já morreram. Dragões selvagens são criaturas bastante instáveis! Você acha que eles estão prontos para viver com os akinianos e, no instante seguinte, lhe queimam o braço ou mordem sua cabeça! Por isso eu prefiro as fênix. Nunca ouvi falar de uma fênix que tenha atacado alguém por vontade própria. Ah, veja só, chegamos!

Lícia ajeitou o tapete em suas costas. Segundos depois o veículo parou. A menina sentia seu coração pulsando a mil. O tapete que cobria as suas costas a aquecia cada vez mais e começava a pinicar. Ela ouvia a voz de um dos guardas conversando com o senhor que guiava a carroça, mas não conseguia se concentrar para entender o que ele perguntava.

De repente, a cabeça de um dos guardas apareceu pela entrada da carroça. Lícia sentiu o seu coração pulando para a garganta, no entanto ainda assim conseguiu forçar um sorriso. O guarda não lhe retribuiu o sorriso nem perdeu muito tempo olhando para ela. Ele passava os olhos pelos tapetes e puxou um para si, perguntando o preço. O homem informou o valor, o guarda respondeu que pediria à sua mulher para mais tarde ir à tenda comprar um dos tapetes e voltou a seu posto logo em seguida. A garota do ar sentiu um alívio enorme a invadindo.

– Por Datah, você está branca, garota! – exclamou o comerciante de tapetes.

– Sério? – Lícia tentava se recompor. – Deve ser este tapete, está muito quente – terminou ela, tirando o tapete e colocando-o de volta ao lugar em que o tinha achado.

Depois, espiou para fora da carroça para ter certeza de que estava longe dos guardas.

– Bem, eu vou ficando por aqui mesmo! Muito obrigada pela carona.

– Não foi nada!

Lícia pulou da carroça e ouviu o homem dizer:

– Se precisar de algum tapete, procure-me!

– Pode deixar! Seus tapetes são os mais lindos que já vi! – gritou ela de volta, arrependendo-se logo em seguida por não conseguir ser discreta por mais de 20 segundos.

Àquela altura do dia a cidade já fervia. Seu estômago, que começou a roncar, avisou-a de que já era hora do almoço, mas ela não tinha muitos inks para gastar. Assim, não poderia demorar muito tempo; caso contrário, desmaiaria no caminho de volta.

A cidade era muito mais bonita do que Danka, a capital de Kan. Era mais iluminada por causa de os muros serem menores; as casas não foram construídas tão grudadas umas às outras e as ruas eram largas – só isso já fazia toda a diferença.

A maioria das pessoas que passava era descendente legítima do fogo. Algumas vezes, via-se um kaniano andando por ali. Pessoas de outros clãs eram praticamente inexistentes. Lícia passeava alheia a todos à sua volta; às vezes parava em alguma tenda ou entrava em uma loja. Até que finalmente achou uma roupa que realmente lhe agradava, pois lembrava muito as roupas de Kan. Como o preço não era muito alto, ela podia levar.

A garota continuou passeando até deparar-se com um muro onde se viam vários papéis com desenhos de rostos. Acima de cada rosto estava grafado o aviso "procura-se"; abaixo, o nome ou a nacionalidade, seguido pelo valor da recompensa pelo fugitivo.

Eram tantos os desenhos que se tornava difícil distinguir alguém se você não soubesse quem estava procurando, mas, no meio de tantos rostos, ela viu o dela – um pouco distorcido da realidade, o queixo muito largo, as bochechas pequenas demais. Mesmo assim, não teve dúvidas de que aquela não poderia ser nenhuma outra garota de Kan com o nome de Lícia. A recompensa para sua captura era de 400 inks (viva) e 200 inks (morta). Uma miséria! Lícia achava que sua vida valia muito mais, mas não perdeu nem mais um minuto encarando seu desenho e, tentando agir naturalmente, dobrou a primeira esquina e começou a andar a passos apressados.

A rua por onde ela entrara era, na verdade, um espaço entre duas casas que desembocava em uma ruazinha tortuosa, bem menor do que as outras ruas da cidade e menos movimentada. Apesar de a luz ainda brilhar com intensa força, a obscuridade da rua a deixava com calafrios. A fome já assolava seus pensamentos e agora se juntava ao medo. Medo de ser reconhecida. Medo de estar em um lugar daquele. A menina andava olhando para os lados com a estranha impressão de estar sendo seguida, ou ao menos observada – mas talvez fosse apenas sua imaginação fértil pregando-lhe uma peça. Seus passos se tornavam mais apressados à medida que ela tentava desesperadamente chegar à saída o mais rápido possível.

De repente, em uma tenda ao lado, um objeto chamou a atenção de Lícia. Era uma pedra oval da cor da terra. A garota já tinha visto pedras iguais àquela, porém de cores diferentes, nos livros que possuía em Kan. Não tinha dúvidas: era um ovo de dragão. A ruiva parou de andar e olhou para os lados uma última vez antes de se dirigir à tenda com olhos gananciosos. A mulher por trás do balcão vestia uma túnica de mangas largas e uma touca caindo sobre os olhos. Tinha a pele morena e seus cabelos rebeldes desciam sobre o colo. Um sorriso tortuoso mostrou seus dentes amarelados.

– Gostou do ovo? – perguntou com uma voz áspera.

– É de dragão mesmo?

– E você acha que eu venderia um ovo falso?

– De jeito nenhum – mentiu Lícia.

– Pois muito bem. Se quiser levá-lo, são 1.600 inks.

Aqui vendem um ovo de dragão por 1.600 inks, e pedem a minha cabeça por 200, ironizou mentalmente. Antes que Lícia desse qualquer desculpa para ir embora, a mulher agarrou seu braço esquerdo e o virou, deixando o pulso para cima, onde deveria estar a marca de autorização para circular em Akinus. A mulher a olhou sinistramente e soltou uma risada alta que cortou a rua como um som macabro, no entanto as pessoas ao redor não pareceram se importar. Pareciam já estar acostumadas.

– Sabia que já tinha visto seu lindo rostinho em algum lugar! – concluiu enquanto levantava da cadeira.

Seu capuz caiu para trás, mostrando seus olhos vermelhos. Sua mão livre foi ao encontro de uma adaga sobre a mesa:

– Quatrocentos viva, 200 morta...

Lícia não poderia explicar sua reação; tudo a partir dali poderia ter sido apenas instinto de sobrevivência. A garota virou o braço e o puxou. Depois, agarrou o ovo e correu esbarrando nas pessoas e em animais à sua volta. O grito estridente da mulher ecoou às suas costas, seguido por um rugido de dragão. Lícia não precisou olhar para trás para saber que tinha uma fera em seu encalço. A cada batida de asa que ouvia, podia sentir seu coração querendo pular da garganta.

Ela tentou se concentrar e levou seus pensamentos a Talulian, sua voz gélida, ao lugar em que morava, à casa, à lareira, à bola nebulosa. Outro rugido e labaredas de fogo passaram raspando por seu braço direito antes de ela virar uma esquina. Lícia tentou se concentrar mais uma vez, mas a fera ainda a perseguia. Só conseguia pensar em correr, correr e correr, e suor escorria pela sua face. *Não posso morrer*, ela pensou. Ela pôde sentir o calor do fogo às suas costas. Seus olhos se fecharam.

– Taluliaaaan!

Capítulo 18

– Não sou surdo, garota – a voz gélida chegou aos seus ouvidos causando arrepios.

A menina abriu os olhos, sentindo a respiração que continuava ofegante e o suor ainda escorrendo. Suas mãos agarravam com força o ovo. O lugar que ela imaginara havia minutos estava à sua frente, parecia um *déjà vu*. No centro do cômodo havia uma mesa com uma bola negra esfumaçada soltando raios em torno de si mesma; do lado direito uma lareira em chamas e à esquerda, mais ao fundo, quase perdido no meio da escuridão, um homem estava sentado em uma cadeira acendendo um cachimbo. Mas, dessa vez, seus lábios formavam um sorriso. O sorriso que deformava seu rosto.

– Pode deixar o ovo em cima da mesa... Do jeito que o está segurando é possível que quebre entre seus dedos – ironizava enquanto fazia um gesto com a mão.

Uma cadeira saiu de uma porta ao lado. Lícia fez o que ele disse e sentou-se antes que oferecesse.

– Onde está sua amiga? – indagou, fazendo seu sorriso deformado ficar ainda maior.

– Ela não vem – Lícia limitou-se a dizer.

– Entendo, ela não foi corajosa o suficiente... Não me leve a mal, mas me admira que você tenha conseguido e ela não. Vocês me passaram outra impressão na última visita.

Ele levou o cachimbo à boca. Lícia imediatamente levou suas memórias para o dia em que Nahya falara sobre coragem e inconsequência. Ela, então, soube que a frase de Talulian não era verdadeira.

O homem à sua frente franziu o cenho e retornou a falar enquanto soltava a fumaça.

– Sim, você pode estar certa... – ele admitiu.

Lícia arregalou os olhos assustada por ele ter comentado um pensamento seu, mas nada disse e ele continuou:

– Você e a sua amiga queriam saber sobre os Espíritos Renegados, não?

Lícia apenas fez que sim com a cabeça. Sentia suas pernas bambas.

– Não gosto de começar uma história pelo final, então vou contá-la como deve ser.

Ele recostou na cadeira e começou a contar:

Há exatamente 546 anos, um homem, cujo nome se perdeu por entre as lacunas do tempo, teve todos os seus bens e a sua plantação saqueados. Mercadores de escravos roubaram sua bela esposa e ele, com o coração envenenado pela dor, decidiu que queria poder, que seria mais forte do que qualquer outro guerreiro ou criatura existente. Desejava vencer a tudo e a todos, pois acreditava que, se fosse assim, não sofreria nunca mais.

Por muito tempo procurou maneiras de realizar seu sonho: treinamentos, poções e outras coisas, mas nenhuma delas era rápida o suficiente ou resultava com o efeito desejado. Assim sendo, ele teve uma ideia. Por meios que eu desejo manter em segredo, ele invocou o espírito de Trayena, a deusa da morte e da guerra, e prometeu fazer qualquer coisa para realizar seu grandioso sonho.

Trayena, que sempre foi uma deusa gananciosa e traiçoeira, prometeu dar a ele a arma mais poderosa que já existira. Em troca, queria nada mais, nada menos, do que sua alma. O homem, que havia muito perdera a crença na vida ou na salvação, aceitou sem hesitar. Trayena arrancou sua alma, deixando para trás somente uma casca vazia e seca. Um zumbi rancoroso andando no meio dos vivos. Em troca, entregou-lhe um espírito.

O homem não entendeu o significado daquilo e, em sua ansiedade, indignou-se e foi à loucura. Dizia ter sido enganado pela deusa, soltando desavenças. Sentindo seu precioso orgulho ferido pelas ofensas proferidas por um mero mortal, Trayena respondeu dizendo que tinha lhe dado uma arma de extremo poder e força, atendera a seu pedido e, mesmo assim, era tratada com ingratidão. Desse modo, sua arma teria um único defeito, um símbolo de fraqueza, que carregaria marcado em seu corpo: uma rosa negra atravessada por uma espada. Caso aquele símbolo fosse atingido, o espírito voltaria à sua dona de origem, a rainha da escuridão.

– Ah, por sua cara, imagino que você não achou que fosse tão simples, não é? Mas não subestime essas criaturas, é realmente difícil acertar essa marca. Vamos continuar a história...

O homem tentou pedir desculpas para a deusa, ajoelhou-se aos pés dela clamando por perdão, porém ela recusou. Afirmou que o passado não se pode apagar e o que está feito, está feito. Assim, voltou para seu trono das trevas. Conforme os dias se passavam, o homem ia aprendendo cada vez mais sobre sua arma. Vangloriou-se, acreditando nunca ter feito uma troca tão boa quanto aquela.

O Espírito chamava-se Paqui e se autodeclarava um Espírito Renegado. Aqueles que não conseguiram pôr os pés no reino da luz após a morte, que cometeram pecados tão horríveis em vida os quais não se podem imaginar. Paqui nunca revelou os seus crimes, assim como todos os outros Renegados, e dizia com grande orgulho que fora o primeiro a retornar das trevas. Também sabia que tinha sido o primeiro de muitos e amaldiçoava em silêncio o homem por ter feito Trayena marcá-lo com a rosa. Dessa forma, todos os outros espíritos receberiam o mesmo castigo.

No quarto dia em que estavam juntos, o homem mandou o Espírito atrás dos mercadores de escravos que raptaram sua mulher. Paqui voltou no dia seguinte com a cabeça de dois homens e a esposa dele amarrada em uma corda, cansada, maltratada e faminta. O homem cuidou da mulher como se fosse um animal. Seu amor por ela tinha ido embora junto com sua alma e lhe sobrara apenas a obsessão de recuperar tudo o que havia perdido.

Após passar mais uma semana com o espírito, o resto de vida que jazia escondido no fundo daquela casca vazia, que era seu corpo, se fora para sempre. Ele não se lembrava mais de seu nome, de quem era aquela mulher a seu lado, de por que vivia... Algumas vezes, raras vezes, ele recobrava a consciência e recordava-se do passado como se fosse um lindo sonho, chorando lágrimas negras e amargas. Mas, logo após, secava-as sem saber mais por que caíam.

Não muito tempo depois sua esposa faleceu, por falta de amor e de desgosto por ver o marido naquele estado. O homem não derramou uma só lágrima. Todos os dias, levantava-se com um propósito diferente e pedia para Paqui consegui-lo para ele: um dia queria ouro; em outro, uma escrava; depois, uma casa linda e aconchegante, riquezas e mais riquezas. Sua ambição nunca parava, sua vontade de poder era sempre maior.

Um dia, sentado em sua luxuosa sala e comendo os pratos mais sofisticados de Akinus, preparados pela mais bela escrava que ele já tinha visto, sem saber exatamente o porquê, o homem perguntou a Paqui como fazia para conseguir realizar tudo o que lhe pedia. Com um sorriso torto em seus lábios, o espírito respondeu que podia entrar na mente dos seres, que os fazia sonhar com o que quisesse, e podia matá-los por dentro se desejasse, destruindo a mente e o corpo. O homem ficou encantado com essa história e pediu que lhe contasse mais... Paqui começou a dizer que ele podia criar imagens, pessoas, fantasmas. Ele lia a mente de seu oponente antes de atacá-lo, conhecia seus medos e os projetava em seu pensamento como se fossem reais.

Um sonho mortal.

Imagine você agora... Imagine seu pior medo, ou imagine a pessoa que você mais ama se virando contra você, querendo sua morte... Um triste fim, não? Morrer com a ideia de que seus pesadelos eram reais, ou que você fora traída. É isso o que acontece com as vítimas de um Espírito... O homem perguntou, então, se havia alguma escapatória. Paqui assentiu, acrescentando que era praticamente impossível se livrar de seus pesadelos, e que até aquele dia nunca conhecera alguém que pudesse superá-los. Mesmo assim, se a pessoa conseguisse derrotar seu medo, se ela se virasse contra aquilo que ela mais temia, se matasse em sonho o que queria sua morte, escaparia – ou, então, se ele assim desejasse.

Paqui foi o único Espírito Renegado de que se tem notícia que foi tão tolo a ponto de contar seus segredos. Como você pode ter percebido, uma pessoa que se envolve com um Renegado se torna fria como eles. Dizem que isso também se aplica a eles, pois, convivendo tanto tempo conosco, acabam cometendo erros.

– O que aconteceu com Paqui? – questionou Lícia após ter ficado bastante tempo calada.

– Foi atingido em sua marca.

– E o homem? Ainda vive?

Lícia viu aquele sorriso arrepiante cortar o rosto do mago mais uma vez.

– Você está conversando com ele.

Ela engoliu em seco.

– Mas... eu achei... é... Você disse que o nome dele fora esquecido...

– E realmente foi... Talulian é o nome de um mago solitário de uma das lendas dos shinithis. Por eu ter ficado assim como você me encontra agora, deram-me esse nome, já que precisavam me chamar de alguma coisa...

O silêncio caiu sobre a sala. Talulian levou o cachimbo à boca mais uma vez antes de retornar a falar.

– Bom... respondi às suas perguntas. Quer saber de mais alguma coisa?

– Qualquer coisa que eu perguntar, terei de pagar por isso, não é?

– Com certeza.

– Então eu acho que não.

– Muito bem... você sabe onde é a saída.

Lícia assentiu, levantou-se da cadeira e foi em direção à saída, enquanto o mago levava suas mãos até o ovo. A ruiva parou antes de atravessar a porta, e Talulian mirou-a com olhos curiosos.

– Está arrependida? – o mago mantinha seu tradicional sorriso.

– Sabe... é uma vida que está aí...

– Não, é mais do que isso. É um dragão... Deveria ter se preocupado com o seu remorso antes de tê-lo roubado. O destino desta criatura me pertence agora.

Lícia ia dizer qualquer coisa, mas mudou de ideia e seguiu para fora. Assim que atravessou a porta, sentiu-a fechando-se em suas costas. Em seguida, um cheiro forte de queimado entrou por suas narinas e ela ergueu o olhar para a chaminé, de onde saía uma fumaça densa e extremamente negra que subia até os céus. Seus olhos começaram a embaçar e – talvez fosse só sua imaginação – achou que podia ouvir os grunhidos de uma pequena criatura.

Lágrimas escorriam enquanto ela fechava os olhos.

Tornou a abri-los quando uma melodia fúnebre chegou a seus ouvidos. O cheiro de queimado havia sumido e uma leve brisa tocava seu rosto. Estava em meio a um vale de grama seca. Do lado direito, encontrava-se uma casa e três cavalos; à sua frente, folhas avermelhadas que a Floresta Vermelha possuía.

A menina correu em direção à floresta. Os arbustos batiam e arranhavam suas pernas, e as lágrimas continuavam escorrendo por sua face. Agora ela tinha a informação que queria, porém fizera algo horrível por causa disso. Sabia que não poderia fugir daquela mulher naquele momento e que, se não tivesse pegado o ovo e chamado Talulian, poderia estar sendo entregue aos guardas – e, mais tarde, à fogueira... Será que não havia outra saída? Se ela tivesse simplesmente corrido, não teria conseguido se salvar? De acordo com a lenda, os guardiões da chave eram pessoas de coração puro, todas elas. Se realmente fosse assim, ela não era digna de portar a chave. Datah cometera um erro terrível quando levou seu avô embora, incumbindo Lícia da tarefa que tinha pela frente. Ela não era uma legítima, uma verdadeira guardiã.

Mas, também, quem iria garantir que aquele dragão teria um destino melhor nas mãos daquela mulher? Aquele pobre dragão poderia ter ido parar em qualquer lugar, talvez um lugar até pior... Se é que poderia existir um.

Antes de chegar ao fim da trilha, a garota subitamente parou. Sua respiração estava ofegante. Lícia se deu conta de que possuía informações sobre um espírito, no entanto teria de arranjar um modo de contar isso a Nahya sem que ela suspeitasse do que tinha feito. Nahya nunca a perdoaria por isso, ela sabia. A kaniana continuou seu caminho a passos curtos enquanto pensava e recuperava o fôlego. A sua visão por entre as árvores ia melhorando. Layer e os outros dois dragões maiores estavam deitados na grama; da chaminé saía fumaça. Ela respirou fundo e limpou as lágrimas que ainda caíam. Por seu avô não desistiria, continuaria naquela jornada e salvaria Datahriun. Para isso, mentiria para Nahya, e esperava que fosse pela primeira e última vez.

Capítulo 19

Lícia respirava ofegante. Marcas roxas espalhavam-se por seu corpo e seu braço direito doía como nunca. A estaca de madeira em sua mão parecia pesar bem mais do que deveria. Em contrapartida, Nahya parecia inteira, não esboçava nem uma sombra de cansaço e segurava a madeira como se fosse apenas uma pena, o que deixava Lícia com uma sensação de humilhação.

De onde estava, Nahya gritou com um sorriso no rosto:

– Está esperando o quê?

A garota do ar rangeu os dentes; odiava quando ela fazia isso. Era como se Nahya debochasse pelo fato de Lícia não ser muito boa com espadas. Era o terceiro dia que lutavam e ela não fizera muitos progressos. Em compensação, Nahya se dera muito bem com os treinos de arco e flechas.

Lícia correu em direção a ela, ergueu os braços e a atacou por cima. Foi facilmente bloqueada por Nahya e teve outra sequência de ataques bloqueada de modo tão fácil quanto a primeira.

– Seus pés estão pregados? Mecha-os – gozou Nahya sem fazer grande esforço, enquanto Lícia ofegava ainda mais.

Mais três ataques e Nahya acertou a barriga de Lícia, fazendo-a soltar um grito abafado, cambalear e cair no chão úmido da floresta coberto por folhas alaranjadas.

No dia em que Lícia voltara para casa de Nahya, após sua conversa com Talulian, a garota contou que havia passeado pela cidade mais próxima e encontrara uma velha que vendia ovos de dragões. Lícia disse que havia ficado bastante intrigada a respeito dela e se arriscou perguntando se ela conhecia os Espíritos Renegados. A senhora respondeu que sim e, por uma quantia razoável de inks – que a Lícia da história tinha ao acaso no bolso –, narrou-lhe pelo menos alguma parte do que sabia.

Lícia então contou a Nahya tudo o que havia aprendido sobre os Renegados, e a morena pareceu acreditar em tudo, inclusive no trecho malcontado da mentirosa. Agora que sabiam mais sobre os Renegados, decidiram que era hora de se mexer e continuar a jornada. Começaram, então, uma grande discussão sem muito sucesso sobre o próximo clã ao qual deveriam ir. Lícia insistia terminantemente em querer recuperar a chave de Nahya em Shinithi o quanto antes; logicamente, esta achou a ideia um grande absurdo, mas parecia que nada do que falava fazia Lícia mudar de ideia.

– Como você espera recuperar a chave? Acha que nós iremos chegar ao castelo da Feiticeira e dizer: "Bom-dia, ó grande Feiticeira. Será que você poderia nos devolver a chave que nos roubou há alguns dias?" – ironizava Nahya. – Ou quem sabe você está pensando em uma grande luta da qual nós duas sairíamos vitoriosas?

– Não sei – respondeu Lícia mal-humorada, – mas pense comigo: duas chaves são melhores do que uma... Eu tive muita sorte em encontrar você. Se quer saber, não acho que posso esperar ter a mesma sorte duas vezes.

– Eu entendo o que você quer dizer, porém não estamos prontas para enfrentar a Feiticeira.

Nahya deu um suspiro, já cansada de discutir sobre o mesmo assunto, mas continuou:

– Olhe, não chegaremos a lugar nenhum assim... Eu sei que você está ansiosa para concluir essa jornada e que quer conseguir todas as chaves o quanto antes, no entanto não podemos nos precipitar. Temos de ir com calma e fazer as coisas uma de cada vez. – Nahya fitou o rosto de Lícia e reparou que, pela primeira vez, tinha conseguido prender seus olhos dourados ao que dizia e ela começara a compreender. – Indo até Shinithi agora, só iríamos nos encontrar mais cedo com a morte.

Lícia ficou em silêncio e nada respondeu. Nahya percebeu que tinha ganhado a discussão e não disse mais nada. Continuou a olhar os mapas e livros que possuíam.

– Precisamos treinar... – sugeriu Lícia com uma voz quase inaudível.

– O quê? – perguntou Nahya, que não tinha realmente entendido o que ela disse.

– Temos de treinar – repetiu –, senão nunca estaremos prontas para enfrentar a Feiticeira, não é?

Nahya parou alguns minutos, refletindo sobre aquilo.

– Realmente você tem razão – e fechou o livro à sua frente. – O que você sabe fazer?

– Sou uma controladora do ar, oras, controlo as direções do vento e o faço tomar a forma de flechas...

– Em relação a seu poder do vento, não poderei a ajudar muito, pois sou uma controladora do fogo... – interrompeu Nahya. – Referia-me ao que você sabe fazer com espadas, lanças e coisas do tipo. Nunca lutou com armas de ferro?

Lícia balançou a cabeça negativamente e respondeu logo em seguida:

– E por que deveria aprender? Saber controlar o vento não é suficiente?

– Eu diria que não... Muitas pessoas, apesar de serem muito competentes com seus poderes, lutam com armas de ferro e somente usam-nos para auxiliá-los. Isso os ajuda a economizar poder e a usá-lo somente em grandes feitos... Eu não sei se você sabe, mas, quanto mais forte for seu corpo, maior poder você terá; quanto mais controle sobre sua mente você tiver, mais fácil será para realizar feitos incríveis. As armas de ferro nos ajudam muito nesses aspectos... Se você soubesse, por exemplo, como utilizar flechas normais, poderia usar seu poder apenas para cortar em grandes distâncias ou vários alvos ao mesmo tempo.

Lícia nada respondeu. Nunca tinham lhe falado que ter uma boa condição física ajudava a manejar os poderes, mas, pensando com calma, refletiu que havia também várias outras coisas das quais ela fora privada de saber enquanto vivia em Kan.

A garota do ar não discutiu sobre o assunto e logo descobriu que Nahya era uma exímia espadachim disposta a ensinar a ela o que sabia. No dia seguinte, elas iniciaram os treinos: acordavam cedo, iam até uma clareira na floresta praticar a luta de espadas e à tarde treinavam atirar flechas.

Apesar de nunca ter usado uma flecha de verdade em toda a vida, Lícia saiu-se muito bem. No entanto, Nahya, que não tinha grandes experiências com arcos, demorou um pouco mais para pegar o jeito, mesmo assim fazia grandes progressos.

Agora estavam mais uma vez na clareira cercadas por árvores e pelo canto dos pássaros. O sol amanhecera havia tempo e o calor que fazia era extremamente intenso, suficiente para deixar Lícia mais exausta do que já estava. Nahya devia estar acostumada com o calor, pois não se importava e nenhuma gota de suor escorria por seu corpo.

Lícia levantou-se com as pernas e os quadris sujos de terra, respirou fundo, tomou a estaca que caíra de sua mão e foi em direção à Nahya com toda a força que tinha. Dessa vez, atacou por baixo, mas a mulher do fogo bloqueou uma, duas, três vezes, até desferir um soco com a mão livre no rosto de Lícia, fazendo-a arquejar.

– O que você fez? – perguntou a garota incrédula, levando a mão ao nariz.

– O que *você* fez? Você estava me atacando feito uma louca e deixando vários pontos vulneráveis. A luta de espadas não se resume a brutalidades, você não pode empunhar uma espada feito uma bárbara e achar que está fazendo certo. Se eu quisesse te matar, já teria feito.

– Você não precisa dizer assim também.

– Desculpe. Venha aqui, deixe-me ver o estrago – Lícia chegou mais perto e tirou a mão do rosto. – É, não está tão mal assim – comentou, examinando o nariz da garota. – Minha mãe pode dar um jeito nisso – assim que terminou a frase, Nahya começou a rir.

– Do que está rindo?

– Nada, é só que... você precisava ter visto a sua cara enquanto me atacava. Estava engraçada.

– Ah, cale a boca!

– Tudo bem – Nahya abafou o riso –, vamos para casa, estou com fome.

Elas andaram por uns 20 minutos por entre as árvores até chegarem à grande casa de Nahya. No quintal havia três grandes dragões – os dois menores tinham ido embora com seu dono na manhã passada.

Elas entraram e foram logo recebidas pela mãe de Nahya, que usava um avental, tinha alguns fios do cabelo encaracolado caindo sobre o rosto e olhos preocupados.

— Vocês demoraram hoje... – seus olhos se arregalaram. – Minha querida! O que aconteceu com o seu nariz? – espantou-se em tom de extrema preocupação.

— Estávamos andando e eu acabei tropeçando em um galho... caí de cara no chão – mentiu Lícia.

— Oh, mas que horror. Eu disse que essa ideia de vocês irem explorar a floresta não era muito sensata... Imagine só se vocês encontram algum dragão selvagem?!

— Já disse que eles ficam no coração da floresta, mãe, não somos tolas de nos aproximarmos de lá...

— Mas e se vocês se perdessem, hein? Quem iria resgatar vocês? Eu estava quase mandando seu pai atrás de vocês hoje, Nahya! – ralhava enquanto passava seu braço pelo ombro de Lícia e a levava para o seu quarto. – Vou cuidar disso o mais rápido possível, está bem? Oh! Coitadinha, deve estar doendo.

— Ahn, na verdade, não mais, senhora... Já acostumei.

Hadassa não deu ouvidos e continuou.

— Nahya, pegue minha bolsa de curativos e ferva aquela erva azul para mim. Talvez ajude um pouco – gritou ela da escada para a filha.

Alguns minutos depois, Lícia estava deitada em sua cama, proibida de sair pelo menos até a manhã seguinte e com o nariz enfaixado. Seu almoço tinha sido servido no quarto, para evitar que ela se levantasse, e Nahya foi lhe fazer companhia.

— Desculpe por minha mãe, ela trata tudo com grande exagero.

— Não precisa se preocupar.

Elas levaram os garfos cheios de comida à boca.

— Sabe... não gosto disso – reclamou Nahya quando tinha acabado de mastigar.

— É, também não gosto muito de azedavis, eles são realmente azedos... – concordou Lícia enquanto separava uns galhinhos verdes para o canto do prato.

Nahya riu.

— Não estou falando de azedavis! Estou falando que eu não gosto de mentir para eles... Sinto-me mal todos os dias...

— E você queria que eu adivinhasse que não era sobre os azedavis? – indignou-se Lícia. – Mas eu já disse várias vezes para você contar a verdade, você não quis... o que eu posso fazer?

— Ah, para você dizer é fácil... Mas olhe só para a minha mãe! Imagine se eu dissesse a ela que nós vamos para a floresta todos os dias treinar e depois sairemos em uma busca pelos guardiões da chave? E, ainda, que teremos de enfrentar a Feiticeira de Trayena e recuperar a minha chave! Claro, com certeza, ela irá concordar com tudo – e, quem sabe, não irá me ajudar a fazer as malas?!

— Mas você já deve ter mais de 20 anos, não? Deveria ter o direito de decidir o que faz da sua vida... Aliás, sempre soube que os akinianos atingiam a maioridade aos 15 anos, e a maioria deles sai de casa depois disso. Por que ainda mora aqui?

— Ah... na verdade, eu me mudei quando casei. E desde que... bom... desde que eu voltei, ela se tornou mais superprotetora ainda... – respondeu Nahya, abaixando os olhos.

— Não precisa falar se não quiser! – adiantou-se Lícia, percebendo que dissera algo que não devia. Tratou de mudar de assunto: – Sabe... estive pensando, se Selaizan morreu há trinta e cinco anos, como ele poderia mandar a chave para você?

— Eu não sei explicar direito... – Nahya soltou um suspiro e permaneceu em silêncio como se estivesse perdida em pensamentos. – Aconteceu quando eu tinha 7 anos mais ou menos. Eu estava brincando com Layer na Floresta Vermelha quando vi um objeto brilhante e me aproximei. Ao chegar perto, percebi que era uma linda chave. Fiquei maravilhada e a toquei... A partir daí, não tenho mais ideia do que era sonho e do era realidade, ou até mesmo magia... Mas eu o vi... era Selaizan, e ele me disse para proteger a chave com toda a sabedoria do meu coração, pois ela era uma pequena parcela da salvação do mundo. Depois ele se foi. Naquele momento, eu não tinha ideia do fardo que carregava, mas sabia que era algo muito importante e que eu deveria cuidar muito bem.

— Então era como se a chave estivesse te esperando?

— Acredito que sim... E até mais do que isso: esteve esperando o momento certo para se revelar a mim, pois eu passava por aquele lugar quase todos os dias e nunca nada havia chamado minha atenção.

— Parece que Selaizan pensou em tudo perfeitamente, não? – Lícia sorriu. – Ah! Mudando de assunto, eu tive uma ideia sobre qual será nosso próximo clã.

Nahya olhou para ela com uma cara desconfiada.

– Não precisa me olhar assim – disse rindo –, é uma boa ideia! Acho que eu preciso de uma espada, não posso treinar com galhos a vida toda. Então, deveríamos ir para Guanten, assim consigo uma espada feita do melhor metal do mundo e ainda procuramos pela chave. O que acha?

– Bem melhor do que irmos para Shinithi! Mas ainda assim temos um problema...

– Qual? – Lícia desanimou.

– Bom... como você mesma disse, as espadas de Guanten são feitas do melhor metal, são resistentes a qualquer tipo de magia ou poder, além de serem as mais belas de toda Datahriun. Como acha que irá pagar por uma delas? São extremamente caras!

– Não sei, mas poderemos pensar nisso quando chegarmos a Guanten! O mais importante agora é decidirmos como e quando iremos partir... Aliás, podemos ir com o Layer, não?!

– Mas é uma distância muito grande para ele percorrer com nós duas...

– Tem razão...

Nahya comeu mais um pouco com um ar pensativo.

– Eu poderia... Bom, não é uma boa ideia, mas eu poderia conversar com o Layer e pedir que tentasse convencer Rorian, o dragão de meu pai, a nos ajudar.

– E por que você mesma não pede ao Rorian?

– Não se pode conversar com qualquer dragão; você pode até dizer-lhe coisas, porém não espere que ele responda ou cumpra o que você pediu se essa não for a vontade dele. A língua dos dragões é indizível, somente a pessoa ligada ao dragão pode comunicar-se com ele por pensamentos. Entendem nossa língua e traduzem o pensamento deles para ela – assim nos comunicamos.

– Entendo...

– Mas, mesmo assim, não acho que iria adiantar... Nosso problema não é a carga, e sim o tempo que iremos passar no mar, sem nenhum lugar previsível para pousar... Chega de conversa! Agora temos mais uma lição para você aprender! Voar em dragões.

– Mas não é somente montar nele e dizer para onde queremos ir?

Nahya soltou uma gargalhada.

– Claro que não! Se não souber voar em um dragão, no primeiro impulso que ele der você com certeza irá ao chão!

– Pelo visto só iremos partir daqui a um mês...

– Ah, se você for tão ruim em voar como é com as espadas, tenho certeza disso!

Lícia lançou um olhar fulminante para a akiniana e continuou a comer sem dizer mais nada. O restante da tarde transcorreu sem muitos acontecimentos. Depois de algum tempo, quando os ânimos se acalmaram, elas voltaram a se falar e a combinar o que fariam.

Nahya falaria com Layer na manhã seguinte, e as aulas de voo em dragões de Lícia começariam logo em seguida. Depois, continuariam com as aulas de espada e arco e flecha como sempre, a diferença seria que teriam de acordar mais cedo e, provavelmente, permanecer na floresta até mais tarde do que de costume.

A noite chegou rapidamente e logo foi embora, trazendo os raios quentes do sol. Lícia levantou-se com a preguiça tomando conta de todos os seus membros, mas tentou não dar muita atenção a ela. Espreguiçou-se e foi até a cozinha, onde encontrou Nahya cortando um pedaço de pão que sobrara da noite anterior.

– Bom-dia! – cumprimentou Nahya por entre um bocejo. – Se nós estivéssemos mais adiantadas, eu até poderia fazer pão fresco, mas parece que o tempo corre contra nós. Há muita coisa a fazer.

– Não se preocupe com isso. Contanto que mate minha fome, qualquer coisa serve!

Após o café da manhã, Nahya juntou todo o equipamento de que precisaria para depois da aula de voo e as garotas se dirigiram para fora da casa. Apesar de ter acabado de amanhecer, o vento estava quente. Nahya foi até Layer, que dormia sob uma grande árvore, e tocou nele com as pontas dos dedos. No mesmo momento, o dragão abriu os olhos vermelhos e encarou a garota por algum tempo, como de costume. Logo ele se levantou espreguiçando as enormes patas e abrindo a bocarra em um bocejo. Nahya colocou a sela em Layer, fez sinal para que Lícia se aproximasse e ambas montaram nele. Seu destino era a clareira em que treinavam todos os dias.

– A partir de agora você irá sozinha – avisou Nahya assim que chegaram ao local. – Segure bem, não puxe nenhuma escama e tente se apoiar com os pés também. Boa sorte! – E pulou para o chão com os equipamentos.

– Não! Espere, não sei com... AAAAAAHHH...

Layer levantou voo com a máxima velocidade que podia. Suas asas se agitavam majestosamente no céu azul e o desespero de Lícia em suas costas parecia diverti-lo muito. A garota tentava atrapalhadamente se segurar com firmeza e sem incomodar o dragão. Suas pernas estavam extremamente rígidas, pressionadas contra o corpo dele, o que de certo modo ajudava, mas, mesmo assim, a sensação para ela não era das melhores. Estar nos céus por meio de outro ser ainda era muito estranho e, para ajudar, Layer aumentava a velocidade cada vez mais.

De repente, o dragão agitou a cauda para baixo e levantou o corpo, subindo para além das nuvens. Lícia gritava, suas pernas perderam a força e ela quase caiu, até ele se estabelecer e começar a planar sobre o céu azul. A visão estava magnífica, com o sol passando por entre o mar de nuvens brancas de algodão, exatamente como no dia em que ela saiu de sua casa em Kan para começar a viagem.

– Sabe, Layer, eu nunca imaginei o dia em que voaria em um dragão... e muito menos conversar com um. Tudo isso me parece tão estranho às vezes... como se eu estivesse dentro de um sonho e nada disso fosse real, entende?

Layer levantou os olhos e soltou fumaça pelas narinas, abanando levemente a cabeça em sinal de concordância.

– Eu tento não pensar, mas sinto uma saudade imensa de casa e, principalmente, das minhas asas, do vento cortando meu rosto, dos pés livres... Estar nos céus com você não é a mesma coisa... Não me leve a mal; você voa muito bem, é claro, no entanto eu voava bem melhor! – Terminou com um sorriso torto.

O dragão bufou e em questão de segundos estava em alta velocidade, rodopiando no ar. Lícia tentava inutilmente se desculpar por entre gritos. Suas pernas doíam, seus braços pareciam não aguentar tantas voltas, até que, após um solavanco, não conseguiu mais se segurar e caiu atravessando as nuvens.

O chão se aproximava com uma velocidade incrível, a voz não saía de sua garganta, as árvores ficavam cada vez mais próximas. Sua mente ainda estava atordoada quando, de repente, parou de cair, sentindo grossas garras segurarem suas pernas.

– Ei! Não precisava levar tão a sério! – ela protestou.

Layer ainda parecia estar ofendido, e Lícia voava de ponta-cabeça. O dragão a segurava pelos pés.

– Layer, por favor, não me deixe assim. Eu estava brincando, não disse para te ofender... Coloque-me em suas costas de novo, por favor!

Silêncio. As asas de Layer se agitavam no céu e ele voava como se não estivesse ouvindo ou como se a presença dela fosse irrelevante, ou talvez as duas coisas.

– Está bem... eu admito, você voa muito melhor do que eu! Está bom assim?

Parecendo estar satisfeito com a afirmação da garota, Layer deu um rugido e a jogou para cima como se fosse apenas um pedaço de papel. Logo em seguida Lícia caiu em suas costas. Ela se ajeitou, segurou firme novamente e eles continuaram planando sobre o céu azul.

De vez em quando, Layer fazia alguns rodopios, apenas para se divertir ao vê-la assustada.

O sol erguia-se aos poucos, lançando raios fortes. A Floresta Vermelha a seus pés era magnífica, e ao longe Lícia podia ver outros animais voando, mas não havia ninguém ao redor deles. Havia algum tempo percebera quanto aquele lugar era tranquilo. Raramente, via-se passar algum viajante no céu, e mais difícil ainda era vê-lo a pé. O motivo para esse afastamento ela não poderia dizer, mas, assim que se lembrasse, perguntaria a Nahya.

O tempo passava rápido e já estava quase na hora de voltar. Lícia sentia que tinha aprendido alguma coisa e que pelo menos um pouco de progresso havia feito. Layer fizera mais um de seus rodopios, quando perceberam outras criaturas do fogo se aproximando rapidamente.

Lícia não poderia dizer o porquê, mas sentiu um frio percorrendo sua espinha – e, pelo que pareceu, Layer sentiu a mesma coisa, pois, sem hesitar, deu meia-volta em direção à clareira mais rápido do que havia vindo. A garota não fazia a mínima ideia de quem eles eram, porém alguma coisa lhe dizia que não estavam somente passeando.

Capítulo 20

Por entre as árvores vermelhas da floresta, Nahya treinava arco e flecha. Sua pontaria tinha melhorado muito nos últimos dias, claro que ainda não era nada se comparada à de Lícia, mas talvez um dia chegasse lá. Lançara mais uma flecha e errara o alvo por milímetros, quando começou a sentir uma leve dor de cabeça, porém não era comum; essa dor era diferente, e ela sabia o que significava. Layer tentava fazer contato, e provavelmente se encontrava longe demais.

Algo importante estava acontecendo, ou prestes a acontecer.

Ela correu para pegar o arco de Lícia e a sua espada. Mesmo sem saber o que estava por vir, tinha de se preparar. Sua intuição dizia que o que vinha pela frente não era nada bom. A mão suava frio e seus olhos vasculhavam o céu, tentando detectar algum sinal de Layer. Nesse momento a dor se intensificou; seu dragão deveria estar forçando a comunicação, e ela quase conseguia entendê-lo, mas a informação havia chegado fragmentada.

Um vento forte começara a soprar. Os pelos do braço de Nahya se arrepiaram e, como que por mágica, sua dor de cabeça parou e logo em seguida ela conseguiu entender o que Layer de maneira desesperada tentava lhe dizer.

– *A guarda da fronteira está aqui, estamos sendo perseguidos.*

O coração da akiniana começou a bater mais rápido, ela olhou ao redor sentindo-se impotente sem poder ajudar. Se tivesse ido com eles nessa primeira aula, talvez teria sido melhor, e agora eles estavam sendo perseguidos. O que ela poderia fazer sozinha ali embaixo?! Nada.

Nesse exato momento, Layer passou por cima da clareira em alta velocidade; segundos depois, a guarda da fronteira em seus majestosos animais. Eram cerca de cinco, mais da metade estava montada em fênix.

O coração de Nahya acelerou ainda mais.

Cinco contra um era covardia demais, ela pensou. Layer dificilmente conseguiria vencer sozinho. Nahya começou a correr pelas árvores de volta para casa. Tinha de fazer alguma coisa, e rápido!

Capítulo 21

Layer voava o mais rápido que podia. Para onde, ele não saberia dizer, apenas fugia e tentava ganhar tempo, esperando uma oportunidade para salvá-los. Se pelo menos fosse Nahya em suas costas, eles poderiam se comunicar, bolar um plano, alguma coisa, qualquer coisa. Mas infelizmente era Lícia, e ela mal sabia voar em dragões.

Sua mente estava em turbilhões. Podia ouvir as vozes dos dragões da guarda da fronteira dizendo que se rendessem, pois não teriam para onde fugir, que assim seria melhor e essas coisas todas... Ele não respondia; no entanto, no fundo, repetia para si mesmo: *Que a guarda da fronteira vá se encontrar com a deusa Trayena*. Ele era um dragão digno de respeito e sua honra estava acima de tudo. Poderia morrer, mas morreria lutando, defendendo sua liberdade e sua vida até quando seus pulmões de fogo permitissem.

Uma coisa que intrigava Layer era como eles haviam descoberto Lícia ali? Talvez tivessem sido denunciados, mas, se esse fosse o caso, quem o teria feito? Isso, ele nunca saberia.

A guarda ficava cada vez mais próxima. As fênix eram mais rápidas; era extremamente difícil fugir delas, ele sabia. Logo teriam de lutar, e foi assim que aconteceu. Conforme a distância diminuía, labaredas de fogo avançavam com toda a fúria para cima deles. Layer desviava delas com rodopios no céu. Ele sentia a garota do ar se esforçando ao máximo para manter-se em cima dele, sentia seu pequeno coração com medo e desesperado, sua insegurança e inexperiência em batalhas.

O grande vulcão de Akinus estava logo à frente; não muito depois dele havia o mar. Se continuassem assim, logo estariam fora do território akiniano e a guarda não poderia fazer nada; teria de recuar e voltar para de onde veio sem nada nas mãos. Depois disso, Layer poderia voltar, buscar Nahya e nunca mais colocar os pés em Akinus. A partir de agora, seriam fugitivos e considerados traidores. Não havia como voltar, estavam condenados.

Layer começava a sentir as asas pesadas e, por mais que se esforçassem para aumentar a velocidade, pareciam nunca ser tão rápidas quanto de início. Conforme desviava das labaredas de fogo, sua velocidade diminuía e a guarda ficava cada vez mais perto. Um pressentimento de que não daria tempo assombrava sua mente. As bolas de fogo estavam cada vez mais certeiras, até que uma delas acertou sua pata traseira e finalmente os alcançaram.

O dragão soltou um rugido e olhou para Lícia, esperando que ela entendesse o recado. Em seguida, virou a cabeça para a guarda e abriu a bocarra soltando uma grande labareda de fogo, fazendo-as se separarem, e avançou em direção a primeira fênix que vinha em sua direção.

Das suas costas podia ouvir o grito de desespero de Lícia e seu coração acelerando mais (se aquilo fosse possível). Esperava que ela não ficasse parada o tempo todo, pois seria bem pior.

A mulher montada na fênix tinha olhos fulminantes, ergueu sua espada e com um grito de guerra atiçou a ave para avançar mais rápido. Os corpos das duas criaturas se chocaram com um baque, mas Layer foi mais ágil do que a fênix e com uma pata golpeou a cabeça dela. Antes de ela se virar, seus dentes encontraram sua garganta; no mesmo instante, a mulher desceu a espada em direção a Lícia, que estava com os olhos arregalados e marejados. Por instinto, a garota levantou os braços e usou a força do vento contra a lâmina, que ficou a centímetros de seu corpo, sem conseguir alcançá-lo. Com um impulso e agarrado ao pescoço da ave, Layer jogou-a em direção a outra fênix que avançava para ajudá-la. As criaturas se chocaram no ar e rodopiaram para baixo.

Não houve tempo para respirar.

Um dragão avançava com os dentes à mostra pronto para a mordida. Seus dentes afiados se encontraram com as escamas duras e brilhantes de Layer, que grunhia e se agitava tentando se desvencilhar enquanto o golpeava com as patas. Sentia os dentes atravessando suas escamas e entrando em sua carne.

Para a sorte de Lícia, estava fora do alcance da lâmina do cavaleiro, mas podia ver os outros animais se aproximando para o ataque. Layer não conseguiria dar conta de todos e eles iriam morrer. Ela tinha de fazer alguma coisa, porém sem seu arco sentia-se desprotegida. Então, teve um ideia: como conseguia formar flechas, talvez também pudesse formar outras coisas. Ergueu a mão e em instantes uma pequena corrente de ar formou-se, a qual ela lançou, no entanto, sem uma forma específica. O vento atingia seus oponentes e os feria repetidas vezes.

Com um golpe mais forte, o dragão de Nahya desvencilhou-se dos dentes afiados do seu agressor e, lançando uma rajada de fogo, afastou-se por breves minutos. Alguma coisa cortava o vento, mas Layer não conseguia ver com clareza o que era. O cavaleiro do dragão parecia atordoado e cortes surgiam em sua pele. Layer via a ira de seu oponente aumentar e ele avançou com toda a fúria que possuía, porém o dragão azulado estava preparado: com sua cauda, golpeou as costas de seu oponente, fazendo o cavaleiro perder o equilíbrio e cair. Sem seu akiniano, o dragão ficou perdido e voltou para resgatá-lo.

Após isso, Layer não poderia dizer de onde aquele golpe surgira, foi ágil demais. Apenas um grito de Lícia fora ouvido antes de uma bola de fogo atingir uma de suas asas. Arquejando, ele se virou e viu outro dragão ainda maior do que o primeiro vindo em sua direção. Sua visão estava turva e ele podia sentir o cansaço, a dor e suas forças se esvaindo, mas, ainda assim, enquanto respirasse, lutaria. Lutaria até o fim.

Segurando com firmeza uma espada, a guerreira nas costas de seu inimigo tinha um ar imperial. Layer abriu a bocarra e soltou uma labareda de fogo no momento em que Lícia jogava um jato de ar para tentar atrasá-los. O fogo de Layer, alimentado pelo poder de Lícia, tornou-se mais forte. Os oponentes não conseguiram desviar e foram atingidos com extrema força. Contudo não fora o suficiente, e eles continuavam avançando. Quando os dragões estavam prestes a se chocar, uma flecha atingiu a asa de seu oponente e tudo o que Layer conseguiu notar foi uma mancha dourada, rápida demais para os olhos verem, que agarrou o dragão e o jogou para longe.

Com um rugido extremamente feroz, Rorian, o dragão dourado de Néron, mostrou a seu oponente quem era e, em suas costas, majestosa como uma princesa de guerra, Nahya empunhava um arco. A cena não durou muitos minutos, pois o outro dragão e sua guerreira avançavam novamente.

Layer não conseguiu assistir a tudo, pois uma fênix vinha em sua direção. Lícia preparou um jato de ar e, como se tivessem combinados, mais uma vez, ar e fogo se misturaram certeiros. Isso lhes garantiu alguns segundos para que Lícia convertesse o ar mais uma vez e o atirasse.

Por coincidência, ou não – nem Lícia saberia ao certo dizer –, suas pequenas armas de ar acertaram os olhos da fênix, cegando-a. A ave contorceu-se e Layer avançou mordendo seu pescoço. Seus dentes, afiados como o aço, entravam fundo na carne, triturando tudo o que encontravam. A ave debatia-se, tentando bicar Layer e conseguindo alguns arranhões fundos, mas nada que fizesse a criatura soltar. O cavaleiro em suas costas parecia sentir sua dor enquanto tentava golpear Lícia, que bloqueava seus ataques com o vento. Com as presas cheias de sangue e carne, Layer rasgou a pele da ave, e a fênix começou a cair. Surpresa e apavorada, Lícia parou inconscientemente de se proteger, levando um golpe de seu oponente em seu braço esquerdo antes que ele mergulhasse para a floresta.

À sua volta o dragão de escamas azuis e lilases podia ver os três restantes da guarda da fronteira se recuperando e reagrupando para um ataque em conjunto do qual eles dificilmente poderiam escapar. Com ferimentos fundos, a asa danificada e uma dor dilacerante passando por seu corpo, Layer sabia que não poderia aguentar nem mais um ataque. Estava cansado, fraco e lento.

Não muito distante deles, Rorian e Nahya travavam uma luta acirrada contra sua oponente, e, por mais que atacassem, ela se defendia com perfeição e retrucava com força ainda maior. Nenhum dos outros guardas parecia preocupado com ela, ou disposto a ajudá-la, como se não fosse necessário. Sabiam do tamanho de sua força. Mas talvez não se dessem conta da força de Nahya.

– *Nahya, temos de ir embora, não posso aguentar mais...*
– *Aguente firme, só mais um pouco. Vou ver o que posso fazer.*

Capítulo 21

A guarda avançou em direção a Layer. Reunindo suas forças, o dragão rugiu em resposta; de seus olhos emanava o resto do fogo que o mantinha com vida. Se era para morrer, que assim fosse, e levaria com ele todos aqueles que pudesse. Estava preparado para abocanhar o primeiro animal que viesse em sua direção quando ouviu Lícia gritar, com uma força que ele nunca ouvira antes.

– NÃO! VOCÊS NÃO VÃO PASSAR!

Ela levantou as mãos e uma corrente de ar extremamente forte veio de trás deles, formando uma bifurcação ao chegar a Layer; em seguida, juntou-se novamente. O ar produziu uma barreira por meio da qual a guarda da fronteira não conseguia passar. Por mais que os animais de fogo tentassem, esforçassem-se, batessem suas asas, não se moviam um só centímetro. Os cavaleiros soltavam bolas de fogo, mas elas chicoteavam e voltavam em sua direção. Um dragão não conseguiu lutar contra a ventania e, deixando de bater as asas, rodopiou com o vento; porém, os outros se mantinham firmes.

Além de um braço, Lícia tinha o coração ferido. Nunca a morte esteve tão clara e perto dela como daquela maneira. Ver a fênix morrer partira seu coração e ver seus amigos feridos, sofrendo, fez aquele sentimento, que acabara de nascer, tornar-se mais forte. Ela não quis mais lutar, mas a fadiga estava tomando conta dos seus sentidos.

– Acho que estou usando poder demais, Layer... – Sua voz estava fraca.

– *Nahya, rápido!* – Layer pediu em resposta ao comentário de Lícia.

Nahya trocara o arco pela espada e sentia o tempo correndo contra ela. A guerreira diante dela era uma ótima adversária, porém tinha de ter um fim, ou poderia perder Layer para sempre – e isso ela não deixaria acontecer, nem que tivesse de matá-la. Pelo visto, era isso que teria de fazer: matar ou morrer. Sua oponente não os deixaria fugir com vida, tinha certeza. Não havia outra escolha.

Rorian conseguiu afastá-los em alguns segundos, e era exatamente desse tempo que ela precisava. Concentrou seu poder e em instantes sua lâmina brilhava incandescente. Os dragões se chocaram novamente e as espadas se cruzaram com força absoluta, mas Nahya achou uma brecha no ataque da adversária e a golpeou, fincando a espada em seu abdômen e retirando-a logo em seguida. Porém, ela não brilhava mais.

A mulher à sua frente tremia em convulsões; seu dragão, preocupado e desnorteado, tornava-se vulnerável, os olhos de Nahya estavam em chamas e ela entrara em uma espécie de transe. Sua chama penetrara no corpo de sua oponente e ela podia ver através dela nitidamente. A chama corria pelo sangue e tinha um objetivo, o coração, responsável por toda a vida. Quando o alcançou, penetrou e o queimou, até que virasse cinzas.

A chama saiu do corpo da adversária e voltou para Nahya. Recuperando os sentidos, a garota viu o dragão ensanguentado e sua guerreira caindo em direção às árvores vermelhas. Os outros, já cansados de lutar inutilmente contra o vento e vendo sua líder morta, desistiram e foram levados pela ventania.

Layer não conseguiu aguentar depois da vitória de Nahya. Sua visão turva não permitia que visse as coisas com clareza; suas asas danificadas ficavam cada vez mais pesadas, até que pararam de bater. Seus olhos se fecharam e ele caiu.

Capítulo 22

Seus olhos vermelhos se abriram e ele pôde ver um céu azul-escuro estendendo-se por entre as árvores. Poucas estrelas e muitas nuvens indicavam que choveria em breve. A cabeça latejava, como se centenas de martelos trabalhassem nela. Seu corpo parecia cravejado de adagas e doía como nunca quando tentava qualquer mínimo movimento. Não fazia a mínima ideia de onde estava e como viera parar ali, mas ouvia vozes entusiasmadas. Sentia cheiro de carne assada, carne de roedor (não era uma de suas preferidas, porém, com a fome que sentia, comeria até grama). Havia fogo, uma pequena chama aconchegante. Tentou mexer uma de suas asas, mas a dor foi tão intensa que desistiu.

– *LAYER? Layer? Você está bem? Está me ouvindo?*

O dragão deu um leve grunhido antes de responder. Por mais que fossem apenas pensamentos, a intensidade o atingiu como outra martelada.

– *Não grite, Nahya, ainda não estou surdo!*

– Layer! Você está bem! – disse Nahya em voz alta enquanto passava seus braços ao redor do pescoço de Layer e o abraçava com cuidado.

– *Sim, estou. Não foi desta vez que você se viu livre de mim... Agora me conte o que aconteceu. Como vim parar aqui?*

Nahya sentou-se, enquanto ele virava o pescoço lentamente em sua direção. Com a visão embaçada, só conseguia enxergá-la como um borrão.

– *Não se lembra? Você desmaiou. E caiu aqui... Nós não fizemos nada, nem poderíamos. Como você acha que eu e a Lícia te levaríamos a algum lugar? Rorian poderia... é claro, mas, mesmo assim, ficamos com medo de piorar a situação... Só fizemos curativos com ervas e folhas da floresta em seus ferimentos enquanto dormia...*

Aos poucos sua visão ia melhorando e, assim, ele se lembrava dos acontecimentos. Tinha desmaiado, é verdade. Em meio às lembranças, de repente, tudo o que via era a escuridão; depois, acordava aqui... Então se lembrou de Lícia! Ela estava em suas costas, provavelmente caíra também; e, se fosse assim, não estaria em bom estado agora. Seus olhos vasculharam a pequena clareira, até que encontrou a garota do outro lado da fogueira, junto a Rorian. Ela tinha a boca suja por conta do pedaço de carne que estava comendo, o braço esquerdo enfaixado e os olhinhos dourados arregalados, vasculhando-o com preocupação.

Um grunhido sufocado, que deveria ser uma risada, saltou de sua boca enquanto ele se virava para Nahya.

– *Dê-me um pedaço de carne e conte-me o que aconteceu com aquela águia sem asas de olhos esbugalhados!*

Nahya deu um leve sorriso, pegou a comida que já estava separada para Layer e, enquanto ele mastigava, explicou:

– Rorian a pegou na queda, antes que você a esmagasse.

– *Diga a ela para parar de se preocupar, que estou bem, antes que ela se mate de curiosidade* – terminou a frase arrancando outro pedaço de carne.

Ela se virou para Lícia e reproduziu o que Layer pedira:

– Pode parar de se preocupar, Lícia, Layer disse que está bem!

– Ah! Que bom! Até que enfim alguém se lembrou da gente, não é, Rorian?! – ele acenou com a cabeça. – Vocês se esquecem de que nós não podemos ouvir suas conversas e nos deixam aqui agoniados... Mas, então, ele está bem mesmo? Parece tão machucado daqui...

– Bom... ele realmente está machucado, porém não há nada que possamos fazer nas condições em que estamos, além de esperar. A boa notícia é que dragões se curam muito rápido, mais depressa do que você poderia imaginar.

– Então teremos de ficar aqui por mais alguns dias?

– Não, Layer precisa somente de mais um dia. Partiremos amanhã à noite para evitar de sermos vistos.

O dragão terminou de comer rápido, mas não conseguiu prestar muita atenção na conversa. Logo, seus olhos foram se fechando de cansaço e seus pensamentos, levados para a terra do sono dos dragões. Em meio aos seus sonhos turbulentos, acordou em plena madrugada com a água cristalina da chuva caindo sobre as suas escamas reluzentes. Da fogueira, via-se somente fumaça e embaixo de cada asa de Rorian dormiam Lícia e Nahya. E foi com essa imagem que adormeceu novamente.

Acordou com a barriga roncando de fome, quando o sol já se erguia alto no céu. Deveria ser em torno das 11 horas da manhã. Para sua sorte, havia um grande porco selvagem pronto perto da fogueira, enquanto outro ainda estava sendo assado. Rorian cuidava da carne assada para que moscas e outros insetos não pousassem na comida, soltando fumaça de vez em quando. Ouvia as vozes de Nahya e Lícia, mas elas estavam fora de seu campo de visão.

Pelo barulho e pelo som ofegante por entre suas palavras, principalmente as de Lícia, julgava que estavam em treinamento; bem provável que na arte nas espadas. Lentamente o dragão foi levantando seu corpanzil, até ficar sentado. A dor de seus ferimentos e músculos era intensa, mas nada se comparava à noite anterior.

– *Achei que não acordaria mais* – a voz forte de Rorian retumbou em sua mente. – *Se dormisse mais um pouco, sua carne viraria cinzas... Isso se eu não a comesse antes...*

Layer não respondeu. Abaixou-se para o porco e, com poucas mordidas, acabou com a sua refeição.

– *Refeição assada é mil vezes melhor do que a refeição crua, não acha?* – perguntou Layer passando a língua pelos lábios. – *Com a fome que estou, seria capaz de comer mais uns dez destes!*

– *Pode comer o outro se quiser, só lembre-se de deixar algo para as meninas. Elas colheram algumas frutas, mas somente isso não será suficiente para alimentá-las, e um pouco de carne faria bem.*

– *Não vai comer?*

– *Não. Preciso voltar quanto antes. Néron está furioso e Hadassa, aos prantos... Não sei o que direi a eles sobre vocês, no entanto pensarei em algo pelo caminho* – levantou-se e abriu as asas, que encobriam toda a clareira. – *Vá em paz em sua jornada, jovem dragão, e tenha cuidado com os perigos que os cercam. Mantenha os olhos sempre abertos e alertas à procura de inimigos, pois eles não demorarão para retornar, e partam quanto antes e sem deixar rastros.*

Batendo as asas, ele levantou voo, fazendo todas as árvores balançarem. Quando atingiu o céu, com os raios do sol brilhando contra suas escamas douradas, despediu-se:

– *Até logo* – e partiu.

Nahya e Lícia correram para ver o que provocara a ventania. Em suas mãos havia estacas de madeira, suas roupas estavam sujas e pelo rosto de Lícia escorria suor. Encontraram Layer sozinho, sentado na clareira, comendo mais da metade do porco assado, que estava meio cru, enquanto a outra metade ainda assava.

– Para onde ele foi? – perguntou Lícia.

– *Para casa. Não achou que ele continuaria conosco, achou?*

Nahya transmitiu os pensamentos de Layer a Lícia.

– Na verdade, achei. Como iremos viajar tanto somente em suas costas? Você não aguentaria! – exclamou Lícia.

Layer rugiu.

– *Aguentaria três elefantes em minhas costas se fosse preciso. Você não passa de uma pena para mim.*

Nahya o mirou com um olhar repressor pelo comentário grosseiro, mas nada respondeu nem se deu o trabalho de repassar a mensagem para Lícia.

– Eu acho melhor comermos também, Lícia, antes que certo alguém acabe com a comida – observou Nahya.

Layer soltou fumaça pelas narinas.

– *Vocês não iam comer tudo.*

As garotas sentaram-se em volta da lareira e começaram a comer a carne e depois as frutas. Layer deitou-se novamente com alguma dificuldade. Agora que sua fome estava saciada, poderia descansar novamente. Seus olhos começaram a pesar e mais uma vez ele adormeceu.

As luas já estavam no céu estrelado quando o dragão acordou mais uma vez. O cheiro de terra molhada e as pequenas gotas que caíam das folhas indicavam que chovera.

A fogueira estava apagada e dois pequenos roedores ainda crus estavam próximos a ele. Lícia dormia embaixo de uma cabana improvisada com galhos e folhas largas, e Nahya estava sentada, encostada em uma árvore, perdida em pensamentos. No entanto, assim que ouviu o barulho de Layer se mexendo para levantar, olhou-o assustada, mas logo se acalmou.

– *Coma rápido, porque logo iremos partir* – pediu Nahya com ar apreensivo.

– *O que está acontecendo?* – indagou abocanhando os dois animais de uma só vez.

– *Uma fênix e um dragão passaram sobrevoando o rio, enquanto eu e a Lícia lavávamos algumas frutas esta tarde. Tinha chovido, então a fogueira não estava acesa, mas eles estavam vasculhando a área, procurando... Lícia disse que um deles era Panladine, a guerreira que ela encontrou ao tentar entrar em Akinus. Então tive certeza de que era a guarda da fronteira.*

Fez-se silêncio enquanto Layer acabava de mastigar sua refeição. Os únicos sons que ouviam eram pequenos estalos das árvores e suas folhas balançando.

– *Eles viram vocês?*

– *Não, os olhos de Lícia são muito ágeis e enxergam em distâncias que até você duvidaria. Ela os avistou muito antes de ficarem visíveis para mim, e nos escondemos com pressa por entre as árvores, a uma distância segura para que não conseguissem sentir nosso cheiro também. Vimos passar, com seus olhos se esgueirando pela floresta, mas não nos acharam. Provavelmente pensaram que montaríamos acampamento perto do rio, o que seria o mais provável; talvez não contassem que você estava tão ferido.*

– *Não é seguro viajar hoje, eles devem estar próximos.*

– *Sim, eu sei... mas também não é seguro ficar.*

Layer acenou com a cabeça. Enquanto Nahya acordava Lícia e pedia para ela se arrumar, o dragão imaginava como conseguiria atravessar o mar, provavelmente sem nenhum descanso, longe de suas melhores condições e com duas pessoas em suas costas. Seria um trabalho árduo, porém faria de tudo para conseguir.

Havia tempo que não enfrentava uma batalha e nunca tinha encarado uma aventura como esta. Desistir não era de seu feitio, só parava quando não restava mais nada. Era assim desde quando começou a lutar há muito tempo.

Apenas um ano depois do fim da guerra entre Kan e Akinus e da posse do rei de Kan, os ex-conselheiros do rei akiniano, com vários nobres e filhos de nobres, formaram uma grande rebelião, pois, agora, com a morte de seu rei, eles não tinham mais os privilégios que antes lhes eram oferecidos – por exemplo, isenção de impostos, descontos especiais em mercadorias à custa da coroa real e muitos outros. Agora eram tratados como cidadãos normais, e isso os enfurecia.

O rei se defendeu e chamou todos aqueles que pudessem portar armas para entrar no exército e lutar a seu lado, pois a diplomacia já havia sido tentada e não surtira efeito nenhum. Nahya e Layer ficaram extremamente empolgados com a ideia e no mesmo ano entraram para o treinamento do exército do rei nos campos do castelo.

Nahya mentira para conseguir entrar, dizendo que tinha 15 anos, a maioridade em Akinus, mas, na verdade, tinha somente 13. Quando Néron e Hadassa souberam o que sua filha havia feito, já era tarde demais.

Ao se alistarem a guerra já durava um mês, porém, para eles, parecia que acabara de começar. Com as chamas fervendo em suas veias, Layer matou seu primeiro oponente, o primeiro de muitos.

Os dias se passaram como se fossem semanas, e as semanas, meses. Depois de pouco mais de um ano de intensa guerra civil, o rei e seu exército venceram; como punição aos atos dos nobres, toda a sua riqueza foi confiscada e dividida entre os que mais precisavam. Nahya e Layer haviam sido convocados na presença do próprio rei, pois, além de serem os mais jovens guerreiros em batalha, mostraram bravura memorável durante a guerra. Layer ainda lembrava-se da imagem altiva do rei: transparecia bondade, mas, ao mesmo tempo, emanava respeito e força tão grandes que não se duvidava de sua realeza.

O rei havia lhes oferecido um grande cargo fixo no exército, com muitos benefícios, pois, apesar da juventude, mostraram-se valiosos. No entanto, Nahya e seu dragão recusaram, dizendo que agradeciam a oferta, mas prefeririam levar a vida do jeito que estavam. Entrar naquela guerra, para eles, fora uma experiência, algo fascinante, um excesso de euforia, porém nada que quisessem para a vida inteira.

Naquele dia Nahya o conheceu...

– *Estamos prontas* – avisou Nahya, libertando-o de seus pensamentos. – *Vamos?*

Capítulo 22

O dragão abriu a bocarra e soltou um grande bocejo, enquanto se levantava e espreguiçava as patas dianteiras. As dores pelo seu corpo praticamente desapareceram, mas ainda sentia uma pequena fisgada na asa machucada. Não era nada sério, e a viagem programada para esta noite poderia transcorrer sem problemas.

Olhando para o céu, as luas estavam tímidas, cobertas pelas densas nuvens. Parecia que Datah queria ajudá-los com uma noite escura, em que as escamas de Layer podiam se esconder. Nahya equipou Layer com sua sela, pegou sua espada, seu arco e subiu no dragão, seguida por Lícia com o arco em suas costas. Após grande impulso, o dragão foi ganhando o céu e subindo até depois das nuvens.

Layer batia as asas o mais rápido que conseguia, cortava o vento com grande velocidade, mas nada comparado ao que poderia fazer se estivesse em perfeito estado. A prioridade era sair de Akinus quanto antes, mesmo que para isso pudesse acabar danificando mais a asa. Depois que estivessem fora do território do povo do fogo, poderia diminuir o ritmo, descansar e se recuperar para voar com tranquilidade.

Em razão da geografia de Datahriun, era muito difícil viajar para outros clãs. Além de Kan e Akinus, os outros eram extremamente afastados, separados por um mar extremamente vasto. As poucas ilhas existentes não eram mapeadas; Terra de Ninguém era como as chamavam, e encontrá-las sempre fora um jogo de azar e sorte. Layer ainda não percebera a loucura que estavam cometendo, pois, para ele, era apenas uma grande aventura; a adrenalina circulava por seu corpo como quando esteve na guerra.

O ar abafado batia em suas escamas e entrava em seus pulmões, aquecendo-os. A grande montanha do vulcão ficava cada vez mais próxima. A liberdade estava chegando, mas ele sentiria falta das árvores vermelhas de sua floresta, as quais passavam rapidamente sobre seus pés. Em suas costas, Nahya e Lícia estavam tensas. A garota do ar mantinha constantemente os olhos para trás, vigiando, e Nahya, inconscientemente, mantinha uma das mãos na bainha de sua espada.

Assim que passaram pelo grande vulcão, o grito estridente de uma ave os assombrou. Layer sentiu a agitação em suas costas, até que Lícia sussurrou o que estava vendo.

– Panladine – sua voz era quase inaudível. – Está abaixo das nuvens, porém não atrás de nós, e sim em nossa frente. Estava nos esperando... mas não acho que nos viu. Ela está olhando em direção às árvores, e não para cima... Acho que, se formos rápidos, passaremos, pois ela está muito perto do mar.

Layer aumentou a velocidade; sentia a asa esquerda vacilando, mas tentava se manter constante. A distância entre eles e Panladine estava cada vez menor. Em certo ponto ela os viu, já era tarde demais. Na velocidade em que Layer estava, não conseguiria chegar tão rápido, e, quando chegasse, já estariam fora de seu alcance. No mar ela não poderia segui-los, pois aquele território já não era mais akiniano. Assim, ela começou a jogar rajadas de fogo. Como não adiantaria tentar subir, iria trazê-los para baixo. Layer usou toda sua agilidade e desviou com perfeição, até atingir o mar.

O cheiro da brisa entrava por suas narinas. As ondas estavam agitadas, mas ainda assim ele conseguia ouvir os gritos de maldição de Panladine, o que o deixava ainda mais satisfeito. Diminuindo a velocidade e a altura, Layer virou uma cambalhota no ar e soltou um rugido; as garotas em suas costas riam de alívio e felicidade. Tinham conseguido, estavam livres para seguir seu caminho em direção às chaves escondidas de Selaizan.

Depois de algumas horas de viagem, o dragão ainda mantinha os olhos bem abertos e voava perto do mar; de vez em quando, relava uma de suas patas na água apenas para se divertir, sentindo as pequenas gotas contra suas escamas. As horas iam passando rápido, as luas se moviam no céu, sem que nada acontecesse ou aparecesse diante deles. Nem mesmo os olhos de Lícia conseguiam avistar qualquer coisa sobre o mar. Tudo o que se via era uma imensidão azul. As garotas revezavam o sono da noite, uma vigiando para que a outra não caísse das costas de Layer.

Algum tempo depois, o Sol despontou no horizonte. Seus raios vermelhos invadiam o céu e castigavam os olhos dos viajantes, mas nem mesmo o Grande Senhor dos Céus trouxe alguma esperança com a sua luz. Tudo continuava extremamente azul. Layer podia ouvir seu estômago roncando em protesto de fome, como se outra criatura estivesse desperta dentro de si mesmo; porém, naquele momento, nada poderia fazer. Comida para dragão não era algo que se poderia guardar no bolso.

Layer já sentia as asas pesadas quando a tarde chegou. Sua asa esquerda doía como nunca e algumas vezes o desequilibrava. A noite já estava bem próxima e Lícia avistou um rochedo a leste. O dragão rumou na direção em que ela tinha indicado; quando finalmente conseguiu alcançá-lo, a noite já estava alta.

Passaram o restante da noite e mais o começo da manhã pousados. O rochedo não era nada comparado a um pedaço de terra de verdade; eram apenas algumas pedras pontiagudas e desconfortáveis que saltavam para fora do mar. Apesar disso, Layer conseguia se fixar perfeitamente com suas garras, descansar as asas, tirar um leve cochilo, e até se aventurar em uma pescaria que lhe rendeu alguns peixes desavisados. Nahya e Lícia acharam uma pequena saliência onde podiam se sentar, molhar os pés e comer algumas frutas que tinham trazido da floresta.

Quando partiram de novo, o tempo começou a mudar e grandes nuvens negras se juntavam. O céu escureceu com rapidez e relâmpagos brilhavam quando a tempestade começou. Layer aumentou a velocidade para tentar fugir, mas parecia que a fúria dos céus não tinha fim. Raios cortavam a paisagem a curtas distâncias, e ele podia sentir em suas costas as garotas lutando para se segurarem. Parecia que horas haviam passado, no entanto ainda havia tempo para o sol se pôr quando a tempestade parou, deixando como herança apenas uma chuva fraca que durou até depois do anoitecer.

As horas continuavam a passar, o Sol nasceu e se pôs sem que nada aparecesse na paisagem, a não ser o mar. As asas de Layer o estavam matando, seu estômago rugia de fome e ele começara a pensar que estava voando em círculos, até que seus olhos captaram algo no horizonte que ele ainda não conseguia distinguir. Isso fez suas forças se renovarem e, tentando aumentar a velocidade, ele rumou ao que talvez os salvaria. E Layer estava certo. Seus olhos se ajustavam e ele não sabia o que Lícia estava fazendo para não tê-los avisado antes. Soltou um rugido e sentiu certa agitação em suas costas, seguida da voz histérica de Lícia:

– É uma ilha! Uma ilhaaa!

Layer rugiu mais uma vez. Suas asas tiraram forças de onde ele duvidava existir e logo estavam pousando naquela estranha ilha.

Capítulo 23

A ilha era repleta de árvores por todos os lados. Layer pousou na praia e, antes de terminar de fechar suas asas com cautela, as garotas já tinham pulado para a areia, podendo finalmente firmar seus pés. Depois de uma breve parada, Lícia e Nahya foram caçar.

Após algumas poucas horas, Nahya e Lícia voltaram com dois pequenos animais e outro de tamanho médio.

– Foi o melhor que conseguimos, Layer! Se pegássemos um maior, não iríamos conseguir carregar, e isso nos custaria mais algumas horas – explicou-se Nahya.

– Os animais aqui são muito espertos e ágeis... Achar um deles é um sacrifício; pegá-los, então, nem se fala – comentou Lícia.

– *Isso é porque vocês não são tão experientes quanto eu.*

– *Já que é assim, você irá caçar amanhã e nós ficaremos aqui sentadas esperando... Dragão ingrato!*

– Onde está seu bom humor, Nahya?

Nahya não respondeu, pegou uma das grandes folhas que tinha trazido e colou na areia. Lícia deixou os dois animaizinhos; em seguida, estendeu a última das folhas e colocou o maior. A mulher do fogo estendeu uma de suas mãos e pequenas chamas começaram a assar a carne. Nahya diminuiu a intensidade das chamas para que a carne ficasse assada por inteira; em poucos minutos, ela virou os animais e começou a fazer a mesma coisa do outro lado.

Depois da refeição, mesmo sem ninguém ter matado a fome por completo, elas se abrigaram do sol embaixo das asas de Layer e todos adormeceram. Dormiram como se nunca o tivessem feito antes.

CAPÍTULO 23

Acordaram no dia seguinte já esfomeados. O dragão foi caçar e voltou logo depois com um grande animal agarrado às suas patas.

– *Eu disse que para mim seria fácil* – lembrou Layer enquanto deixava o animal sobre as folhas que Nahya trouxera no dia anterior.

– *Não seja tão convencido.*

Layer soltou uma pequena baforada.

– *Vamos falar sério agora. Enquanto sobrevoava as árvores, vi uma pequena cabana no centro da ilha e fumaça saindo pela chaminé. Há pessoas morando aqui, e elas podem nos ajudar a seguir para Guanten. Tenho a impressão de ter voado em círculos durante toda a viagem, Nahya.*

– *Também tive essa impressão... Vamos comer e depois iremos para a cabana.*

– *Tudo bem. Mas tem um problema: não há espaço para mim lá, as árvores estão em volta da cabana... Vocês terão de ir sozinhas. O máximo que poderei fazer é sobrevoar a cabana enquanto vocês ainda estiverem lá.*

– *Se não há outra solução...*

Eles terminaram a refeição, e logo as garotas rumaram para a direção que Layer indicara.

Não havia trilhas pela floresta, e a mata era tão fechada que se tornava difícil achar lugar para os pés. A fim de ajudar, Lícia abria espaço com rajadas de vento que empurravam a vegetação para os lados; assim, elas podiam ver onde estavam pisando.

As garotas perderam a noção da hora dentro da floresta. As árvores quase não deixavam a luz do sol passar por suas folhas, e, por mais que tentassem andar em linha reta, sempre desviavam um pouco do caminho. Além disso, passavam o tempo todo com a impressão de estar sendo vigiadas e constantemente paravam pensando ter escutado alguma coisa, algo semelhante a passos, que, às vezes, pareciam vir de trás, outras vezes do lado direito ou esquerdo e até da frente delas.

– *Estamos perdidas, Nahya, e eu estou gostando cada vez menos deste lugar.*

– *Não desanime, agora não podemos voltar. Layer já está impaciente sobrevoando a cabana. Se não chegarmos logo lá, ele pode até colocar fogo nesta floresta inteira para nos achar.*

Assim que Nahya disse isso, elas arregalaram os olhos e pararam de andar. Outra vez ouviram os passos, mas agora pareciam estar mais perto, mais rápidos e em direção a elas. Não foi preciso que nenhuma palavra fosse emitida para que elas saíssem correndo.

A corrida não poderia ser mais desastrosa. As garotas tropeçavam em raízes a todo o momento e precisavam desviar de árvores e grandes arbustos, o que as tornava lentas. Ouviam os passos como se eles estivessem em suas costas, porém olhavam e nada viam além de árvores.

Depois de algum tempo, finalmente encontraram a cabana, e não poderia ter sido em melhor hora. A pequena casa era feita de madeira e plantas rasteiras cobriam a maior parte de suas paredes. Os passos estavam cada vez mais perto, e, então, elas dispararam para a porta, onde bateram pedindo por ajuda, até que alguém a abriu.

Atrás da porta de madeira havia uma velha senhora, apoiando-se em sua bengala. Ela as vasculhava com seus olhos cansados pelo tempo, examinando-as, até que finalmente exclamou:

– Olá, minhas belas jovens! Bem-vindas à Ilha de Samui. Em que posso servi-las?

As garotas ainda estavam assustadas e sem palavras. Como não responderam, a senhora riu, abriu a porta e as convidou para que entrassem. Fechou a porta logo em seguida, deixando os misteriosos passos para trás, os quais não eram mais ouvidos.

A respiração de Nahya e Lícia estava ofegante; a senhora se dirigiu até um balcão na cozinha, enquanto as garotas tentavam se acalmar.

– Gostariam de um pouco de chá? Acalma os nervos; vocês parecem um tanto quanto agitadas – comentou enquanto enchia quatro xícaras e as colocava sobre uma pequena mesa que ficava no centro da sala.

Ao redor da mesa havia quatro cadeiras talhadas em forma de folhas. Mais à frente, uma lareira mantinha a cabana aquecida e iluminada. Elas se sentaram nas cadeiras e beberam um gole do chá. O líquido quente foi descendo por suas gargantas como se quebrasse algum encanto, pois finalmente as garotas conseguiram falar. Foi Nahya quem primeiro rompeu o silêncio.

– Desculpe, mas acho que não ouvi direito. Onde estamos mesmo?

– Na Ilha de Samui... E eu me pergunto: o que moças tão jovens fazem tão longe de casa? Curioso, não acha, Sami?

— Oh, sim! Muito curioso, porém não tão curioso quanto aquele dragão rondando nossa casa. Parece que ele se acalmou um pouco, não acha, Samu? — respondeu uma voz em outro cômodo da casa.

As garotas olhavam para a porta esperando que a dona da voz aparecesse, até que uma velha senhora, muito parecida com a primeira, apareceu com uma bandeja de bolinhos saídos do forno. As duas irmãs tinham características típicas de habitantes do clã dos raios, com os seus cabelos cobreados, apesar dos fios brancos. Sami deixou os bolinhos sobre a mesa e sentou-se ao lado de Samu. Sua voz era tão serena quanto a dela.

— Sim, parece que se acalmou. Acho que porque ele percebeu que elas estão em segurança. Não é isso, portadora do fogo?

— É sim, mas...

— Eu sei muito pouco sobre os costumes dos akinianos, mas não poderia mandá-lo para a praia? A floresta não se sente confortável com a presença dele aqui e... com todo o respeito, nem com sua presença. Fogo é uma coisa que tem de ser mantida longe da floresta e dos seres que vivem por aqui. Imaginem só se nossas amiguinhas ouvissem a palavra "fogo"! Ficariam loucas, não é mesmo, Samu?

— Eu não posso mandá-lo embora. Mesmo se quisesse, ele não iria.

— Com certeza! — respondeu Samu à pergunta de Sami, como se não tivesse ouvido Nahya falando. — E acho que devem ter ficado, pois essas duas entraram aqui correndo como se algo as perseguisse! Aceitam bolo?

Lícia e Nahya pegaram um bolo cada uma, no entanto se sentiam perdidas em meio à conversa. Eram muitas perguntas e nenhum tempo para a resposta. Lícia decidiu falar antes que qualquer uma delas dissesse qualquer coisa:

— Nós estávamos sendo perseguidas! Havia passos, muitos passos atrás de nós. Não sei como não nos alcançaram, pareciam tão próximos! Foi sorte nossa ter conseguido chegar aqui.

As duas senhoras começaram a rir.

— Então, desta vez foram passos? Ah, mas elas estão ficando cada vez menos criativas, não é mesmo?

— É sim, Samu. Lembra-se daquela vez em que aquele menino saiu gritando pela floresta dizendo que havia uma manada atrás dele?

– Claro que me lembro, foi um dos melhores dias da minha vida! Acho que ele nunca mais irá se perder no mar para não ter de nos encontrar do novo, não?

– Desculpe atrapalhar a conversa, mas vocês poderiam nos dizer o que está acontecendo aqui? Porque nós não estamos entendendo nada! – a voz de Nahya estava um pouco alterada.

– Calma, calma, não vamos brigar por aqui. Não queremos um incen...

– Shiii, Sami! Não diga isso. Esqueceu?

– Oh, sim... me desculpe... Você sabe que minha memória não anda mais a mesma há algum tempo, não é?

– Quem é que não pode nos ouvir? – perguntou Nahya mais uma vez.

– As fadas! Mas que pergunta tola! Todos sabem que as fadas habitam a Ilha de Samui, ou pelo menos deveriam saber... Em que escola vocês estudaram? Não ensinam geografia lá?

– Vocês são fadas? – perguntou Lícia confusa.

As senhoras riram mais uma vez.

– Mas como essa garota é engraçada, não acha, Samu?

– Com certeza, Sami! Claro que não somos fadas. Se fôssemos, não seríamos velhas. Seríamos lindas, tão belas quanto a mais bela flor desta floresta... Ah, pois é... Não somos fadas, não é?

Quando acabou de dizer isso, ouviu-se barulho nas janelas, como se fossem pequenas batidas.

– Abra as janelas, Sami, elas estão aqui e querem conhecer nossas visitantes. Vocês se importam?

Sami não esperou as convidadas responderem, levantou-se e abriu as janelas, todas as quatro, e pequenas fadas invadiam a sala como um enxame. Elas riam e voavam de um lado para o outro, brincando com as visitantes, mexendo em seus cabelos e suas roupas. Havia fadas de todas as cores imagináveis e nenhuma delas do mesmo tom, como se o arco-íris tivesse se partido em vários pequeninos pedaços.

– Já chega, parem com essa bagunça e se comportem, está bem?

As fadinhas sorridentes pousaram uma a uma sobre a mesa. Lícia, maravilhada, admirava a beleza e a leveza de cada uma delas!

– Elas são tão lindas!

– Ah, não diga isso! Ficarão mais convencidas do que já são. Nesse quesito, as fadas só perdem para as sereias. Nunca vi nada nem ninguém mais vaidoso. Você já, Samu?

Antes de Samu responder, uma das fadas voou até Sami, deu-lhe um pequeno soco no nariz, em seguida voou até Lícia e deu-lhe um beijo no rosto.

– AAH! Já chega, para fora todas vocês! Fadinhas atrevidas, não? – Sami deu um tapa na mesa, fazendo todas as fadas voarem e se espalharem novamente. Algumas saíram pelas janelas e outras se esconderam pela casa.

– Por que tratá-las tão mal? – perguntou Lícia.

– Elas são travessas! Te dão um beijo no rosto hoje, mas amanhã dão nó em seus cabelos enquanto você dorme, ainda mais vocês que são tão bonitinhas. Elas não gostam de concorrência, não é, Sami?

– É sim, ainda me lembro de quando era uma linda moça, essas pestinhas deram tantos nós em meus cabelos que tive de cortá-los por inteiro, lembra?

– Mas por que elas têm medo do... – Nahya abaixou bem a voz como um sussurro – do fogo?

– Shiiii – disseram as duas senhoras juntas.

– Mais uma pergunta tola! Não é óbvio? – perguntou Samu. – Elas são as filhas da floresta, guardiãs das árvores. Protegem tudo por aqui, são as vozes da Natureza. Se você fosse uma árvore, a última coisa que iria querer ver é... bom... Vocês sabem do que eu estou falando, não é?

– Entendo, então é por isso que nos assustaram? Acharam que eu iria fazer algum mal a floresta?

– Sim, ficaram com medo de vocês, por isso as colocaram para correr! Mas elas não foram criativas dessa vez. Passos? Quem tem medo de passos?

Nahya e Lícia trocaram olhares silenciosos e decidiram não comentar.

– Como elas conseguem fazer esse tipo de som? São tão pequenas, e quase não fazem barulho quando voam – questionou Lícia.

– Como eu disse, elas são filhas da floresta. A floresta são as fadas e as fadas são a floresta... Como posso explicar a vocês...? É como se fossem poderes, elas podem fazer uma árvore crescer de um dia para a noite, podem mudar o curso de um rio se assim quisessem, como também podem simplesmente imitar a Natureza, entenderam?

– Elas vivem em todas as florestas?

– Sim! Mas, às vezes, tomam formas diferentes. Algumas delas se assemelham a animais; outras, às árvores, depende do lugar! Aqui elas tomam suas formas naturais porque têm liberdade e não precisam se esconder, não é mesmo, Sami?

– Pois é!

– Foi muita sorte a nossa ter encontrado vocês! – concluiu Lícia.

As senhoras riram mais uma vez.

– Sorte? Se vocês dependessem apenas da sorte para nos encontrar, não nos achariam nunca! Quem nos procura nunca nos acha, não é mesmo, Samu?

– É sim! Somente aqueles que se perdem no mar podem nos achar. É mais um dos truques das fadas! Elas não gostam de estar no mesmo lugar, preferem ver novos horizontes, apesar de nunca saírem da ilha. Também já se cansaram de decidir para onde iriam, então fizeram assim... Elas vão para onde precisam delas. Um grande coração tem essas fadas, não é, Sami?

– Um coração interesseiro, mas um bom coração... Aliás, nós poderíamos falar para as fadas afastarem um pouco mais as árvores, não acha?

– Ah, sim! Esse dragão já deve estar cansado de voar, e voar e voar em círculos... Oh! Já estou ficando tonta só de pensar... ele poderia descansar um pouco, e vocês também, é claro! Poderiam passar o restante da tarde e a noite aqui. Amanhã podem decidir o que fazer, se vão ficar, se vão partir... a escolha é de vocês. O que acha, Sami?

– É uma ótima ideia, com certeza! Onde estarão aquelas fadinhas traiçoeiras?

Com um assobio de Samu, em instantes, todas as fadas saíram de seus esconderijos. Na verdade, nunca tinham ido embora, estavam apenas escutando. Algumas vieram das janelas e provavelmente estiveram escondidas entre as trepadeiras que se esgueiravam pelas paredes; outras saíram de dentro de bules e de panelas vazias, de trás das cortinas, debaixo da mesa e das cadeiras, de trás da porta e até pela porta. Em questão de segundos, todas estavam sobre a mesa.

– Muito bem, minhas queridas! Tenho certeza de que vocês já sabem o porquê de estarem aqui – começou Sami. – Mas mesmo assim irei repetir. Nossas convidadas precisam descansar e vão ficar aqui esta noite; no entanto, seu dragão não tem onde ficar, pois não há espaço para ele pousar entre esta casa e as árvores. Estamos pedindo para que vocês afastem a floresta somente um pouco, e por esta noite, para que assim ele possa pousar. Concordam?

Houve um grande murmúrio entre as fadas, que fecharam uma roda e ficaram alguns minutos discutindo. De vez em quando uma delas lançava um olhar para Nahya e Lícia e logo em seguida voltava a cochichar. Suas vozes eram agudas e quase não se podiam ouvi-las, mas Nahya teve certeza de que não estavam conversando na língua padrão do mundo de Datahriun. Diziam a língua das fadas, que, mesmo falada, parecia música.

Quando acabaram a conversa, a Fada Branca abriu suas pequenas asas e voou em direção a Sami, pousando em seu ombro. Em seguida, cochichou em seu ouvido.

– Está bem, está bem! Eu digo isso a elas... é... bom... Desculpem... como se chamam mesmo?

A pequena fada levou uma das mãos à testa e balançou a cabeça negativamente.

– Nahya.

– E Lícia.

– Sim, sim, claro! Então, como ia dizendo, e, aliás, vou dizer exatamente como a Fada Branca me disse – ela pigarreou e começou: – "Diga à mulher do fogo e à mulher do vento que não iremos mudar as árvores. Elas estão dormindo e não gostam de ser incomodadas de seu sono profundo. Seria melhor para todos se ele dormisse na praia, longe, repito, muito longe da floresta". Reproduzi corretamente?

A fadinha balançou a cabeça em afirmação e cruzou os braços, esperando uma resposta.

– Pois bem! – começou Nahya –, não acho justo que meu dragão durma na praia. Ele não fez mal a ninguém, só precisa de um lugar para descansar as asas cansadas. Não fará nenhum mal às árvores!

E se o sono delas é tão profundo assim, não se incomodariam em mudar só um pouquinho de lugar. Na verdade, não irão nem perceber.

A pequena fada cochichou mais um pouco no ouvido de Sami e voltou à mesma posição de antes. Sami suspirou e respondeu:

– Ela disse que, se ele só precisa descansar as asas, pode ficar na praia... Mas como vocês são teimosas, não? – disse a última frase virando-se para as fadas.

– Não estou aqui para arranjar confusão com vocês – continuou Nahya –, porém vou apenas dar um exemplo. Vocês são guardiãs da floresta, certo? A floresta são vocês e vocês são a floresta! – todas as fadinhas concordaram com a cabeça. – Pois, então, Layer, o meu dragão, é meu guardião e eu sou a guardiã dele. Somos o mesmo ser, dividimos cada sentimento, cada dor e cada alegria. Nosso coração bate junto; eu sou ele, e ele sou eu. Não se pode separar o que foi unido desde os tempos primórdios. Não se separam fadas da floresta do mesmo jeito que não se separa um dragão de seu akiniano. Se ele terá de dormir na praia, eu também terei.

A Fada Branca desfez os braços cruzados. Seus pequenos olhos pareciam cheios de lágrimas e ela voou junto das outras. Começaram a discutir novamente e continuaram lançando olhares para Nahya, porém ternos dessa vez. Até que a conversa acabou e a primeira fada voltou ao ombro de Sami, cochichando em seu ouvido.

Sami deixou um leve sorriso escapar.

– Muito bem, garota! Você conseguiu, elas vão afastar as árvores! Que bom, não?

A pequena fada deu um sorriso e com um aceno de mão chamou todas as fadas para fora da casa.

– Vamos, vamos lá fora também. É tão lindo quando elas decidem fazer a magia! Não acha, Sami?

– Com certeza, Samu! Vamos logo, vocês não irão querer perder, não?

Elas se levantaram da cadeira e correram para o lado de fora. As pequenas fadas estavam em volta da casa e tinham as mãos estendidas em direção às árvores. A Fada Branca foi a primeira a começar: com sua voz fina e doce, entoou uma canção enquanto balançava os braços e dançava. Em seguida, todas elas a acompanharam. A dança começava no chão enquanto a melodia estava calma, e, conforme ficava mais agitada, elas voavam e dançavam no ar.

Lícia podia dizer que seus olhos a estavam enganando, mas não, tinha certeza de que aquilo era real e era a mais bela magia que havia visto. Das mãos das fadas saíam pós brilhantes que caíam nas árvores, iluminando-as. Conforme essas luzes se apagavam, as árvores começavam a se mexer e a dançar junto com as fadas. Era uma visão extraordinária, e Lícia podia jurar que as árvores estavam sorrindo. Samu e Sami se empolgaram e começaram a dançar também, mas a magia já estava em seu fim. A melodia foi ficando calma novamente e as fadas foram descendo ao chão. Aos poucos, as árvores pararam de dançar e de se mexer e ficaram imóveis no mesmo momento em que a música acabou.

– Bravo! Bravo! Magnífico! Eu sempre digo que elas poderiam fazer isso mais vezes! Não acha, Sami?

– Com certeza, Samu! É sempre muito lindo! E vejam só, como prometido, agora há um grande espaço para o seu dragão, não?

Sem hesitar, Layer veio dos céus e pousou, fazendo um estrondo e assustando as pequenas fadas.

– Layer! Como é bom ver você! – sorriu Nahya enquanto corria para abraçá-lo. – Mas não faça isso, irá assustar as fadas!

Sem dizer uma só palavra, a Fada Branca se aproximou de Layer e deu-lhe um beijo em sua asa danificada. Em seguida, todas as fadas fizeram o mesmo em uma fila de cores. No início, o dragão não entendeu o que estava acontecendo, porém sentiu um formigamento em sua asa esquerda; sem precisar fazer nenhum teste, sabia que ela estava curada. Em seguida, as fadas ficaram em silêncio por pequenos segundos e logo voltaram a se dispersar.

– *Elas me disseram boa-noite* – Layer estava um tanto quanto espantado.

– Mas como, Layer? *Elas não falam a língua dos dragões.*

– Realmente não... *Me disseram na língua delas, que também é muito diferente da sua; mesmo assim, sem nunca tê-la ouvido antes, eu entendi.*

– Ei, o que é aquilo? – perguntou Lícia.

– Ah, parece que elas construíram uma cabana para o dragão, não é, Samu?

Nahya e Layer se viraram e lá estavam elas dançando e cantando, fazendo as folhas e os galhos caídos no chão se juntarem, como se estivessem sendo trançados, formando uma pequena cabana. Ao término da música, elas riram e voaram para a floresta.

– Para onde estão indo?

– Para a floresta, não é óbvio?

– Claro que é! Elas vão dormir na floresta? O sol já está se pondo! Não vão ficar com frio? – preocupou-se Lícia.

– Ora! Mas você não ouve o que eu digo, menina? Como uma fada pode sentir frio na floresta? Uma árvore sente frio na floresta, por um acaso? Por que uma fada sentiria? Ah, é tão difícil de entender? Bom, deixe isso para lá... Vamos entrar, as noites costumam ser bem frias aqui, não é, Sami?

As três se viraram e continuaram conversando.

– *Boa-noite, Nahya.*

– *Boa-noite, Layer, tenha bons sonhos!*

– *Sonharei com fadas.*

Nahya sorriu, entrou na cabana logo atrás delas e fechou a porta.

Capítulo 24

Dentro da pequena cabana o ar estava quente. A lareira continuava a queimar e as garotas começaram a sentir os olhos pesados e as pernas cansadas.

– Não durmam ainda, estão de estômago vazio – lembrou Sami. – Por que não se sentam e nós conversamos um pouco para mantê-las acordadas, enquanto eu e Samu preparamos o jantar?

– Sim, sim, é uma boa ideia, Sami! Vamos, então, podem ir dizendo de onde vieram, por que estão viajando, por onde passaram, o que conheceram... Por onde querem começar?

Lícia começou a narrar sua história desde quando saíra de Kan, passando por Dilke, chegando a Akinus, perdendo-se no mar, tentando chegar a Guanten e descobrindo a Ilha de Samui. Nas partes em que conhecia a história, Nahya ajudava a contar, mas elas sempre diziam tudo com muita cautela para não revelar nem ao menos dar pistas de por que estavam viajando.

Samu e Sami faziam o jantar, cortavam batatas, cenouras, beterrabas, jilós, berinjelas, tomates, pepinos, espinafres, alhos e cebolas, enquanto ouviam atenciosamente. Com muita frequência as interrompiam com perguntas sobre o que não haviam entendido ou prestado atenção. Uma infinidade de perguntas, e estas, às vezes, levavam a outro assunto. Lícia tinha de lembrá-las de que o foco da conversa era outro.

Horas se passaram até que Lícia, em meio a tantas interrupções, conseguisse acabar sua narração. O jantar terminara e, de acordo com Samu e Sami, aquela era a hora perfeita para dormir.

Elas guiaram as hóspedes para um pequeno quarto onde havia duas camas com cobertores estendidos, disseram boa-noite e se retiraram. Nahya e Lícia tiraram as botas surradas dos pés cansados, colocaram suas armas sobre uma mesa e deitaram. Antes de conseguirem dizer qualquer palavra, já estavam dormindo profundamente.

O sol estava alto no céu quando acordaram com um barulho na janela. Nahya foi a primeira a se levantar e abri-la, e uma pequena fada entrou por ela como um jato, sentando-se na cama de Nahya. Ela tinha os cabelos e as roupas amarelos, uma cor intensa e brilhante como o Sol. Seu corpinho era tão pequeno que quase sumia por entre as cobertas.

– Bom dia! Eu sou a Fada Amarela, muito prazer em conhecê-las! – Apresentou-se a fada na língua comum do mundo, enquanto voava para Lícia e estendia a mão para cumprimentá-la.

– Bom dia, o prazer é todo meu. Sou Lícia – respondeu ainda sonolenta, estendendo um dedo para que a fada pudesse cumprimentá-la.

Em seguida, a fada voou para Nahya, que ainda estava parada em frente à janela, e repetiu o movimento.

– Muitíssimo prazer, Fada Amarela. Meu nome é Nahya – e também estendeu um dedo.

A fadinha rodopiou no ar e sentou-se novamente por entre as cobertas. Passaram-se alguns segundos sem que ninguém dissesse uma palavra. A pequena fada olhava para elas, examinando-as lentamente, até que soltou um longo suspiro e finalmente exclamou:

– Muito bem, podem perguntar.

As duas garotas se entreolharam e acabaram dizendo juntas:

– Perguntar o quê?

A fada balançou a cabeça para os lados negativamente.

– Perguntar o que eu vim fazer aqui! Vocês acham que é comum fadas baterem na janela de estranhos, e que ainda por cima quando estão dormindo? Mas está tudo bem, já que não perguntaram, eu também não quero mais que perguntem e vou dizer o que vim fazer aqui – a fadinha levantou-se e voou para a escrivaninha que ficava entre as duas camas. – Em primeiro lugar, feche a janela, por favor, Nahya.

Capítulo 24

Nahya fechou a janela e sentou-se em sua cama.

– Sami e Samu não estão em casa, então não precisamos nos preocupar de sermos ouvidas ou incomodadas – a fadinha se sentou mais uma vez e colocou as mãozinhas sobre o joelho. – Pois bem, ontem à noite eu e as minhas irmãs estávamos voando pela floresta, checando se tudo corria em ordem, e acabamos passando pela cabana. A janela estava aberta e eu ouvi vocês conversando... não, na verdade, você – e olhou para Lícia. – Estava contando uma história enquanto Samu e Sami te atrapalhavam – exclamou com um sorriso. – E eu adoro histórias, principalmente aquelas que vêm com os viajantes, que são sempre muito interessantes. Então, decidi deixar a ronda por conta de minhas irmãs e ouvir vocês. Passei o tempo todo sentada na trepadeira da parede e prestei atenção em cada detalhe, mas até agora eu não sei por que vocês estavam viajando. E, sabe, o porquê é o início de toda a história. Muitos passam por aqui, porém todos eles têm um objetivo: tesouros, inimigos, famílias, amores... Ninguém viaja por tanto tempo, e sozinho, por nada.

– Mas eu não estou viajando sozinha, Nahya está comigo – respondeu Lícia.

– Não, não, você estava sozinha no começo da história. Quero saber por que você saiu de casa.

– Meu avô morreu e eu não tinha ninguém. Não quis ficar em um lugar que me trouxesse lembranças do passado, então parti.

– E você levou algo com você?

– Como assim?

– Quando partiu e deixou Kan, o que você levava?

– Apenas uma bolsa com alguns inks, comida, água e um agasalho.

– Mais nada?

– Aonde você quer chegar, Fada Amarela?

Nesse ponto da conversa, Nahya e Lícia já estavam entendendo o objetivo do interrogatório da fada. Se ela não sabia, suspeitava de alguma coisa.

A pequena fada suspirou mais uma vez.

– Segredos são segredos, não? – a fadinha levantou-se e começou a caminhar no ar. – Se vocês não vão dizer, não vou obrigá-las...

porém tem alguma coisa em você – continuou a fada, aproximando-se de Lícia. – É um cheiro forte, muito forte... de... magia... magia branca, sim... mas muito e muito antiga – a fada voava em torno de Lícia. – A última vez que senti algo parecido, foi quando um shinithi se perdeu tentando chegar a Taon. Ele levava consigo uma caixa de ouro dentro de uma bolsa de couro; junto com a caixa, havia cinco chaves... Seu nome... Como era mesmo o nome dele?

– Selaizan? – perguntaram as meninas juntas.

– Sim, isso mesmo, Selaizan. Um datahriano encantador estava completamente perdido quando o achamos – ela se sentou novamente na escrivaninha.

– Mas isso foi há mais de 600 anos. Como você poderia estar viva?

– Sou uma fada, lembra-se? Sou tão antiga quanto vocês possam imaginar! Ainda assim, sou extremamente jovem! As fadas não crescem, não envelhecem, não mudam; nascemos exatamente do jeito que vocês nos veem. E contamos o tempo de um modo diferente. Os 600 anos que vocês dizem terem se passado, para nós, é como se fosse uma semana.

– Entendi.

– Mas continuando... Acontece que, quando Selaizan apareceu em nossa ilha, antes de partir, ele nos disse que... como eram mesmo as palavras que ele usou...? Ah, sim, me lembrei! Ele disse exatamente assim: "Minhas adoráveis fadas, agradeço a hospitalidade com que me receberam, porém, antes de ir embora, farei um último pedido. Receio que um grande mal poderá nascer em um futuro não muito distante. A ganância e a sede de poder poderão ser maiores do que a bondade no coração de algumas pessoas. Tempos difíceis irão chegar, mas ainda assim haverá esperança. Existirão pessoas com coração nobre que lutarão por este mundo. Meu desejo é que, se um dia as encontrarem, as ajudem da melhor maneira que puderem, pois elas estarão sozinhas e perdidas e precisarão de orientação".

– E então nós perguntamos a ele: "Como iremos saber quem são as pessoas a que está se referindo?".

– Ele respondeu: "Saberão, porque carregarão um fardo igual ao meu".

– E assim, como vocês dizem, 600 anos decorreram, muitas pessoas passaram por aqui, e as fadas são muito ocupadas cuidando da floresta, sabe? Minhas irmãs até se esqueceram da história, mas eu não! Eu observava todo viajante que aparecia por aqui, tentando perceber qualquer mínimo sinal que Selaizan havia falado, no entanto nunca nenhum deles me mostrou nada de interessante. Eram todos muito... muito... normais! Até que vocês duas apareceram... No momento em que colocaram seus pés na ilha, senti algo diferente e sabia que eram vocês.

– Então, pelo que você me diz, era como se o Senhor da Luz já soubesse que seria morto pela Feiticeira de Trayena e que ela estaria procurando pela caixa... E também sabia que nós iríamos sair em nossa jornada por Datahriun – Nahya juntou os fatos.

– Quem é o Senhor da Luz? E essa tal Feiticeira de Trayena? – perguntou a fada.

– Senhor da Luz é Selaizan, é como nós o chamamos, e a Feiticeira foi quem o matou para ter o poder daquela caixa que você viu com ele há anos.

– Oh, não! Seilaizan partiu de Datahriun? Eu ainda tinha esperanças de encontrá-lo um dia e dizer que achei vocês.

– Se ele estivesse vivo, não nos acharia, pois, se assim fosse, Datahriun não precisaria ser salvo! – exclamou Lícia em um tom baixo.

– Mas então isso me deixa com um motivo a mais para ajudar vocês! Digam-me de que precisam e eu arrumarei! Desde as coisas mais simples, como roupas e comidas, até informações que estão além do conhecimento de todos os seres, menos das fadas.

– Bom, em primeiro lugar, precisamos de um banho! – exclamou Lícia enquanto cheirava suas roupas sujas. – E roupas limpas, se puder.

A Fada Amarela riu e pediu que a seguissem. Elas saíram da cabana e entraram pela floresta. As árvores pareciam ter se afastado e o mato, abaixado. Era possível caminhar facilmente, mesmo não havendo trilha alguma para se seguir. Os raios de sol batiam nas copas das árvores e passavam com facilidade por entre as folhas a fim de alcançar o chão, e era possível respirar de modo tranquilo. Não muito tempo depois, elas encontraram um pequeno lago; sem pensar duas vezes, tiraram as roupas e mergulharam na água.

 Enquanto as garotas se lavavam, a Fada Amarela voou para dentro da floresta e não muito tempo depois voltou, junto com outras fadas, com roupas novas e duas capas na tonalidade verde-escura. Pelo menos, foi essa a impressão que elas tiveram enquanto as fadas voavam entre as folhas das árvores. No entanto, quando as depositaram na grama, Lícia teve quase certeza de que sua tonalidade mudou para um verde um pouco mais claro. Mas talvez pudesse ser a luz.

 – Aqui estão as roupas limpas! – a Fada Amarela sorria enquanto as outras fadas iam embora.

 – São extremamente lindas! – exclamou Lícia, enquanto saía da água e pegava uma das peças em sua mão e começava a vesti-la.

 – Elas são leves para o calor e esquentam no frio, não importa o tempo que faça. Se estiverem na neve ou no deserto, elas serão perfeitas. Além disso, essas capas têm um truque especial, um pequeno toque das fadas: camuflam-se com a paisagem, assim poderão passar despercebidas se forem cautelosas.

 – Muito obrigada – agradeceu Nahya assim que saiu da água e começou a colocar suas vestes.

 – Que acham agora de irem comer? – sugeriu a fada. – Samu e Sami devem estar preparando uma deliciosa refeição. Depois poderão perguntar o que quiserem.

 As garotas concordaram e voltaram pelo mesmo caminho para a cabana. Como não tinham tomado café da manhã, estavam famintas. Assim que chegaram à velha casa de Samu e Sami, Nahya se deu conta de que ainda não havia falado com Layer naquela manhã e que ele não estava na pequena cabana improvisada pelas fadas.

 – Onde será que o Layer se meteu? – foi mais um pensamento alto do que uma pergunta.

 Ela não esperava uma resposta, mas a Fada Amarela respondeu:

 – Foi caçar não muito depois que saímos. Deve estar para voltar em breve.

 – E como você sabe?

– Nada acontece nesta floresta sem que nós saibamos – avisou com um sorriso. Depois, entrou na casa pela janela.

Da chaminé saía fumaça e do lado de fora podia-se sentir o cheiro maravilhoso de uma deliciosa sopa sendo preparada. Assim que entraram, descobriram que estavam certas. Samu terminava de colocar os últimos ingredientes na sopa enquanto Sami preparava mais uma fornada de seus bolinhos.

– Ah! Aí estão vocês! Foram raptadas pela Fada Amarela?

– Aposto que ela fez vocês contarem várias histórias para ela. Nunca vi uma fada gostar tanto de histórias. Vocês já?

– Não, nunca! – riu Lícia. – Mas, na verdade, não precisamos contar nada, já que ela ouviu toda a nossa conversa de ontem à noite.

A Fada Amarela quase virou Fada Vermelha com o comentário de Lícia. Suas bochechas ficaram tão rosas que por um instante as garotas acharam haver algo de errado com ela. Depois, perceberam que estava somente envergonhada.

– Quer dizer que agora temos uma fada espiã entre nós, Sami?

– É o que parece, Samu! Há quanto tempo vem nos espionando, hein? – riram as duas.

– Eu não espiono ninguém! – protestou a fada, batendo um dos pés no ar. – Só queria ouvir a história, mas a dela nem foi tão boa assim – terminou e saiu pela janela.

Samu e Sami continuaram rindo e voltaram com seus afazeres enquanto conversavam.

– Será que a magoamos? – perguntou Lícia em um tom que somente Nahya poderia ouvi-la.

– Talvez... Mas não se preocupe, acho que ela irá voltar. Sua curiosidade parece ser bem maior do que seu orgulho.

A comida ficou pronta e elas se serviram. Era uma simples sopa de legumes, mas nunca haviam comido nada igual. Os legumes pareciam ter um gosto mais saboroso do que o normal, uns mais fortes, outros mais fracos, porém cada um espetacular. Logo após terminarem a refeição, Nahya ouviu o barulho das pesadas patas de Layer pousando. Sabia que ele já estava de volta e provavelmente muito bem alimentado.

Com a licença das anfitriãs da casa, elas se retiraram, foram para o quarto e fecharam a porta.

– Até que enfim, achei que nunca iam acabar de comer! – exclamou a Fada Amarela, que estava sentada na escrivaninha. As garotas riram e se sentaram em suas camas. – Pois bem... Já estão limpas, já comeram... Me digam do que precisam e eu as informarei.

– Bom... segredos não adiantam mais... – começou Nahya.

– Sim – concordou Lícia. – Estávamos indo para Guanten, como você já soube, e acabamos nos perdendo. Lá nós tentaríamos encontrar um guardião da chave de ouro, assim como eu e Nahya.

– Em primeiro lugar, precisamos de um mapa ou um guia. Também precisamos de provisões, pois saímos de Akinus às pressas e não temos nenhum ink para sobreviver – continuou Nahya.

– Em relação aos inks não posso fazer nada. Nós, as fadas, não temos dinheiro... Mas um guia e provisões poderão ser arranjados facilmente – informou a fada.

– Também precisamos saber algo da história de Guanten – prosseguiu Lícia –, talvez toda a história do clã... Ou, então, se você conhecesse essa pessoa, seria mais fácil... Dizem que, quando Selaizan morreu, enviou cada uma das cinco chaves para uma pessoa de clã diferente. O que assemelhava essas pessoas entre sia era o fato de serem puras de coração e, de acordo com uma grande pessoa que conheci, no poder delas não havia a mistura de nenhum outro clã.

– Oh! Essa é, sem dúvida, uma história magnífica! – exclamou a fada com os olhos brilhando. – Pena você ter me contado tão pouco... Mas vamos ver... Guanten, não é? Há muitas histórias sobre esse povo, histórias de maldições, de sangue, morte, ganância, inveja, porém nenhuma sobre bondade. Guanten é um clã amargo que teve seu início com uma maldição.

E então, começou a contar:

"Há muitos e muitos anos, quando Datah ainda conversava com suas criações e olhava por elas, havia um homem com que Datah se importava mais do que todos os outros. Seu nome era Dárius e sua vida era servir a vontade de seu deus. Naquela época não havia clãs ou distinções de poderes, todos podiam dominar tudo, o que futuramente iria causar mortes. Mas isso é outra história.

Dárius era querido também por toda a comunidade, pois era bom e ajudava a todos sempre que precisavam. No entanto, infelizmente, tudo isso mudou. Não se sabe ao certo por que, pois nunca nos foi contado, mas diziam que foi obra de Trayena, querendo pregar uma estaca no coração de Datah e atacando sua tão querida criação.

Trayena sempre foi uma deusa guiada por inveja, ganância e maldade. Ver o mundo tão perfeito que Datah havia criado e lhe deixar em paz não era algo de seu feitio.

Um dia, Dárius acordou e simplesmente não era mais o mesmo. Cometeu atos terríveis, levando a Datahriun os primeiro indícios de maldade. Isso magoou tanto Datah, que este o amaldiçoou. Nunca uma fúria tão grande vinda dos céus fora vista: o dia virou noite, raios e trovões desciam do céu e furacões apareciam sem explicação. O grande e poderoso deus, em sua cega fúria, extinguiu os poderes de Dárius e disse-lhe que seus ossos virariam ferro e seu castigo seria ter de viver com essa dor, até que seus pulmões se recusassem a respirar. Assim, teria sua punição eterna.

Dárius foi o primeiro de toda a raça de Guanten. Durante os séculos, eles aprenderam a conviver com a dor e o peso de seus corpos, e aperfeiçoaram seu poder. Dizem que as espadas por eles forjadas são feitas com seus próprios ossos, os quais, após algumas semanas, voltam a crescer.

Mas a maldade de Trayena ainda reina no coração de muitos naquela terra amaldiçoada e não há como qualquer um deles vir de uma linhagem pura, já que Dárius, muitos anos depois, casou-se com uma meriana".

– Então, além de dominar os metais, o povo de Guanten ainda possui outros poderes pela mistura de clãs? – perguntou Lícia.

– Não, pois Datah, quando extinguiu seus poderes, acabou amaldiçoando toda a sua geração. Seus únicos poderes, se é que podemos chamá-los assim, são os metais e nada mais.

– Se é assim, não há probabilidades de acharmos algum guardião da chave em Guanten – concluiu Nahya.

– Realmente – concordou a fada. – Bondade em Guanten é algo raro, e, mesmo se houver, não existe pureza no sangue que corre em suas veias. Seu sangue é amaldiçoado.

– Será que podemos descartar Guanten de nosso caminho e seguir direto para o próximo clã? – indagou Nahya.

– Acho que não terão alternativas, a não ser passar por lá, havendo guardiões da chave ou não... É muito longe para vocês viajarem até Taon ou Razoni sem descanso.

– E não se esqueça da minha espada! – exclamou Lícia.

– Ainda não sei como você irá conseguir essa espada... – Nahya balançava a cabeça.

– Eu posso trabalhar por ela. Já que teremos de passar por lá de todo o jeito!

– Não temos tempo para trabalhar!

– Não seja tola, Lícia! – esbravejou a fada. – Não está me ouvindo? Quanto menos tempo vocês ficarem em Guanten, melhor será. Aquele não é um lugar muito agradável para se ficar, lembrem-se disso!

Nahya lançou um olhar a Lícia como se quisesse dizer: "Eu te disse!".

– Acho melhor partirmos amanhã cedo – sugeriu Nahya, e Lícia concordou com a cabeça.

– Ah! Mas tão cedo? Ainda tinha esperanças de que vocês me contassem essa história de guardiões de chaves com detalhes! – suspirou a pequena fada. – Porém estão certas... O caminho é longo, é bom se apressarem – ela se levantou e voou para a janela. – Vou indo agora! Tenho muitas coisas a preparar para sua viagem e acho melhor vocês descansarem bem até lá! – E se foi.

O restante da tarde ocorreu sem grandes acontecimentos. Nahya foi passar um tempo com Layer e partilhar com ele as novidades. Lícia ficou na casa conversando, ou tentando conversar, com Sami e Samui, mas elas não paravam de se fazer perguntas ao fim de cada frase, o que acabou tornando algo extremamente aborrecedor. Lícia, então, foi se deitar antes da hora.

A noite estrelada chegou trazendo Lítica, Lítian e Lítifa. Nahya foi se deitar. Parecia que tinha acabado de pegar no sono e ainda estava escuro quando a Fada Amarela as acordou com pequenas batidas na janela.

Capítulo 24

— Já está na hora de partir — avisou a fada assim que elas abriram a janela. Várias outras fadinhas entraram no cômodo com ela.

Cada fada transportava algo. Algumas delas se ajudavam carregando objetos maiores. Havia duas bolsas e vários suprimentos, cantis de couro com água, frutas que dariam para os primeiros dias de viagem e uma espécie de bolo que, de acordo com a Fada Amarela, dificilmente estragava e sustentava por várias e várias horas. As garotas se arrumaram e guardaram as provisões nas bolsas. Logo, já estavam prontas para partir novamente.

— Você irá com a gente até Guanten? — perguntou Lícia à Fada Amarela.

— Não, eu não. Gosto de histórias, não de viagens! Quem irá com vocês é a Fada Verde — e logo uma fadinha se apresentou à frente delas. — Ela gosta de mares e entende mapas como ninguém.

— E como vamos fazer para seguir ao próximo clã? Nós não temos mapa... Será que a Fada Verde não poderia nos levar até lá?

— Sinto muito — lamentou a Fada Verde —, mas nós não podemos nos afastar tanto umas das outras... Guanten está a algumas poucas milhas daqui agora... Porém qualquer outro lugar seria longe demais.

— Se me permitem intrometer, eu sugeriria que vocês fossem para Taon — a Fada Amarela falava com todo o seu ar de sabedoria. — É um povo pequeno, designado a proteger o portão de Mériun, e histórias sobre seus feitos não faltam. Dizem que nunca houve casamento entre pessoas que não fossem de seu próprio clã na família real. Talvez possam encontrar o que procuram por lá.

— E o melhor de tudo é que não há como se perder! — afirmou a Fada Verde. — Para chegar a Taon, tudo o que vocês têm de fazer é seguir a constelação Seregi, a qual possui a forma de um floco de neve. Mantenham os olhos atentos no céu e não se perderão.

— Muito obrigada — agradeceu Nahya. — Então agora é melhor irmos...

— Sentiremos falta de vocês — Lícia estava com lágrimas nos olhos. — Quem sabe depois, quando tudo isso tiver acabado e Datahriun for outra vez um ótimo lugar para se viver, eu não me perco no mar, só para achar vocês, e assim passarmos mais tempo juntas!

Elas riram.

– Sim, faça isso! E traga novas histórias! – pediu a Fada Amarela.

Assim elas se despediram, não acordaram Sami e Samu, mas as fadas prometeram que diriam a elas quanto agradeciam pela hospitalidade e que voltariam se pudessem.

Nahya acordou Layer, que logo se levantou disposto a seguir para sua próxima aventura. A estada havia sido boa, no entanto ele já estava começando a achá-la monótona. As garotas montaram e a Fada Verde se separou das outras voando para os céus, ansiosa para seguir viagem.

Todas as fadas da Ilha de Samui acenavam enquanto os viajantes ganhavam altura no céu. Lícia descreveu-as lá de cima como estrelas caídas, as estrelas mais belas e brilhantes de toda Datahriun.

Capítulo 25

O dia amanheceu nublado. A pequena fada, apesar de se confundir facilmente com a paisagem, deixava um rastro brilhante por onde passava. Assim, Layer não se perdia. Lícia e Nahya sentiam seu espírito renovado. Toda a fadiga ficara para trás e, apesar de ainda estarem a algumas milhas de distância de Guanten, sentiam que sua missão poderia ser mais viável do que pensavam.

A pequena fada poderia levá-las somente até Guanten, mas, pelas instruções, não seria tão difícil chegar a Taon. Pelo menos, tinham alguma direção a tomar. Layer batia suas grandes asas voando perto do mar para não ter de atravessar as nuvens carregadas no céu. As garotas em suas costas estavam pensativas e o silêncio reinava desde quando saíram da pequena ilha, até que Lícia decidiu quebrá-lo.

– Sabe, Nahya...

– O que é?

– Eu estava pensando, uma vez você começou a dizer o porquê de ter voltado para a casa de seus pais, mas não terminou... e eu fiquei pensando o que poderia ter acontecido...

Nahya suspirou.

– Tudo bem... Passando tanto tempo com você, uma hora ou outra iria acabar contando de todo jeito... Talvez você tenha ouvido falar, talvez não, pois ainda era muito nova quando isso aconteceu...

"Eu tinha somente 13 anos, quando uma guerra civil estourou em Akinus e eu menti minha idade para fazer parte dela... E consegui, servi fielmente ao rei durante mais de um ano. É claro que minha mentira não ficou escondida por muito, porém a minha determinação era muito maior e ninguém ousou me impedir. Ainda me lembro

daqueles dias como se fosse ontem, o calor da batalha e o sangue em minhas mãos, mas essa não é de modo algum uma lembrança bonita. É uma lembrança de glória e honra quando se luta por seus ideais.

Ao final de tudo, quando tínhamos vencido, fui convocada ao castelo do rei e condecorada a mais jovem e brava guerreira de Akinus junto com Layer, e foi ali... naquele dia em que eu o conheci... Seus olhos se encontraram com os meus pela primeira vez e eu senti meu coração palpitar. Ele era o irmão mais novo do rei, mas, ainda assim, um pouco mais velho do que eu.

Eu fui embora naquele dia, sem trocar ao menos uma palavra com ele... Na mesma semana, chegou em casa um convite real para comparecer a um baile. Sem nem ao menos hesitar eu aceitei. Comprei um vestido novo e, no dia e hora marcados, eu entrava pelas portas do palácio.

Foi naquele dia em que trocamos as primeiras palavras. Foi até engraçado, estávamos os dois completamente sem jeito e conversamos somente sobre coisas banais como o tempo, a decoração ou as pessoas do baile. Antes de a festa acabar, e com vontade de ficar, eu fui embora.

Mas as horas em que fiquei sem notícias dele não foram muitas. No dia seguinte, logo de manhã, recebi um bilhete. Ele me convidava para uma corrida, aliás, desafiava Layer para uma corrida... e nós aceitamos... Assim estava eu, mais uma vez, rumando para o palácio.

Os dias se passaram e as semanas também, e eu não ficava nem 48 horas sem que recebesse um convite do príncipe. Estava perdidamente apaixonada, e aquele foi meu maior erro. Eu sei que deveria ter me afastado desde o início e não ter aceitado os convites, mas como dizer isso ao meu coração? Como dizer a ele para parar? Impossível. Os erros cometidos quando você não dá ouvidos à razão, e sim à emoção, podem ser os piores, os que deixam as maiores cicatrizes. No entanto, são aqueles dos quais, mesmo assim, você não se arrepende – e, se tivesse a chance, faria tudo de novo.

Talvez para você, Lícia, dizer que uma garota de 13 anos estava apaixonada seria besteira, porém nós, akinianos, envelhecemos cedo... e amadurecemos nossos corações antes de qualquer outra coisa. Não é à toa que com 15 anos atingimos a maioridade. Tínhamos nossa pequena diferença de idade, mas internamente éramos iguais. Pena que era apenas por dentro..."

Nahya tinha os olhos cobertos por lágrimas que escorriam de sua face e voavam com o vento. Lícia a abraçou forte.

– Tudo bem... Não precisa continuar.

– Não – Nahya interrompeu o choro e enxugou as lágrimas –, eu termino... Mas você ainda não percebeu, não é? Ainda não sabe qual foi o meu erro...

– Desculpe, não sei...

– Ele era irmão do rei, Lícia... O rei de Kan e Akinus, filho do antigo rei de Kan... Seus olhos eram tão dourados quanto os seus e suas asas, mais velozes do que as de Layer – disse entre um sorriso. – Ele ganhou a corrida em que desafiou Layer! Meu dragão ficou furioso e até hoje não aceitou a derrota.

Layer rugiu.

– *Estou ouvindo, Nahya... E eu o deixei ganhar...*

Nahya esboçou um sorriso e continuou a história:

"Bom... como você deve saber, ainda há um preconceito muito grande em Akinus com relação à mistura de clãs, porque, com a miscigenação, as crianças nascem sem predestinação a um animal e se tornam fracas perante as outras... Com o passar do tempo, o meu amor e o amor do irmão do rei por mim não eram mais segredo. Meus pais nunca foram contra e sempre me apoiaram, mas eu não era mais bem-vista na cidade... Tudo o que eu havia feito durante a guerra e tudo o que eu era antes não existiam mais... Eu virei uma espécie de traidora da minha raça... Então eu parti. Fui para Kan junto com ele e nos casamos lá.

Vivemos muito bem, e foram os anos mais felizes de toda a minha vida. Porém o destino quis me pregar outra de suas peças. Havia seis anos que estávamos juntos quando meu marido adoeceu. Fomos a vários curandeiros, mas nenhum deles tinha a solução ou o diagnóstico. Diziam somente que era a mesma doença que levara seu pai e que não sabiam como curá-la. Já fazia duas semanas que ele estava infectado. Quando ele se foi, disse que me amaria até o fim dos tempos.

Para mim, o mundo simplesmente tinha acabado... Passei incontáveis meses trancafiada em minha casa, chorando, sem ver ninguém, além de Layer, que tentava inutilmente me consolar. Mas Layer tam-

bém podia sentir a minha dor e o amava tanto quanto eu... Até que um dia meus pais vieram até mim e me levaram a todo custo para casa, antes que eu definhasse ali. Desde então, vivo sobre a proteção deles".

E terminou enxugando as últimas lágrimas.

– Sinto muito por tê-la feito relembrar essa história...

– Não tem problema... É só que fazia muito tempo que não a contava para alguém.

– Eu sei como se sente, também perdi pessoas importantes... – comentou Lícia. – Como você sabe meu avô faleceu há pouco tempo e meus pais morreram na guerra...

– Também sinto muito por você, Lícia.

A garota assentiu e prosseguiu:

– Eu sinto muita falta de meu avô e, apesar de não ter convivido muito com meus pais, também sinto muito a falta deles... O que às vezes eu acho estranho, porque eu não me lembro dos rostos deles, ou como seriam suas vozes, mas eu continuo sentindo um vazio, que, por mais que meu avô tenha feito de tudo por mim, nunca conseguiu completar.

– Não é estranho, Lícia, é somente que algumas pessoas são insubstituíveis para nós.

O dia passou sem que o sol aparecesse e quando a noite chegou trouxe o frio e o vento. Depois da conversa de Lícia e Nahya o clima havia ficado um tanto quanto melancólico, e elas praticamente não conversaram mais. Layer tentava levantar os ânimos de Nahya e conversava sobre assuntos banais, a fim de afastá-la daqueles pensamentos.

A noite já havia avançado algumas horas quando a Fada Verde veio até eles e puderam vislumbrar a terra amaldiçoada de Guanten.

Grandes nuvens negras pairavam sobre a cidade, deixando sua paisagem macabra. A praia era repleta de pedras altas e não se podia ver o que havia depois. Ao pousarem, a pequena fada se despediu e foi embora para a sua terra.

– E agora? – perguntou Lícia.

– Não sei... acho que não seria uma boa ideia atravessar esses rochedos com Layer. Atrás pode haver uma cidade e não acho que eles ficariam confortáveis com a presença de um dragão. Poderia causar um grande alvoroço – refletiu Nahya. – Acho melhor permanecermos aqui mesmo.

– Mas nós não vamos explorar esse lugar nem um pouquinho? A fada disse que não há nenhum guardião, porém não custa nada dar uma volta só para garantir... e Layer precisa de um tempo para descansar também; pode permanecer aqui. De qualquer forma, não iremos muito longe, pois assim você mantém contato com seu dragão para o caso de alguma coisa acontecer.

– Você ainda está pensando naquela maldita espada? – questionou Nahya.

Lícia soltou um leve sorriso.

– Não é justo eu ter treinado todo aquele tempo com espadas para não usar nada do que aprendi!

– Você não vai desistir, não é?

Lícia fez que não com a cabeça.

– Está bem então, vamos! – concordou Nahya, mesmo sem querer. – Mas só depois que amanhecer.

Layer também não parecia estar contente com a decisão, no entanto não conseguiu protestar. Estava tão cansado que, assim que se encostou a uma saliência na rocha, adormeceu. As garotas se ajeitaram em volta dele e também dormiram.

Na manhã seguinte, elas logo acordaram e procuraram um lugar de fácil escalada para subirem os rochedos. Layer ficaria na praia em alerta a qualquer sinal de perigo. Quando Nahya e Lícia chegaram ao topo, avistaram não muito longe uma cidade cinzenta e se dirigiram para lá.

O terreno era totalmente deserto, com pouca vegetação, e um vento extremamente forte soprava por lá; porém, suas capas as ajudavam a se esconder mesmo naquele lugar descampado.

Conforme se aproximavam da cidade, tiveram a estranha impressão de ela ser habitada por gigantes e estar em constante terremoto. Quanto mais chegavam perto, mais o chão a seus pés tremia, e as pessoas eram muito maiores do que o normal para elas. Ao longe, em uma pequena colina, Lícia podia ver guantenienses brincando, um jogo que ela não conseguia decifrar. Tinha certeza de que eram crianças, pelo modo como se comportavam, mas maiores do que Nahya.

Após passarem pelo portão da pequena vila, sua maior preocupação era não serem pisoteadas. Logo descobriram que o tremor da terra vinha das passadas pesadas dos habitantes de Guanten, os quais, além de grandes e pesados, eram extremamente lentos.

Andar despercebidas pelas pessoas foi fácil para elas. Os moradores da cidade dificilmente olhavam para baixo e, quando o faziam, eram tão lentos que as duas garotas já tinham sumido de vista.

Elas andavam somente observando a tristeza, a solidão e a brutalidade que cresciam e fincavam suas raízes por entre o chão de pedra. Havia crianças maltrapilhas com marcas roxas e os olhos marejados andando pelas ruas e implorando por esmola; ouviam-se gritos de mulheres, porém elas não sabiam de onde vinham e ninguém parecia se importar. Homens lutavam até a morte e meninas seminuas vendiam seus corpos por entre esquinas. Era tanto horror, que elas logo decidiram ir embora e não voltar nunca mais para aquele mundo amaldiçoado e esquecido na terra de Datah.

Quando Lícia e Nahya resolveram voltar à praia, ouviram a voz de uma criança:

– Olhem! Forasteiros! – Era como se algum feitiço tivesse sido pronunciado. Somente aqueles que estavam muito ocupados, esfaqueando uns aos outros, não deram atenção.

Todos os olhares se voltaram para as garotas, e nesse momento nem mesmo suas capas puderam ajudá-las. Olhos mortais e do mais puro ódio se fixaram e elas não conseguiram se mexer, como se estivessem congeladas.

– Acho melhor a gente correr... – sussurrou Nahya entre os dentes.

E foi exatamente o que elas fizeram. Seus pés ligeiros passavam pelos braços e mãos dos gigantes, que tentavam lentamente agarrá-las. Crianças corriam para tentar alcançá-las e começou a se tornar difícil se equilibrar naquele chão tremeluzente. Mas o pior de tudo ainda estava por vir: o grande portão da cidade sendo fechado e elas estavam longe de conseguir alcançá-lo.

– Não vai dar tempo! – gritou Lícia. *Se ao menos eu tivesse minhas asas, poderia tentar carregar nós duas e seríamos mais rápidas*, pensou a menina.

Nahya não respondeu. Em vez disso, soltou uma bola de fogo em direção a um dos guardas que fechavam o portão e este soltou a catraca. Lícia seguiu o exemplo e com uma rajada de vento afastou o guarda que estava do outro lado. Isso daria a elas algum tempo, ou pelo menos elas acharam que sim. Nahya já havia avisado Layer e ele devia estar a caminho.

Assim que elas dispararam seus poderes, revelaram seus clãs, pois a capa as protegia e mantinha em segredo o lugar de onde vinham. Acontece que o povo de Guanten sentia ódio mortal pelos kanianos, pois Kan era um clã aberto a todos os povos, menos a Guanten, e isso os deixava enfurecidos. Como Akinus e Kan eram governados pelo mesmo rei, passaram a odiar o clã do fogo com a mesma intensidade. Então, o que parecia impossível aconteceu.

Uma lança passou centímetros da cabeça de Lícia e fincou no chão à frente delas, obrigando-as a parar. A garota de Kan reparou que, na verdade, o que viera em direção a elas fora uma barra de ferro afiada. Por instinto, as garotas olharam para trás; então, deparam com aqueles seres quatro ou cinco vezes maiores que elas. De seus corpos saíam espinhos de ferro, os quais eram retirados um a um. Um estalo de madeira à frente as fez voltar para a realidade.

Era o portão, que voltava a ser fechado.

As garotas recomeçaram a correr; dessa vez, quem as perseguia não eram passos, mas barras de ferro extremamente mortais. Tiveram sorte, pois eram muito rápidas e pequenas para os padrões dos guantenienses, que não conseguiam fazer a sua mira.

Nahya retirou o arco que estava em suas costas e começou a atirar flechas para todos os lados tentando escapar. Olhando rapidamente para as tendas de comércio ao lado, Lícia teve uma ideia: agarrou a primeira espada que viu e sacou-a da bainha. As lâminas das espadas guantenianas eram as mais resistentes e nem mesmo o aço mais forte poderia quebrá-las. Ela manteve a espada em punho, pronta para se proteger.

– Onde está Layer? – gritou Lícia.

– Ele não pode entrar aqui. Se assim o fizer, será um alvo muito fácil... Só estamos vivas porque somos pequenas.

Sem Layer, a única esperança era o portão, que infelizmente chegou ao chão quando faltava muito pouco para alcançá-lo.

– E agora? Estamos mortas... – desesperou-se Lícia.

– Calma. Vem comigo! – pediu Nahya, dobrando uma esquina.

Por sorte, a rua estava vazia e logo elas viraram à esquerda, voltando à muralha que cercava a cidade. Elas podiam ouvir os gritos e as vozes dos grandes habitantes da cidade se aproximando.

– Vamos, sua vez agora! – disse Nahya.

– Minha vez do quê? – angustiou-se Lícia.

– Precisamos subir. Se estivermos acima da muralha, Layer pode nos pegar a uma distância segura...

– Mas como? Eu nunca fiz isso!

– Lícia, você é a controladora do ar! Mas deixa... somente concentre ele embaixo de nossos pés que eu faço o restante!

Lícia assim o fez. Com o pouquíssimo tempo que restava, ela concentrou uma grande corrente de ar que circulava em volta de seus pés e Nahya soltou fogo com as mãos, apontando-as para baixo. As garotas começaram a subir e, quando estavam quase alcançando a altura da muralha, Layer apareceu. Ele as agarrou com suas grandes garras e ganhava cada vez mais altura, enquanto desviava de várias lanças jogadas contra o céu na esperança de acertá-lo.

Quando o perigo havia passado, Nahya pediu que Layer a soltasse e escalou suas escamas até o dorso. Lícia, com muito sacrifício, fez o mesmo.

– Nossa, eu nem acredito que estamos vivas! – Lícia ria.

– Muito menos eu! – disse Nahya, dando um pequeno tapa no braço de Lícia.

– Ai! Pra que isso?

– Pra quê? Você ainda me pergunta? Estávamos entre a vida e a morte e você me vem com essa de "eu não sei fazer"? Você tem noção de que é uma dominadora de ar? Olhe em volta... tudo isso é seu, e você pode fazer o que quiser com ele! Basta você querer.

– Eu nunca pensei com essa perspectiva...

– Você deveria... Deveria praticar mais seus poderes também. Você se restringe muito.

– Desculpe – limitou-se a dizer Lícia.
– Tudo bem, me desculpa também... fui um pouco grossa...
Elas ficaram em silêncio por alguns momentos até Lícia exclamar:
– Vou melhorar! – prometeu. – E pense pelo lado bom... pelo menos eu consegui uma espada legítima de Guanten!
Nahya riu.
– Parece que você fez de propósito... uma espada feita do melhor metal do mundo... Passe para cá, deixe-me dar uma olhada!
Lícia entregou para Nahya a espada que tinha convenientemente apanhado em Guanten. Havia uma pedra azul em seu punho e estava escrito "proteção" na língua antiga de Datahriun, que era usada somente nos primeiros anos do mundo.
Nahya a examinou atentamente e depois comentou:
– Eu diria que é um pouco pesada para você... Mas pode se acostumar... Tente não usar as duas mãos quando for manuseá-la. – E devolveu a espada para Lícia.
A garota colocou-a em sua bainha.
– Do que seu arco é feito? – perguntou Nahya. – Ele é prateado, mas não é de ferro. Sempre tive curiosidade de saber...
– Ele é feito do tronco de uma antiga espécie de árvores que brotavam em Kan, há muitos anos. Seu tronco era prateado e sua resistência é incontestável; as folhas eram douradas e seus frutos, milagrosos.
– E o que aconteceu com essas árvores? Não existem mais?
– Não. Todas se foram... Elas eram muito raras, foram extintas.
– Uma Pena!
Elas ficaram em silêncio novamente, enquanto Lícia observava o mar de nuvens pelo qual viajavam para não serem vistas pelo povo de Guanten. O próximo destino ela sabia qual seria: Taon, a terra dos cristais. Para chegar lá, a fada da Ilha de Samui já havia dito que seria preciso somente seguir a constelação de Seregi, cujo formato era um floco de neve.
No entanto, ainda era o dia, então não poderiam seguir viagem até anoitecer. Assim, Layer preferiu diminuir a altura e, ainda tentando se esconder por entre as nuvens, procurou um lugar seguro para passar o restante do dia e descansar.

Grande parte do terreno era ora pedregoso ora plano, não existindo muitos lugares para se esconder. Então, as garotas optaram por ficar no litoral, pois, aonde quer que fossem, a costa mantinha a mesma característica. Depois da praia havia um grande rochedo, que poderia facilmente esconder Layer.

O primeiro turno foi de Lícia, que se aconchegou perto da asa de Layer, onde Nahya dormia, e ficou acordada sem que nada acontecesse – além de um pequeno tremor aqui ou ali, mas nada que chegasse muito perto. Depois, trocou seu turno com a mulher do fogo. O dragão não participou do rodízio e dormiu um sono profundo, pois passaria a noite inteira acordado, viajando sem descansar.

Assim que o Sol se escondeu por entre as águas do mar, eles levantaram. Layer espreguiçou-se e mirou o céu azul, procurando a constelação de Seregi. Não demorou muito para que achasse um perfeito floco de neve pontilhado e mais uma vez eles seguiram uma longa viagem pelo céu à procura da terra de Taon.

A viagem ocorreu sem problemas. O céu estava extremamente azul nos primeiros dois dias de voo, porém as nuvens começaram a se fechar e o clima ficava cada vez mais frio. De vez ou outra caía alguma garoa, mas nenhuma tempestade ou chuva forte veio.

Quem mais sofria com o tempo era Lícia, pois seu corpo estava acostumado com o clima quente de Kan e o frio a fazia estremecer. Por sorte, a capa entregue pelas fadas conseguia ser extremamente quente, e o calor que emanava dos corpos de Nahya e Layer permitiu que aquecesse. O povo de Akinus tinha o fogo correndo por suas veias e seu corpo era extremamente quente, independentemente da temperatura.

Durante o dia, eles paravam para descansar e dormir um pouco quando achavam algum lugar para pousar. As garotas comiam o que havia sido entregue pelas fadas e Layer pescava alguns peixes, os quais eram assados por Nahya. E assim transcorreu a aventura para a terra do gelo de Taon.

Desde os tempos primórdios, os taonenses dominavam os cristais e nunca tiveram um continente que somente os pertencesse. No começo, quando em Datahriun ainda existia a harmonia, a população de Taon vivia com o povo de Mériun, o continente da água. Grande parte dos habitantes merianos não tem poderes voltados para o ataque e a guerra, e sim para a cura e a defesa. Assim, uma grande aliança foi feita entre esses dois povos, e, em troca de proteção, os taonenses poderiam viver em completa paz em Mériun.

A eles foram entregues as grandes montanhas de gelo, onde construíram toda a sua cidade de cristais. Séculos se passaram sem que a aliança fosse quebrada, porém, após a morte de Selaizan, o rei de Mériun, tomado pelo medo de uma grande guerra e da destruição, decidiu que a partir daquele dia Mériun seria um continente submerso.

Mas ao povo de Taon eles não concederam esse privilégio. Como eles eram responsáveis pela proteção da cidade, teriam de ficar na superfície e proteger a passagem que dava acesso ao grande clã da água.

Foi assim que aconteceu a separação entre o povo de Taon e o de Mériun. Somente os merianos ganharam o direito de submergir; os taonenses tiveram de ficar na superfície.

Naquele tempo, o rei de Mériun expandiu Taon, criando gelo e neve com seu poder. Acontece que a morte de Selaizan mexeu profundamente com o clima de Datahriun, e o grande continente de gelo, agora, não passava de uma grande ilha.

Capítulo 26

Lícia já havia perdido a noção dos dias. A comida das fadas acabara, e não sabia se tinham se passado três ou cinco dias, porém sabia que já fazia muito tempo que não conseguia dormir direito ou comer qualquer coisa que não fosse peixe – sem contar que ela mesma já cheirava a peixe. O frio era de congelar e o vento que fazia durante a noite era tão forte que ela tinha de usar seus poderes para amenizá-los; assim, Layer conseguia voar. O desgaste da viagem se notava em todos, principalmente no dragão, que em algumas noites mal conseguia suportar seu próprio peso e cambaleava no ar ou quase caía no sono.

Uma noite, quando já estava quase amanhecendo, Lícia avistou Taon e avisou a todos. Assim, com os ânimos um pouco melhores, decidiram não arrumar um lugar para parar e continuar até chegarem.

O Sol já estava alto quando Layer pôs suas garras na neve que cobria o chão e as garotas desceram animadas em poder esticar as pernas em terra firme de novo. Mas a tranquilidade não durou muito tempo: ouviram um som arrepiante, parecendo ser algum animal.

Layer se pôs a postos e em resposta soltou um rugido. Nahya tirou a espada da bainha; Lícia, seu arco das costas, apontando uma flecha. Os três olhavam e apontavam para todas as direções, esperando um ataque de qualquer um dos lados.

– Nahya, eu fico imaginando por que nós nunca somos bem recebidas nos lugares!

– Eu estava pensando a mesma coisa.

Capítulo 26

– *O mundo está mais hostil* – completou Layer.

Nahya ia repassar o recado quando uma estrela de cristal cruzou o céu.

– Lícia, cuidado!

A garota havia sido mais rápida e a flecha certeira reduziu a estrela a estilhaços. No entanto, infelizmente, aquilo fora somente uma distração. Do outro lado surgiu um grande urso branco de caninos enormes saindo por sua boca e trajando uma armadura feita de cristais. O urso atacou Layer e três homens surgiram vestindo roupas tão brancas que se confundiam com a neve, cada qual trazendo na mão um cajado com um grande cristal em sua ponta.

A espada de Nahya encheu-se de chamas e ela se preparou para o ataque. Lícia, avistando o perigo, logo decidiu ajudar, mas a seu lado surgiram outros três homens armados.

Enquanto isso, Layer travava uma luta com o grande urso. Apesar de a pele do dragão ser muito mais resistente do que a armadura do urso, Layer estava extremamente cansado por causa da viagem e por isso não levava a melhor.

Os seis habitantes de Taon atacaram, todos com estrelas de cristais que saíam de seus cajados e tomavam forma ainda no ar. Com um grande salto, Nahya desviou-se delas, cortando algumas ao meio; em resposta, soltou bolas de fogo, as quais também foram defendidas. Lícia, em segundos, concentrou uma grande quantidade de poder e uma flecha de vento se dividiu em várias. Estas, além de destruírem as estrelas de cristais, foram em direção aos taonenses, porém de nada adiantaram.

Os homens avançaram com velocidade, seus cajados em uma mão e espadas de cristais na outra. Lícia sacou sua espada da bainha, segundos antes de o primeiro dos homens alcançá-la. Ela ainda não havia adquirido grandes habilidades com a espada, mas sabia que, quando se lutava com vários oponentes, teria de fazê-los se atrapalharem, jogando um contra o outro.

É claro que Nahya também sabia disso. Então, antes que os taonenses conseguissem alcançá-la, ela correu e com uma voadora derrubou o oponente que estava no meio. Os outros dois ficaram aturdidos, pois não esperavam de modo algum por isso, e, antes que se recuperassem do susto, ela desferiu neles uma sequência de golpes e rajadas de fogo.

Layer, apesar de estar gravemente ferido em vários lugares, começava a ter alguma vantagem sobre o grande urso das neves. O urso estava com cortes em cima da cabeça e ferimentos no pescoço. Layer soltou uma rajada de fogo, fazendo o urso saltar para desviar, e o dragão aproveitou a chance e o agarrou pelo pescoço com seus dentes afiados, jogando-o contra a parede de neve.

O urso balançou a cabeça e se levantou, mas o dragão já estava sobre ele outra vez, agarando-se arremessando-o. Antes que o urso levantasse, Layer já preparava outra rajada de fogo certeira, no entanto algo o impediu. Uma grande caixa de cristal surgiu em sua volta, onde o fogo bateu e se extinguiu. O dragão passou a desferir golpes com suas garras e o rabo, mas ela nem ao menos arranhou. Ele então viu homens iguais aos outros chegando. O urso se levantou, recompôs-se, e com um olhar de vencedor, andou em volta da caixa, fazendo a ira de Layer aumentar cada vez mais.

A situação de Lícia era pior a cada instante. A ideia inicial de jogá-los uns contra os outros não estava dando muito certo, já que era a primeira vez em que ela tentava pôr em prática. E o pior de tudo: além de usarem as espadas, eles também utilizavam seus poderes. De vez em quando, uma espada transformava-se em lança, da qual ela conseguia escapar por centímetros. A garota também usava o vento a seu favor, mudando-o sempre para a direção que a favorecesse. Assim, acabava confundindo-os, mas não sabia até quando isso ia durar.

Até que um deles derrubou Lícia e sua espada escapou de sua mão; antes que tentasse recuperá-la, eles a amarraram.

Lícia gritou e trouxe Nahya para a realidade. Dois de seus oponentes já estavam caídos ao chão, feridos. A akiniana lutava fervorosamente; tudo à sua volta desaparecia durante um combate, mas aquele grito a fez olhar em volta. Ela percebeu que era a única para muitos oponentes e, sem pensar duas vezes, soltou sua espada ao chão, que se apagou. Depois, ergueu os braços em sinal de rendimento e seu oponente amarrou seus pulsos.

Os taonenses que chegaram depois se aproximaram. Um deles era altivo e vestia uma capa feita de peles brancas; por baixo, usava a armadura mais reluzente entre eles. Seu cajado possuía um cristal de tamanho maior, seu cabelo branco caía por sobre seus ombros e em sua cabeça havia uma coroa de cristal indicando ser alguém da realeza. No entanto, o mais impressionante era ele usar uma corrente dourada com uma chave pendurada.

Eles trouxeram as garotas para perto dele, que as examinou da cabeça aos pés. A chave presa ao corpo de Lícia esquentou levemente, mas não com a mesma intensidade de quando encontrou Nahya.

– Vejamos o que temos aqui... – analisou ele. – Uma guerreira de Akinus com seu dragão e você, eu suponho, vem de Kan... apesar de estar com o que sobrou de suas asas.

Lícia sentiu o sangue ferver. Qualquer coisa dita sobre suas asas reabria a ferida de seu coração. Inconscientemente, o vento intensificou-se, levantando a neve e formando redemoinhos. Se não fosse Nahya sussurrar seu nome para que ela voltasse à realidade, a garota não teria parado.

– Por que vieram aqui? – perguntou o homem, que pareceu não reparar na ventania.

– Nós somos apenas viajantes à procura de descanso. Viemos em paz – falou Nahya.

– Curioso... Se vieram em paz, por qual motivo atacaram?

– Mas foram vocês quem começaram a nos atacar! Estávamos somente nos defendendo – protestou Lícia.

– Ah, sim... Veremos isso, então, no julgamento. Levem-nas!

– Julgamento? Que julgamento? Nós não fizemos nada, foram vocês! – gritou Lícia.

– Para tudo há o seu tempo.

Lícia continuou protestando enquanto elas foram levadas a uma espécie de veículo oval feito de cristal. Em seu interior havia cerca de dez bancos, nos quais ocuparam os últimos, sentadas. A grande caixa de Layer foi levantada com algumas palavras e fixada na parte de trás do veículo. O taonense da realeza e outros dois foram em um transporte parecido, mas menor, e saíram em alta velocidade sem esperar pelos outros. Os que sobraram se acomodaram junto às prisioneiras. Com as palavras certas, o veículo começou a deslizar pela neve em direção a seu destino.

Não demorou muito para que avistassem a grande cidade de Taon, onde havia torres e mais torres de cristais desafiando o céu. A cidade chamava-se Vidi; nela, não havia muralhas que a protegessem e a entrada era apenas um grande arco com mensagens escritas na língua antiga; porém, assim que elas o atravessaram, descobriram o porquê: um escudo de proteção invisível a envolvia, elas puderam senti-lo quando passaram por ele. Se tivessem tentado pousar na cidade, não teriam conseguido.

O tempo percorrido foi extremamente breve e logo entraram em um túnel que seguia ao subsolo. Elas perderam a noção de quanto tempo andaram pela escuridão até chegar a uma porta de cristal onde havia dois guardas. O veículo parou, as garotas foram desamarradas, desarmadas e tiradas de lá. Lícia foi posta em uma cela logo no começo e Nahya ficou em uma nos fundos, pois assim não poderiam se comunicar. A jaula de Layer continuou presa ao veículo, que rumou para outro destino, sem que elas soubessem qual.

Assim que a cela de Lícia foi fechada, a garota levou um grande susto. Não estava sozinha, havia mais alguém, escondido pela escuridão iluminada somente pelo brilho dos cristais que formavam as barras. A sombra não se movia, parecia que, quem quer que estivesse ali, não tinha reparado em sua presença. Lícia continuou estática, com medo do que poderia acontecer, pois, para ele acabar em uma cela, talvez não fosse um bom sujeito.

Passados alguns segundos, que pareciam eternos, ele se virou para ela e falou:

– Pode se sentar! Eu não mordo.

Lícia finalmente conseguiu mover algum membro de seu corpo e foi sentar-se na cama que havia à frente dele.

– Qual o seu nome?

– Lícia.

– Lícia? Lícia... Parece que já ouvi esse nome em algum lugar...

– Não é um nome tão incomum.

Ele não respondeu e continuou olhando. Lícia começava a ficar constrangida quando ele finalmente exclamou:

– Ah, eu lembrei! Você é a garota da pousada! Te emprestei a chave do meu quarto para que ficasse aquela noite, lembra? A senhora Vinity estava empilhada de papéis e você não tinha onde passar a noite...

Capítulo 26

Lícia pareceu um pouco assustada com a revelação, contudo isso não a impediu que corasse um pouco; para sua sorte, estava escuro demais para que ele a visse. Ela não respondeu, mas se lembrava dele perfeitamente, somente não conseguiu identificá-lo à primeira vista por causa da escuridão e a sua aparência, que estava um pouco diferente, com o cabelo e barba um pouco mais compridos do que ela recordava.

– Me diga, Lícia, o que aconteceu com as suas asas?
– Ah! Isso é uma longa história...
– Elas eram realmente muito bonitas.
– Obrigada... – e corou novamente. – Naquele dia, você não me disse seu nome.

Ele sorriu.

– Meu nome é Eriel.

Passaram-se breves minutos sem que ninguém dissesse nada, até ele recomeçar a falar:

– Como veio parar aqui?

Lícia hesitou por um momento, mas respondeu:

– Estávamos viajando... eu, uma amiga e... o seu dragão... Bem, estávamos cansadas e decidimos pousar aqui, porém, digamos, que não fomos muito bem recebidas.

– Eu compreendo – disse ele entre uma risada. – E, se me permite perguntar, qual seria o destino dessa viagem?

– Bom, essa seria uma história bem mais longa... – tentou desconversar. – Como você veio parar aqui?

– Lembra daquele dia em que te encontrei na pousada?
– Lembro.
– Pois então, a senhora Vinity me convenceu a voltar para Taon e tentar acertar as contas por aqui. Eu sabia que nunca devia ter dado ouvidos a ela, afinal, o que ela sabe dos costumes taonenses?! Mas, enfim, eu a ouvi, voltei e acabei aqui... Devia ter ficado em Kan ou em qualquer outro lugar, pelo menos teria a minha liberdade.

– Você deve ter aprontado muito por aqui para seu próprio povo colocá-lo na cadeia.

– Na verdade, não. Os taonenses são muito rigorosos em suas tradições e costumes. Qualquer um que vá contra eles acaba aqui.

– E o que você fez?

– Bom... essa seria uma história tão longa quanto a sua.

Lícia sorriu e por enquanto decidiu não dizer mais nada. As horas naquela cela passavam como se fossem minutos, mas seu estômago já começava a roncar de fome, sua garganta estava seca e o frio que fazia ali a estremecia.

– Como funciona esse julgamento pelo qual teremos de passar? – indagou a garota, para tentar esquecer-se dos infortúnios.

– Quem faz algo considerado contra as leis tem de passar pelo julgamento. No seu caso, se for considerada inocente, será solta e poderá voltar ao seu clã. Se for considerada culpada, as penas variam entre permanecer aqui presa pelo resto da vida ou a pena de morte. Se for um taonense, poderá viver livremente se for inocente; se for culpado, as penas são as mesmas de um estrangeiro.

– Você foi considerado culpado?

– Ah, e você tem alguma dúvida disso? – suspirou. – Mas deixe-me explicar algo, antes que você se assuste. A última coisa que é levada em conta nesse julgamento é a justiça... Para que você entenda melhor, eu irei lhe explicar: o juiz é o próprio rei e os componentes do júri são membros da realeza, ou seja, antes mesmo de o julgamento começar, a decisão deles já está tomada e dificilmente você irá conseguir alterá-la. Como eu disse antes, as tradições aqui são seguidas à risca.

– Por Datah! Não posso ficar presa aqui... muito menos morrer!

– Calma... Sempre há uma esperança.

A garota balançou a cabeça concordando, mas, no fundo, sabia que não seria julgada inocente. Provavelmente, aquele homem que as havia apreendido era um dos príncipes e sua versão da história já estaria percorrendo todo o palácio.

– Estou morrendo de sede – pronunciou-se Lícia depois de um tempo. Eriel fixou seus olhos nos dela, mas era como se sua mente estivesse em outro lugar muito distante. – Você está bem? – perguntou Lícia.

Ele balançou a cabeça como se estivesse voltando à realidade e respondeu:

– Sim, estou... é... Não se preocupe, daqui a pouco os guardas trazem algo para você comer e beber.

Lícia balançou a cabeça e não disse mais nada. Eriel ajeitou-se em sua cama e deitou perdido em pensamentos. A garota dedicou alguns minutos de seu tempo a observá-lo, tentando imaginar o que estaria pensando, e reparou nos detalhes de seu rosto, que, mesmo estando maltratado, tinha um charme um tanto quanto irresistível.

Foi então que ela percebeu que sua chave ainda estava quente, na mesma temperatura de antes... Ou será que ela tinha esfriado e voltado a se aquecer agora? Mas como isso poderia acontecer? Será que aquele homem ainda estava por perto? Qual seria a distância que sua chave conseguia percorrer para localizar um guardião?

Lícia deitou-se em sua cama, cobrindo-se ao máximo com a capa, ainda cheia de dúvidas. Mas, como não poderia descobrir as respostas, ocupou-se em tirá-las de sua mente, contando os buracos no teto.

Capítulo 27

A noção do tempo Lícia já havia perdido. Em alguma hora do dia, ou da noite, uma chuva forte com grandes trovões começou a cair. Foi quando um dos guardas apareceu deixando uma porção de comida para cada um. Lícia correu até seu prato esperando encontrar um copo de água junto a ele, mas nada tinha além de uma mistura nada apresentável.

– Ei! Guardas! – ela gritou. – Onde está a água? Estou morrendo de sede!

Ninguém respondeu.

Com raiva, Lícia chutou as barras de cristais e gritou novamente; sua voz ecoou mais uma vez, nenhuma resposta foi ouvida. A kaniana sentou-se no chão desolada e começou a chorar em desespero.

– Eu nunca devia ter saído de Kan! Deveria ter ficado... era loucura e sempre foi... Como eu queria estar lá novamente. Como eu queria que essa maldita chave nunca tivesse vindo parar em minhas mãos... Por favor... ME TIREM DAQUI!

– Lícia... Aqui está, tome um pouco de água.

A garota abriu os olhos. Em sua frente estava Eriel com a mão estendida; nela, um copo formado somente por água, não havia nada que a prendesse lá, mas ela estava parada.

– Mas como? – surpreendeu-se Lícia, enxugando as lágrimas. – Achei que você fosse taonense...

Ela estendeu a mão pegando o copo de água, que continuou mantendo seu formato, e o levou até a boca, tomando-o por completo.

Algum de seus pais era meriano?

– Não, nenhum deles.

Os olhos dourados de Lícia se arregalaram em espanto.

– Impossível... – ela sussurrou.

– Não tanto quanto você imagina... Levante daí! – Eriel estendeu a mão e ela se levantou, voltando a sentar-se na cama.

– Isso não faz sentido nenhum... Você tem algum parente de Mériun?

– Não tenho nenhum. Minha linhagem é toda de Taon.

– Então era para você dominar os cristais, e não a água!

Ele riu.

– E quem disse que eu não domino os cristais?

– Você só pode estar brincando comigo! Pois fique sabendo que isso não tem graça nenhuma! Não existe jeito nenhum de você conseguir controlar dois poderes sendo somente de uma linhagem.

– Isso é o que todos pensam.

– Não acredito em você.

– Olhe, eu, de modo geral, não me importaria com a sua opinião, mas gostei de você – Lícia ficou extremamente vermelha; Eriel percebeu e sorriu. – Eu vou mudar a sua opinião fazendo você ter controle sobre dois poderes também.

– E se isso fosse verdade... O que você ganharia?

– Mesmo fazendo coisas que nenhum taonense faz, eu não posso sair daqui sozinho e enfrentar toda a guarda do rei. Agora, com você aqui, tenho o poder do vento e, deduzindo que sua amiga seja do clã de Akinus, tenho o poder do fogo – e, de quebra, um dragão. Posso dizer para você, com toda a certeza, que faríamos um grande estrago.

– Muito bem então... Isso não faz muito sentido... porém nada do que eu ando fazendo ultimamente tem muito sentido. E eu também não tenho nada a perder, então vamos lá! O que quer me ensinar?

– Você escolhe o poder... eu só ajudo a desenvolvê-lo.

Lícia passou breves segundos pensando. Quando mais um trovão estremeceu o céu, ela respondeu:

– Razoni... eu quero o poder dos raios.

Eriel riu.

– Temos aqui uma kaniana ambiciosa que quer controlar o céu.

– Foi você quem disse para eu escolher! – defendeu-se Lícia.

– Calma, estou somente brincando... Foi uma ótima escolha, já estou até imaginando as tempestades. Mas primeiro acho melhor a gente comer... A comida daqui não é nada boa e fria ela consegue ser pior ainda.

Eles pegaram os pratos e começaram a comer. A comida já estava quase fria e era uma mistura gosmenta de várias coisas que Lícia não conseguiu distinguir em momento algum. Quando perguntou a Eriel, ele também não sabia responder e acrescentou que preferia nem ficar sabendo. Quando acabaram, ele voltou ao assunto anterior e começou a explicar:

– Você sabe que no começo de tudo as pessoas controlavam todos os poderes, não sabe? – Lícia balançou a cabeça afirmando. – Também sabe que nós nascemos com a probabilidade de ter todos os poderes, mas desenvolvemos somente um? – Lícia concordou mais uma vez. – Muito bem! Já pulamos uma grande parte da história então... Na teoria é fácil, você já tem por natureza a habilidade de controlar raios dentro de você, só precisa desenvolvê-la. E para isso tudo, o que tem de fazer é focar, limpar sua mente de qualquer tipo de pensamentos que não sejam os raios. Não é um processo fácil, é até doloroso, e poucos conseguem. Enxaqueca é o primeiro sintoma; depois começam as dores no corpo e, quando você finalmente conseguir seu primeiro raio, a dor será bem pior... Mas depois passa. Eu costumava treinar perto do mar, ou dos rios. Estar perto do elemento ajuda muito. A primeira vez que eu consegui dominar a água foi fazendo ondas no rio, depois fui melhorando até que eu mesmo consegui criar a água do nada. O jeito mais fácil de você conseguir seria durante uma tempestade.

– Tipo essa? – perguntou Lícia, ouvindo mais uma trovoada.

– Sim, mas essa ainda está um pouco fraca. Vamos torcer para que fique mais forte.

– Mas e o julgamento? E se ele acontecer antes?

– Ah, não se preocupe, o rei não tem pressa nenhuma em julgar ninguém.

Houve uma pausa por um breve tempo.

– Posso te perguntar uma coisa?

– É claro!

– Foi por causa disso que você veio parar aqui?

– Sim, foi... Como eu te disse, Taon é um lugar muito rígido nas suas tradições.

– E como descobriram que você dominava a água?

– Ah, eu era muito ingênuo na época, não tinha muita noção do que poderia acontecer... Veja bem, eu sou, ou pelo menos era, o filho do rei, e para mim não existia nada que eu não pudesse fazer...

– Espera! Você é filho do rei? – Lícia estava incrédula.

– Sou.

– E o rei ordenou prender seu próprio filho?

– De que outra maneira eu estaria aqui? Eu sei que em minha história é bem difícil de acreditar, mas se você me permitir continuar, garanto que tudo fará mais sentido.

Lícia riu.

– Fico quieta, prometo.

–Então, como estava dizendo, um dia eu estava na biblioteca do castelo lendo um livro que contava uma das histórias do *Senhor da Luz*. Nele havia a descrição de como ele vencera um grande demônio enviado por Trayena. Em uma passagem da história, ele usara o poder da água para se defender do fogo da fera. Como você deve saber, shinithis não criam água; eles podem até manipulá-la com um encantamento, mas nunca criá-la, ainda mais com a força suficiente para se defender daquele modo. Voltei às páginas do livro e li novamente, e em momento algum o autor citava um lago, rio ou qualquer coisa de onde Selaizan poderia ter retirado a água. A cena era claramente descrita como "poder da água", e não somente água, e nenhum encantamento havia sido pronunciado. Achei aquilo estranho.

Quando caiu a noite eu ainda permanecia na biblioteca, não conseguia dormir e estava obcecado por aquele assunto. Já tinha lido mais dois livros sobre o Senhor da Luz, e em nenhum deles havia algo anormal. No terceiro, aquele estranho fato apareceu novamente e dessa vez falava sobre o fogo. Era descrito como "poder do fogo" e, mais uma vez, nenhum encantamento fora pronunciado. Aquilo brotou em mim uma curiosidade surpreendente. Como era possível? Eu estava disposto a descobrir.

No dia seguinte, fiz várias perguntas sobre o assunto aos meus professores. Todos disseram que seria impossível, que não passavam de histórias. Todos menos um. Meu professor de história apenas riu e disse: "Tenha cuidado". Era o que eu precisava ouvir.

Passei meses procurando qualquer livro, qualquer pista que me levasse ao assunto. Eu ia até o lago e ficava pensando em como conseguiria controlá-lo, como faria isso. Desejava tanto um segundo poder que chegava a doer. Eu poderia ficar louco, mas não desistiria.

Um dia, meu irmão mais velho descobriu o que eu estava tentando buscar e passou a fazer piadas à minha custa. Eu tentava ignorar, porém ele era insistente e decidiu fazer uma aposta: disse que, se eu conseguisse ser um dominador de água, ele me daria a coroa que seria dele um dia. Se eu perdesse, teria de dar a ele o meu cajado de cristal.

Meu cajado era de minha mãe. Antes de morrer, ela me deu dizendo que, enquanto eu o tivesse, seria invencível e que ninguém e nada poderia me fazer mal. Mas acho que ela estava enganada...

Bom... o cajado me era de grande estima e meu irmão morria de ciúmes e inveja por não ter sido dado a ele. Mesmo assim, aceitei a aposta, pois estava muito convencido de que conseguiria. Então, não tinha nada a perder. A coroa nunca foi de meu interesse, sempre achei que ser rei era um trabalho muito chato e cansativo. Ele poderia ter apostado qualquer outra coisa, que eu teria aceitado do mesmo jeito.

Depois de longos meses, finalmente consegui e fui contar a meu irmão com toda a alegria do mundo o que tinha alcançado. Ele debochou e me desafiou, dizendo que queria provas. Então eu fiz o copo de água, igual ao que fiz para você. No mesmo momento sua feição se alterou, ele ficou pálido e de olhos arregalados. Eu entendi sua surpresa, mas não imaginava o que passava por sua mente. Eu lhe disse para não se preocupar, que não queria a sua coroa. Ele pareceu me ouvir naquele momento e me parabenizou. No entanto, assim que ele se foi, contou ao meu pai e o persuadiu dizendo que eu era uma ameaça ao reino e principalmente a toda Taon, que poderia influenciar outras pessoas a fazerem o mesmo – ou, pior, rebelar-me contra o rei. Meu pai acabou se convencendo e decidiu que eu deveria ficar trancado em meu quarto até segunda ordem.

Os dias passavam e eu ficava ali, sem ver ninguém, a não ser meus criados. Se alguém me pegasse usando meu poder de água, eu era castigado e ficava até dois dias sem comida. Mas não fiquei por *muito tempo, fugi assim que tive oportunidade e vivi como andarilho. Kan era meu lugar favorito, sempre passava mais tempo lá do que em outros lugares. Assim, o tempo foi passando até que eu resolvi dar ouvidos a uma velha temperamental e acabei aqui.*

– E o seu cajado?

– Ficou com o meu irmão, é claro... Mas, voltando ao que interessa, talvez seja melhor você descansar antes de começarmos. O treinamento causa um cansaço mental muito grande, então é bom que você esteja preparada.

Lícia assentiu e deitou na cama gelada com apenas sua capa cobrindo o corpo; por ser a capa que lhe foi dada pelas fadas, ajudava bastante, no entanto o frio estava de matar e ela se mantinha encolhida para tentar se aquecer; porém, por mais que tentasse, seu corpo não esquentava.

Já estava havia alguns minutos ali esperando o sono vir para não sentir seu corpo congelando, quando Eriel se levantou de sua cama, tirou sua capa e a estendeu sobre Lícia. Ela tentou protestar, mas foi em vão.

– Não se preocupe, estou acostumado com o frio e minhas roupas são quentes o suficiente.

A garota nada mais respondeu, além de um "muito obrigada", e começou a sentir os dedos se mexerem outra vez. Aquecida, o sono viria rápido, pois estava extremamente cansada; antes, parou para pensar como estaria Nahya na outra cela, se ela teria companhia também, se estava desesperada por estar presa e sem o Layer, ou se tinha um plano. Pelo menos sabia que ela não estava com frio. E onde será que estaria o dragão? Ela perguntaria a Eriel, na manhã seguinte, para onde levaram Layer. Estava cansada demais para pensar nisso ou em qualquer outra coisa.

Se era noite ou se o Sol já tinha nascido, Lícia não saberia responder de modo algum naquela cela escura e sem janelas. A chuva infelizmente havia passado e Eriel a acordara dizendo que já dormira até demais e que outra refeição estava à sua espera. Ela deveria comer ainda quente. Então, com muito sacrifício, ela se levantou, pegou o prato e comeu sem olhar muito para o que era. Quando acabou, deixou o prato perto da grade da cela para que recolhessem depois.

– Muito bem, está pronta para começar?

Lícia respondeu que sim enquanto esfregava os olhos.

– Pode parecer fácil, mas não é... Eu demorei muito tempo para conseguir criar simples ondulações na água. É claro, teria sido menos complicado se alguém tivesse me ensinado – explicou entre um sorriso. – Pode ser que você nem consiga alcançar seu novo poder. Não quero que fique frustrada, tudo bem?

Lícia concordou.

– Então vamos lá! O primeiro passo é esvaziar sua mente, e pode parecer ridículo, mas depois eu preciso que você comece a pensar nos raios, como se fosse realmente o seu poder, como se você o dominasse desde sempre... que tivesse nascido em Razoni, por exemplo, e que tente trazer um raio até sua mão em vez do vento.

– Está bem!

A garota cruzou as pernas, fechou os olhos e começou a fazer o que ele orientou: esvaziar a mente. Ela repetia para si mesma a frase "esvaziar a mente" e, quando achou que estava quase lá, lembrou-se de que não perguntara a Eriel sobre Layer. Se não o fizesse, poderia esquecer, mas agora não era hora de questionamentos, mas de ficar quieta meditando... E se ela esquecesse depois? Nahya gostaria muito de saber onde estaria seu dragão. O problema é que não tinha como informá-la... Poderia dar um jeito, fazer como quando era pequena e queria contar um segredo a seu avô: acharia um graveto ou qualquer coisa pontiaguda e o controlaria para escrever a mensagem no chão, que estava cheio de poeira e um pouco de neve. Mas será que Nahya conseguiria entender? Valeria a pena tentar, não é?

– Sinto muito, mas eu não consigo... Preciso te perguntar uma coisa antes.

Eriel suspirou.

– Então pergunte.

– Você sabe onde está o Layer? Digo, o dragão... Eles o levaram para outro lugar e imagino que você conheça onde eles o trancariam.

– Há outra montanha ao sul em que eles mantêm os prisioneiros perigosos, onde a segurança é mais rígida do que a daqui. Imagino que ele esteja lá, pois não há outro lugar para mantê-lo trancafiado.

– Dizendo assim, até parece que estamos em uma montanha.

– Mas nós estamos! Eu sei que é estranho, pois, quando você entrou, deve ter tido a impressão de estar descendo, e não subindo;

no entanto, é assim mesmo: o caminho foi projetado para dar essa impressão. Assim, os prisioneiros não têm noção de onde estão para fazer uma rota de fuga ou algo parecido.

– Ainda bem que me colocaram na cela do filho do rei!

Eles riram.

– Podemos voltar ao treinamento agora?

– Espere só um momento... preciso dar um recado a Nahya.

Eriel achou um tanto estranho o comentário de Lícia, mas não disse nada e apenas observou a garota se levantando e vasculhando a cela como se procurasse alguma coisa.

– O que está fazendo?

– Eu estou procurando... Ah, mas é claro! Você poderia fazer, por favor, um graveto de cristal?

– Um graveto?

– É! Ou qualquer coisa que se pareça com um...

Ele levantou uma das mãos e, em segundos, havia um pedaço de cristal pontiagudo em sua mão.

– Aqui está!

– Obrigada!

Lícia trouxe o cristal apenas com o vento e o girou no ar.

– Daria para escrever no chão ou na parede com ele?

– Não sei... acredito que sim.

A garota guiou o cristal até o chão e tentou escrever seu nome, e deu certo. Ela sorriu e foi até a grade tentando se lembrar de qual era a cela em que colocaram Nahya, mas não precisou pensar muito, pois bem ao fundo alguém acendia e apagava o fogo. Usando o vento, o pedaço de cristal flutuou até entrar na cela. Lícia procurou a esmo pelo chão empoeirado, onde escreveu com letras tortas a seguinte frase:

"Sei onde está Layer. Tenho um plano".

Lícia reparou que o fogo permaneceu aceso por mais tempo do que antes e depois se apagou para, em seguida, soltar um clarão ainda maior. A garota entendeu como um sinal de que a amiga compreendera o recado e voltou para a cama.

– Pronto, agora podemos continuar o treinamento.

Capítulo 28

Já fazia várias horas que Lícia estava imóvel meditando. A parte de esvaziar a mente era extremamente complicada; sem querer, ela se pegava lembrando coisas de seu passado ou imaginando o que poderia acontecer no futuro. Percebeu também que, quando repetia "esvaziar a mente", na verdade não o fazia.

Depois, Lícia tentou inutilmente focar nos raios, mas, sempre que achava estar conseguindo alguma coisa, abria os olhos e reparava que no lugar de raios havia uma ventania. Os guardas tinham ido verificar o que estava acontecendo várias vezes e ameaçaram trocá-la de cela, porém a garota continuava tentando produzir algo que não fosse vento de maneia insistente. Até que Eriel pediu que parasse.

– É melhor descansar um pouco – continuou –, mas você está indo bem.

– Bem? Como pode ter chegado a essa conclusão? E eu não vou sair daqui enquanto não conseguir um raio.

– Não seja teimosa. Desse jeito, não conseguirá nada além de cansaço... Também não consegui na primeira vez. Descanse um pouco...

– Mas isso é muito frustrante! – exclamou Lícia, caindo na cama. – Como esse seu método pode dar certo?

Eriel riu.

– Eu te disse que era difícil, no entanto não duvidar dele é uma das coisas que pode fazê-lo dar certo.

Eles passaram várias horas conversando sobre Kan e Taon, a infância de cada um e experiências vividas, crescendo em clãs tão diferentes. Cada vez mais entretida, Lícia percebeu que adorava conversar com ele, que o assunto surgia espontaneamente, sem ela precisar se esforçar. E o jeito dele de falar e principalmente de sorrir a deixava hipnotizada. A conversa acabou quando ele pediu que treinasse um pouco mais antes de dormir, e foi isso que ela fez.

Os dias foram passando sem que Lícia visse muito resultados, mas percebeu que uma irritante dorzinha de cabeça aparecia sempre que ela acabava de treinar – isso deveria significar alguma coisa. Mesmo assim, todas as vezes que parecia conseguir, um raio acabava produzindo uma ventania. Isso a desanimava cada vez mais. Eriel dizia para não desistir, que com ele tinha sido difícil também e fazia parte do processo. Se fosse fácil, não seria um mistério.

Lícia continuava tentando, porém tinha se tornado cada vez mais difícil esvaziar a mente; quanto mais ela tentava não pensar em Eriel, mais o fazia. Sempre que fechava os olhos, a imagem do sorriso e dos olhos do príncipe de Taon apareciam e, com certeza, concentrar-se era a parte mais difícil desse processo.

Um dia, Lícia acordou com uma dor de cabeça maior do que as que vinham acontecendo ultimamente, mas não reclamou. Sentou-se na cama para não voltar a dormir e continuou a treinar. A dor atrapalhava muito, contudo, depois de tantos dias, ela já conseguia esvaziar a mente com mais facilidade. Estava treinando quando começou a ouvir um barulho que ela não conseguiu identificar de início, depois percebeu que poderia ser trovões.

– Se eu não estou ficando paranoica de tanto pensar em raios, acho que está vindo outra tempestade, não?

– Você não está paranoica, acredito que é uma tempestade sim, mas não se desconcentre, tente fazê-la ficar mais forte... Pense nos raios.

A garota voltou a se concentrar com o coração batendo forte de ansiedade. Os trovões faziam um barulho estridente quando os raios tocavam a proteção da cidade. Ela tentava se concentrar ainda mais, não sabia quando iria acontecer outra tempestade. Então, não podia perder essa. Lícia se forçava tanto que suas veias saltaram em sua testa, seu rosto ficou pálido demais e suas mãos tremiam. Eriel gritou seu nome e a sacudiu para que ela voltasse à realidade, mas ela não ouvia nem sentia o rapaz.

Lícia podia senti-los, era como se estivesse lá no céu, descendo com eles na velocidade da luz e se chocando contra a parede de cristal. Isso não bastava, ela queria atravessá-la, queria que o raio atingisse aquela montanha mais baixa, porque sabia, não poderia dizer como, que era lá que a verdadeira Lícia estava esperando.

De repente, tudo ficou escuro e ela não viu mais nada. Acordou com Eriel chamando por ela.

– O que aconteceu? – perguntou, esfregando os olhos. – Eu estava sentindo os raios. Não, eu era um deles... e eu estava quase conseguindo, quando... Não sei. Não lembro de mais nada... E por Datah! Minha cabeça está explodindo.

– Você desmaiou – explicou, oferecendo a ela um pouco de água. – Esforçou-se demais, melhor ter mais cuidado.

Lícia concordou enquanto bebia a água. Eriel mantinha um olhar assustado, ou preocupado, ela não saberia definir.

– Por que está me olhando assim?

– É sério, Lícia, você precisa mesmo ter mais cuidado.

Lícia não chegou a entender muito bem o que ele queria dizer com isso, porém acenou a cabeça.

– Como que eu vou treinar com esta dor?

– Melhor você descansar.

– Está bem, mas somente um pouco, depois eu volto ao treinamento. Se não praticar, vai demorar muito mais para eu conseguir!

Lícia fechou os olhos e o sono veio fácil, mas logo acordou e voltou a treinar. Apesar da enxaqueca, ela esvaziou a mente com rapidez. Depois da noite anterior, sentia-se animada, agora sabia que era possível. Sabia que podia conseguir.

A chuva infelizmente tinha passado, seria mais difícil, porém ela não ia desistir. A kaniana se concentrou ainda mais, escondeu-se no fundo de sua mente. Seu poder dos raios estava ali em algum lugar e ela precisava liberá-lo, precisava desenvolvê-lo, precisava achá-lo. Já fazia horas que seu corpo estava imóvel, no entanto sua mente não parara de trabalhar um só segundo. Vasculhava seu interior incansavelmente, até que enfim compreendeu. A dor de cabeça que a atrapalhava tanto não era empecilho, mas, na verdade, a solução.

Ela começou a procurar sua origem e, quando achou o ponto em que a dor começava, sabia que tinha encontrado. Era ali que seus poderes foram selados por Datah e era ali que ela iria liberar seu poder do raio.

Capítulo 28

Não demorou muito tempo para uma tempestade começar, e dessa vez era Lícia quem a tinha trazido. Mas ela era fraca e não ficou por muito tempo. Lícia desmaiou de novo.

Ao despertar, seu corpo inteiro era uma explosão de dores. Não havia um lugar que não doía e sua cabeça latejava tanto que ela achou que iria enlouquecer. Eriel estava extremamente preocupado com a sua situação, pois a garota estava conseguindo muito rápido e seu corpo poderia não aguentar. Lícia não deu atenção, estava muito perto para desistir.

Novamente ela ignorou suas dores e prosseguiu. A tempestade veio com mais facilidade dessa vez; como antes, ela era um deles e cortava o céu com extrema rapidez, mas acabava se chocando contra a parede de cristal. A garota se concentrou mais, queria conseguir atravessá-la, queria chegar até a montanha, para as mãos da verdadeira Lícia, porém não conseguia. Por quê? Precisa ser mais forte. Precisava se concentrar mais e mais...

– Lícia... Lícia!

Ela abriu os olhos e estranhamente tudo ao seu redor tinha uma aparência esbranquiçada.

– Seus olhos...

Depois disso não ouviu mais nada e desmaiou. O que ela não sabia é que, enquanto tentava fazer os raios atravessarem a parede de cristal, tinha levitado. De suas mãos caídas ao longo do corpo saíam pequenas faíscas e, quando abriu seus olhos, eles não eram mais dourados. Não havia íris, apenas raios.

Quando Lícia acordou estava esfomeada e suas dores pareciam ter aumentado. Ela tentou se levantar para pegar o prato de comida que estava à sua espera, mas não conseguiu. Eriel o trouxe até ela.

– Obrigada – Lícia agradeceu com a voz rouca e quase inaudível.

– Lícia...

– Hum? – resmungou com a boca cheia de comida.

– Estou realmente preocupado com você. Não acho que foi uma boa ideia tentar te ensinar...

– Ah, não diga isso. Eu estou tão perto!

– Está perto de se matar também... Você está pálida feito um fantasma, não consegue nem levantar – Eriel suspirou. – Você não se lembra do que aconteceu ontem?

– Desmaiei outra vez, não?

– Não, você levitou e parecia que... não sei explicar. Que estava possuída pelo poder dos raios, ou qualquer coisa do tipo... Foi a coisa mais incrível e assustadora que eu já vi! Seus olhos... Não consigo explicar.

Lícia se lembrou do garoto do deserto que a ajudou contra os mercadores de escravos, recordou-se de seus olhos sinistros e entendeu o que Eriel quis dizer com aquelas palavras.

– Significa que estou conseguindo?

– Eu diria que já conseguiu, só precisa de prática para dominá-lo com perfeição. Mas, Lícia, isso está se tornando muito perigoso para você. Acho melhor parar e depois, se ainda quiser treinar, faremos isso com mais calma.

A garota abanou a cabeça, ignorando o aviso.

– Estou muito perto, Eriel... Não me peça isso!

Eriel fechou os olhos e deu um longo suspiro.

– Só não faça eu me arrepender de ter te ensinado, tudo bem?

Ela concordou, sentindo uma dor no coração de vê-lo tão preocupado.

– Mas, antes de você voltar a treinar, preciso que me responda a uma coisa que está me incomodando desde que chegou.

Lícia fixou seus olhos nos dele e esperou que começasse a falar, mas parecia que, agora que prestava atenção, as palavras não saíam e ele ficou em silêncio.

– Pode perguntar.

– Você teve praticamente um surto quando não te deram água, lembra?

Ela fez que sim.

– Pois então, naquela hora você disse algo sobre uma chave... – Eriel parou de falar para ver o efeito de suas palavras e teve a resposta que queria. Lícia arregalou os olhos assustada por breves instantes. – Disse que preferia nunca ter parado em suas mãos, e eu fiquei me perguntando desde aquele dia: o que você queria dizer com aquilo?

– Você deve ter se enganado – desconversou entre um sorriso –, nunca disse nada sobre chaves...

– Eu me lembro perfeitamente e você disse.

Capítulo 28

Lícia estava prestes a protestar quando ele continuou a perguntar:

– E por que você veio parar aqui? Nunca me contou... e eu fico me perguntando o que uma kaniana e uma akiniana iriam fazer tão longe de casa. Por que você veio até aqui?

Em choque, Lícia não sabia o que responder. Em todo aquele tempo que estava trancada ao lado dele, Eriel nunca havia dado sinal de que se importasse com isso; parecia ter esquecido, o que a deixava aliviada. Mas agora ele se lembrava e a questionava.

– Eu confiei em você – continuou ele –, te ensinei e contei quem eu sou, mas você nunca me disse nada sobre quem é e por que está aqui. Eu só quero saber.

– Não posso dizer...

– Por quê? Não confia em mim?

– Confio, porém não é tão simples assim...

Eriel não respondeu, apenas a fitava. Lícia baixou a cabeça e respirou fundo, sentia sua chave ainda quente em sua cintura; desde o dia em que chegou àquela cela, ela nunca tinha esfriado, nem por um segundo. Às vezes, a garota perguntava-se por quê... Se o homem que as aprisionou estivesse por perto e se era esse o motivo... mas e se não fosse? O que seria?

– Está bem eu conto...

A garota começou a contar qual era sua missão, o que a tinha feito sair de sua casa em Kan e vir até Taon, por que foi atrás de Nahya – e, é claro, teve de falar sobre a chave, mas tudo de forma resumida e sem muitos detalhes. Ao acabar, esperou que ele a achasse louca, pois, para muitos, as chaves de ouro e a caixa de Selaizan não passavam de uma lenda. Eriel simplesmente riu.

– Disse algo engraçado? – perguntou a garota.

– Não, me desculpe... mas eu não estou conseguindo acreditar nisso...

– É, eu sabia que iria dizer isso. Não se espera que ninguém acredite na lenda da caixa de ouro de imediato...

– Não, não é disso que estou rindo. Estou rindo, porque eu sou um guardião da chave!

– Muito engraçado... Mas já vi alguém do seu clã com a chave e esse alguém não era você!

– Alexiel? Foi ele quem você viu? Ele é o meu irmão mais velho. Nossa aposta incluía somente meu cajado, mas ele quis ficar com a chave também... aquele maldito!

– Ele anda mostrando a chave para todo mundo? Ele não tem noção do perigo – incrédula, Eriel quis saber.

– Na verdade, ele anda com a chave pendurada no pescoço... – revelou Lícia.

– Quando eu sair daqui, a primeira coisa que farei será acertar as contas com ele, Lícia! Anote bem o que eu estou dizendo.

Depois disso Eriel não disse mais nada e passou o restante do dia com a cara fechada. Lícia achou melhor não puxar mais nenhum assunto; em vez disso, ficou pensando na hipótese de que o que ele disse ser a verdade. Se Alexiel era o irmão mais velho de Eriel, ele não tinha de modo algum um coração puro; ao contrário, colocara o próprio irmão na cadeia e manipulara o pai para isso, sem contar que o modo como Lícia e Nahya foram tratadas, quando chegaram, era uma amostra de seu caráter. E isso tudo explicava o porquê da sua chave esquentar na presença dos dois. Tudo se encaixava e fazia sentido.

Capítulo 29

Lícia continuou seu treinamento nos dias seguintes. Já estava tão acostumada com as dores de cabeça e no corpo que quase não as sentia mais. Conseguira trazer outras tempestades e seus raios se tornavam cada vez mais fortes e duradouros. Eriel continuava preocupado e não a deixava treinar por muito tempo. Sempre falava que ela precisava descansar, mas também lhe dizia que, quando acontecesse uma tempestade de verdade, conseguiria segurar um raio com as próprias mãos. Depois disso, criaria raios e os faria desaparecer a partir de seu corpo. Seria fácil, seria simplesmente como o vento.

Estava em um longo sono quando um barulho a acordou. Abriu os olhos e percebeu que eram trovões, muito mais estridentes do que os dela, muito mais fortes. Ela poderia dizer que a montanha tremia a cada raio. Eriel também estava acordado, porém prestava atenção em outra coisa. Ela se virou e percebeu que as barras que protegiam as celas pararam de brilhar e que os outros prisioneiros simplesmente as abriam e fugiam.

– Mas... como? – perguntou Lícia. – Foi a tempestade?

– Não... algo muito estranho está acontecendo... – respondeu Eriel, levantando-se e abrindo a grade.

– Tipo o quê?

– Não sei, mas vamos descobrir! – E os dois saíram da cela.

Quando estavam no corredor, Lícia avistou Nahya que ia ao encontro deles.

– Lícia! – gritou ela. – O que está acontecendo?

– Nós não sabemos ainda.

– Nós? Nós quem?

Lícia apontou para Eriel com certo brilho nos olhos.

– Quem é ele?

– Depois eu te explico. Vamos sair logo daqui!

Eles continuaram pelo corredor. O portão dos guardas também estava aberto e não havia ninguém ali. Suas armas estavam guardadas em uma espécie de cofre com a porta feita de cristal, mas ela também estava aberta. Então, pegaram seus pertences e dispararam pelos corredores tortuosos da montanha. As garotas não faziam a mínima ideia de para onde estavam indo; várias vezes o corredor se bifurcava e eles tinham de escolher por qual caminho seguir. Era Eriel quem sempre tomava as decisões, e ele parecia realmente conhecer o lugar.

– Já esteve aqui outras vezes? – perguntou Lícia.

– Algumas... Confie em mim!

Não demorou muito para que chegassem ao fim da montanha, atravessassem um longo corredor subterrâneo e saíssem na cidade. Não se poderia dizer se era dia ou noite, pois o céu estava cheio de nuvens negras e carregadas. Raios desciam do céu com toda a velocidade indo até o chão, que tremia constantemente.

– O campo de cristal... – sussurrou Eriel. – Não está mais ativo.

– Como? – Nahya estava sem entender.

– Você deve saber que há um campo de força protegendo Taon, certo?

Ela concordou com um aceno.

– Pois, então, tempestades não conseguem passar por ele... Mas os raios o estão atravessando, e isso seria impossível, a não ser que a fonte de cristal estivesse desativada.

– Que fonte?

– Há um grande cristal feito pelos melhores guerreiros de Taon desde os primeiros tempos. Ele fica em uma sala trancada, no castelo real, protegida por guardas. Somente o rei tem permissão para vê-lo. Esse cristal fornece a força para proteger a cidade.

– E como ele poderia ser desativado? – questionou Lícia.

– Se alguém o quebrasse.

– E por que iriam fazer isso?

– É o que temos de descobrir...

Eriel tinha os olhos fixos na grande torre do castelo, suas mãos estavam fechadas e seus olhos semicerrados externavam sua raiva. Ele não poderia ter certeza de tudo, mas já imaginava o que teria acontecido.

– Esperem! – exclamou Nahya. – Não vou a lugar nenhum sem o Layer! Estou sentindo a presença dele... Você disse que sabia onde ele estava, Lícia. Me mostre!

– Ele está na montanha mais alta, que deve ser aquela – a garota apontava para uma grande montanha.

– Vamos até lá então!

– Acho que não será preciso... – interrompeu Eriel.

Assim que acabou de dizer, eles repararam que em um ponto alto da montanha pedras se dispersavam e rolavam. Havia algo ali forçando uma saída contra a parede endurecida. Em seguida, como uma explosão, de lá saiu Layer rugindo e soltando fogo contra o céu, como se estivesse provando para quem visse que nada era páreo para sua monstruosa força.

Nahya entrou em contato com ele e explicou onde estavam para que o dragão conseguisse chegar lá. Layer entendeu o recado, mas ficou algum tempo analisando o que acontecia em volta.

– *Layer, o que está havendo?*

Ele não respondeu de imediato. Abriu as asas, lançou voo, desviando-se dos grandes raios, e pousou diante de Nahya, que correu para abraçá-lo.

– *Senti tanto sua falta.*

– *Também senti a sua, minha guerreira... Nahya, algo muito estranho está acontecendo aqui... Sinto cheiro de morte.*

– *Diga-me o que viu.*

Layer explicou o que havia visto pela montanha o mais rápido que pôde. Eriel parecia não compreender o que acontecia entre os dois, mas Lícia explicou que estavam conversando. A impaciência dele aumentava a cada segundo, precisava urgentemente chegar ao castelo real. Algo estava acontecendo e cada minuto que ele perdia era precioso.

— Será que dá para vocês conversarem depois? — finalmente ele explodiu em sua pressa. — Eu não tenho tempo a perder! Vocês podem ficar se quiserem, eu estou indo para o castelo!

— Espere... — pediu Nahya. — Quem é você, afinal?

— Eu sou Eriel, filho do rei!

— Filho? Então fique sabendo, filho do rei, que Taon está em guerra.

— Guerra?

— Exato! Há criaturas e mais criaturas monstruosas até se perderem de vista. Estão enfileiradas aparentemente esperando algum sinal para atacar. Há taonenses também, mas são tão poucos comparados ao inimigo...

— Os taonenses estão fora da cidade? — perguntou Eriel.

— Estão! Não há por que ficarem dentro da cidade, já que o cristal se quebrou, não é?

Eriel se contorceu em sua raiva e se virou andando em direção ao castelo.

— Aonde você vai? — perguntou Lícia.

— Acertar as contas! — explicou enquanto produzia um disco de cristal, no qual subiu e saiu deslizando pelas ruas.

Lícia fez menção de segui-lo, mas foi impedida por Nahya.

— Ele está aqui, Lícia... é o líder deles.

— Quem?

— O Espírito Renegado.

— Então, essa guerra é por nossa causa?

— Eu acredito que sim.

Os olhos de Lícia encheram-se de raiva e ao mesmo tempo de medo. Será que aquela perseguição não acabaria nunca? Uma guerra estava prestes a ser travada por sua causa, por causa das chaves, e inocentes acabariam pagando por isso. Não era justo! Essa briga era entre os guardiões da chave e a Feiticeira de Trayena. Os habitantes de Taon não tinham nada a ver com a história.

— Está pronta para a guerra? — perguntou Nahya mirando os olhos temerosos de Lícia.

A kaniana respirou fundo e respondeu.

— Estou!

Elas montaram em Layer e, com um rugido, o dragão levantou voo.

Capítulo 30

Eriel corria o mais rápido possível pelas ruas de Taon. Não havia uma vivalma por onde quer que passasse. Se Alexiel estivesse envolvido nisso, e Eriel realmente achava que estava, ele iria pagar.

Depois de alguns poucos minutos chegou ao portão do castelo, um lugar que lhe trazia tantas memórias de sua infância, de sua família. Fazia realmente muito tempo que não colocava os pés naquele lugar, mas isso não importava mais.

Ele empurrou a grande porta e entrou. O silêncio reinava em toda a parte; não havia ninguém à vista. Enquanto subia as escadas, ouvia somente o estalo de seus pés contra o chão de cristal. Ele passou pelo majestoso salão principal mandando suas lembranças se calarem, pois não havia tempo para elas e muito menos para prestar atenção a detalhes e beleza daquele castelo do qual ele quase não se lembrava mais.

Eriel subiu mais um lance de escadas, e sabia que atrás daquela grande porta detalhada estava o trono real. Sabia que a verdade se encontraria ali e, por breves minutos, teve medo. Sua mão firme encostou-se à maçaneta e abriu a grande porta.

Estava lá exatamente o que ele temia ver. Alexiel sentado no trono de seu pai.

– Olá, meu querido irmão! – a voz de Alexiel zombeteira retumbava pelo salão vazio. – Entre, sinta-se em casa... Eu estava à sua espera – terminou com um sorriso.

Eriel não respondeu à provocação e entrou. Ele preferia que tivesse encontrado as cadeiras dos conselheiros do rei vazias, mas eles estavam lá com suas cabeças caídas e o sangue escorrendo. Todos mortos.

– Seu maldito! – exclamou entre os dentes.

– Eles não serviam a meus propósitos, recusaram-se a se ajoelhar diante a mim... então... não tive outra escolha – Alexiel levou a taça de vinho que estava a seu lado aos lábios e ficou saboreando a reação de Eriel.

– Onde está o rei? Onde está nosso pai?

– Você ainda o chama de pai, depois de tudo o que ele fez a você?

– Onde ele está, Alexiel?

– Está morto – revelou friamente.

Eriel fechou o punho e sentiu o sangue fervendo por dentro. A raiva tomou conta de seus sentidos e faltou muito pouco para que perdesse a cabeça. Alexiel percebeu isso e sorriu maliciosamente; em sua mão direita segurava um cajado com um cristal em sua ponta, e o levantou enquanto perguntava:

– Lembra-se dele? – Alexiel mostrou o cajado que estava em sua mão. – Foi um ótimo presente, com certeza.

– O que você pretende com tudo isso? Vai me dizer que a guerra também é obra sua? O que quer? Matar a todos nós?

– Nossa! Quantas perguntas! Vamos, uma de cada vez... Eu não pretendo, eu já tenho todo o poder sobre Taon e ainda vou possuir mais. A guerra é somente um pequeno detalhe nesse processo. E sobre "matar a todos nós", não sei a quem você está se referindo, mas não pretendo matar você... pelo menos não por enquanto.

– O que quer dizer?

– Eu sei que você tem uma sede por poder, pequeno irmão – disse, enquanto se levantava do trono e caminhava até Eriel. – Lembro-me do seu entusiasmo quando conseguiu dominar a água, quando conseguiu mais poder... Juntos seremos invencíveis... Só precisa se juntar a mim.

– Explique-se direito.

Alexiel riu.

– Eu nunca imaginei que essa sua pequena chave fosse me dar tanta sorte. Nunca soube para que ela servia... porém um dia eu descobri... Eu sonhei com ela. Sabe de quem eu estou falando, não é?

Eriel continuou em silêncio, perplexo.

– Ora, não seja tolo! É claro que sabe... – continuou –, a grande Feiticeira. Ela veio até mim em sonhos e disse quanto poder eu poderia adquirir se seguisse o que ela falava, quão poderoso eu seria... E eu fiquei imaginando como nunca havia pensado naquilo antes.

– Ela está usando você, seu idiota!

– Preste atenção em como se refere à Feiticeira! – ordenou Alexiel com fogo em seus olhos. – Sua voz doce me dizia o que fazer e como fazer, e eu a seguia... Um dia, veja só, ela me contou que chegariam a Taon duas garotas em um dragão e que eu precisaria ter cuidado, pois elas eram perigosas e tentariam roubar meu trono. Então, eu tinha de mantê-las prisioneiras até seu servo chegar e cuidar delas.

Ele fez uma breve pausa e prosseguiu:

– E não é que no dia seguinte elas vieram? Em seu terrível dragão, e quase mataram meus guardas! Imagine só se a Feiticeira de Trayena não tivesse me avisado, que estragos não teriam feito?

– Como você é tolo, Alexiel...

– Tolo será você se não se juntar a mim, Eriel.

– E qual é seu brilhante plano?

– Assim que a Feiticeira conseguir todas as chaves, ela irá encontrar a caixa de ouro e então reinará em Datahriun, tornando-o um mundo perfeito. Irá unificar todos os povos e todos os continentes! Imagine só. Não haverá mais guerras entre os clãs, todos viverão juntos e em harmonia. Não será maravilhoso? E, é claro, como toda rainha precisa de um rei, ela, em toda sua sabedoria, me escolheu.

– Você ficou maluco? Não está vendo o que ela fez com você? Olhe em volta! Você, de príncipe e herdeiro ao trono, virou... assassino!

– O poder tem seu preço, meu caro irmão.

– O que fez com o cristal?

– Não é óbvio? Eu tinha de permitir a entrada dos servos da feiticeira – Alexiel voltou para perto de seu trono e pegou em sua mão um pedaço de cristal. – Há muitos traidores e seres que não compreenderiam o que ela pretende fazer com o mundo – continuou. – Então ela precisa eliminá-los... Sobreviverão somente aqueles que se tornarem fiéis a ela.

– Ou seja, os seres da escuridão e os ingênuos! – esbravejou Eriel. – Até seu povo se virou contra você, eles estão lá fora lutando!

– Deixe que morram, não me importo. Estou perguntando de você! Irá se juntar a mim ou não?

– Nunca.

– Então você não me deixa outra escolha... – Alexiel materializou e partiu um cristal, que emitiu um som agudo. – A guerra está somente começando.

Capítulo 31

Nahya e Lícia chegaram em segundos ao portal da cidade. As tropas taonenses estavam enfileiradas, aguardando pacientemente o ataque. Entre os soldados estavam os grandes ursos-brancos em suas armaduras.

Layer pousou a certa distância entre os dois exércitos e Nahya desceu do dragão para conversar com o comandante do exército de Taon, enquanto Lícia permaneceu junto ao portal. Seria arriscado se aproximarem mais naquele momento, pois os taonenses poderiam achar que se tratava de um inimigo.

Havia um homem à frente do exército montado em um grande urso branco. Nahya se dirigiu a ele enquanto curvava a cabeça em respeito e o chamou:

– Senhor.

– Senhora – ele respondeu.

– Estamos aqui para oferecer nossas vidas no campo de batalha e ajudar Taon a vencer essa guerra.

O homem a olhou de cima a baixo:

– Toda ajuda é bem-vinda, akiniana. A pergunta que me resta é por que você o faria.

– Faço em nome da honra e em nome de Eriel, príncipe de Taon.

– E onde está o príncipe que manda mensageiros em vez de vir lutar junto com seu povo?

Assim que terminou de dizer a frase ouviram-se urros vindos do exército que concordava com o seu capitão.

– Está no castelo, acertando as contas.

O comandante sorriu.

– Então que vocês se juntem a nós e que o rei louco caia!

O exército vibrou com a última frase e Layer caminhou lentamente até alcançar Nahya, onde se postou à frente da tropa com o comandante. A akiniana subiu em seu dragão e o comandante lhe disse:

– Se Eriel não matá-lo, eu mesmo o faço.

Nahya acenou com a cabeça concordando, mas não poderia dizer que sabia a que ele se referia, apenas imaginava. A tempestade continuava forte, com seus enormes raios caindo em campo aberto. Com sua visão de longo alcance, Lícia conseguia ver nitidamente a figura do inimigo.

Havia monstros de mais de três metros de altura com chifres, em sua maioria, dentes afiados e espinhos para todos os lados, figuras grotescas e medonhas que para ela só existiam em seus pesadelos. À frente deles estava o Espírito Renegado vestido com uma armadura negra e montado em um cavalo da mesma cor, com olhos vermelhos demoníacos. Porém, o que mais a espantava era seu braço direito, o qual ela tinha arrancado naquela noite, que agora era uma assustadora garra desproporcional ao corpo.

– O que são essas criaturas? – perguntou Lícia a Nahya.

– São munsules, mas não fique assustada pela aparência deles, na verdade são bem menores... digo menores mesmo, poderia dizer até que menores do que você... Mas essas criaturinhas são mestres nas ilusões. De qualquer forma, não deixem que lhe acertem um golpe, nunca se sabe qual será uma ilusão e qual será o verdadeiro. Ah, e tome cuidado, pois alguns deles têm asas e conseguem voar.

Lícia acenou a cabeça, indicando que entendera o recado.

Os minutos passavam e a ansiedade de Lícia aumentava cada vez mais. Estava começando a suar frio, mas Nahya parecia tranquila se deliciando com os minutos que antecediam a guerra. No fundo, a kaniana sentia medo e calafrios só de imaginar que teria de matar alguém, e provavelmente não seria somente um. Essa ideia era ainda mais aterrorizante. Mas esse era o espírito da guerra: matar ou morrer. Então, talvez fosse melhor que começasse logo, acabar com aquela perseguição e essa agonia que ela sentia. A garota esperava que, depois da guerra, a angústia não voltasse.

Lícia continuava perdida em seus devaneios quando um som agudo invadiu seus ouvidos. Ela viu o cavaleiro negro levantar sua espada e galopar em toda a velocidade com os monstros o seguindo. Os taonenses fizeram sua mira e esperaram pacientemente até que o inimigo estivesse em seu alcance, e, então, em poucos minutos, uma chuva de cristais invadia o céu para alcançar seus oponentes do outro lado. Muitos caíram, outros recebiam os cristais que passavam por seus corpos sem nada alcançar, contudo a maioria avançava.

A distância diminuía a cada segundo; o comandante ergueu sua espada e gritou atiçando o urso para avançar e os taonenses o seguiram com seus gritos ecoando além de suas almas, até que as duas tropas se chocaram.

Layer levantou voo momentos antes de as tropas se encontrarem e sobrevoava o inimigo lançando fogo. Nahya fazia o mesmo e Lícia usava seu arco para produzir flechas certeiras. Mas grande parte dos inimigos caídos voltava a se levantar, ou nem ao menos caía, puras ilusões. Uma das flechas de Lícia acertou um monstro no peito e ele não se mexeu mais, caiu e virou um pequeno munsule com um buraco na testa. Então ela entendeu.

– O coração Nahya! Acerte-os no coração.

Nahya assim o fez. Mirou em um grande monstro e lançou uma rajada de fogo em seu peito. O oponente caiu virando um munsule cinzento e magrelo. No entanto, antes de conseguir preparar outro golpe, uma criatura alada veio com velocidade em direção a Layer e o derrubou.

Para não ser esmagada pelo impacto, Nahya pulou, levando Lícia consigo. Elas rolaram pelo chão e, quando se ergueram, viam-se completamente cercadas. Os taonenses ainda estavam longe, mas Lícia foi rápida e esticou os braços, empurrando seus oponentes com a força do vento.

– Muito bom! – parabenizou Nahya às suas costas. – Vamos trabalhar juntas, está bem?

Lícia assentiu, porém não houve tempo para resposta. Com uma de costas para outra elas atacavam em conjunto, evitando que o círculo se fechasse com rajadas de fogo e vento, com golpes fatais no coração.

Capítulo 31

Isso as mantinha vivas, mas Lícia não sabia por quanto tempo. O número de monstros parecia ser cada vez maior, e o círculo cada vez menor. Por fim, um monstro conseguiu atravessar a barreira e atacá-la, mas o golpe passou por ela sem causar nenhum dano. Por sorte, era apenas uma ilusão.

– Aguente firme! – gritou Nahya como se lesse seus pensamentos.

Um segundo depois, o braço de Lícia foi agarrado por uma ave monstruosa que a levou, antes que conseguissem fazer qualquer coisa.

A akiniana se viu sozinha, cercada por todos os lados. Suas rajadas de fogo não eram suficientes para acertar tantos inimigos de uma só vez, então ela não teve outra escolha: desembainhou sua espada, seus olhos viraram fogo e, no instante seguinte, seu corpo inteiro estava em chamas.

Nahya não soltava fogo; ela *era* o fogo. O ponto máximo de qualquer poder em Datahriun. Ela tinha uma capacidade dominadora incrível, virava seu próprio elemento e era tão rápida quanto fatal.

Lícia debatia-se tentando se desvencilhar do monstro-ave. As criaturas a seus pés tentavam agarrá-la e ela ainda decidia o que seria pior: continuar ali ou cair. Por fim, escolheu cair.

A tempestade ainda acontecia com toda a sua força e ela começou a se perguntar como não pensara nisso antes. Por breves segundos, fechou os olhos e quando os abriu não havia mais o formato de sua íris. Sua visão era esbranquiçada, e o próximo raio que desceu dos céus acertou a ave em cheio.

Lícia caiu ao chão, quase sendo pisoteada. Mas seus olhos dourados ainda não tinham voltado e ela sentia que estava com toda a força dos céus dentro dela.

Com um lance de reflexo, ela usou o vento para bloquear um golpe que atingiria suas costas; em seguida, uma rajada de ar atravessou o coração de seu oponente, que caiu. Outro golpe já vinha em sua direção, com esse ela não precisou se preocupar. Um grande raio corria de encontro à terra, mas o alvo não era o monstro, e sim ela mesma.

O raio a atingiu e ela sugou toda a sua força. As criaturas que estavam ao redor se afastaram. Em seguida, outro raio, e mais outro, e mais outro. Cada um deles produzia um estrondo maior. O corpo de Lícia soltava descargas elétricas, e, antes de qualquer um pensar em atacá-la, ela já o tinha feito.

De suas mãos saíam raios certeiros que atingiam até três oponentes de uma só vez. Uma crescente ventania, a qual até a própria Lícia não havia percebido ainda, começou a tomar forma de um tornado.

Layer fora pego de surpresa e por breves instantes seu oponente levou vantagem, mas agora era ele quem iria atacar. Os dentes afiados atravessaram o pescoço e suas garras tentavam acertar o coração do monstro-ave, mas ele se defendia muito bem.

Seus corpos atracavam-se nos céus enquanto os raios da tempestade desciam furiosos. Antes de Layer conseguir eliminar seu inimigo, outro apareceu.

Com seu rabo, ele jogou um oponente contra o outro e eles perderam um pouco de equilíbrio. Em seguida, soltou uma rajada de fogo que os distraiu e logo depois finalizara um oponente.

O monstro que sobrou era imensamente maior do que Layer, suas asas assemelhavam-se às de morcegos, porém com espinhos, e seus olhos vermelhos o fitavam. O monstro abriu sua bocarra, por onde os dentes afiados saltavam, e grunhiu.

O dragão rugiu em resposta, soltando labaredas de fogo. O monstro protegeu-se com uma de suas asas e avançou.

Apesar de grande, o monstro era extremamente rápido – afinal, grande parte era somente uma ilusão e seus golpes eram fracos. Layer, por sua vez, era mais lento, o que trazia certa desvantagem, porém cada golpe que conseguia acertar fazia o munsule arquejar.

A luta estava acirrada, mas Layer conseguiu tirar alguma vantagem. Usando a mesma técnica anterior, soltou uma grande rajada de fogo e, antes de a fumaça se dissipar, já estava muito próximo.

Com suas garras ele o feriu. O monstro arquejou e tentou acertá-lo com suas asas, no entanto o dragão foi mais rápido e desviou. Com uma grande labareda, acertou seu coração. O monstro virou um pequeno munsule desacordado que caiu de encontro ao chão.

Capítulo 32

Eriel havia construído, com seu poder, uma barreira de cristal que os separava. Preso do outro lado, Alexiel a esmurrava e transferia golpes, tentando quebrá-la.

– Seu covarde! Fica aí se escondendo por trás de uma barreira. Você sabe que não pode segurá-la por muito tempo? Ela irá cair, Eriel...

– Você não está em seu juízo perfeito... Aquela bruxa o enfeitiçou!

– Bruxa? Como tem coragem de chamá-la desse jeito, seu verme?!

– Chamo-a, pois é isso que ela é.

– Maldito seja você, Eriel! E tolo eu, por achar que você entenderia os meus motivos... Você não nasceu para ser rei.

– Nunca quis ser.

Alexiel riu.

– Nunca? Você era o queridinho, e sempre foi... Tudo era para o Eriel. Roupas para Eriel. Brinquedos para Eriel. Diversão para Eriel – relembrava em tom de deboche. – Até o cajado de nossa mãe foi seu... Eu era o mais velho! Ele deveria ter sido dado a mim!

Alexiel mantinha um olhar sanguinário e lunático.

– E os comentários? – continuou Alexiel. – "Como Eriel é esperto, sempre com as melhores notas." "Como ele é bonito, lembra muito o pai...." Até nosso pai preferia você a mim. Você não faz ideia de quanto eu falei em seu ouvido para que ele tomasse a decisão de trancá-lo, e quanto ele chorou depois daquilo... Quando você se foi então, ele começou a definhar! Sabe... não fui eu quem o matou,.. Foi você! Quando cheguei a seu quarto com a adaga, ele estava acordado e poderia ter me impedido, mas não o fez... Sabe quais foram suas últimas palavras? "Acabe logo com esse meu sofrimento." Ele queria morrer, Eriel, porque sua mente havia ido fazia tempo.

– Mentiroso! Por que ele não me perdoou, então, quando voltei?
Alexiel sorriu.
– Porque eu já o tinha matado.
Aquilo foi demais para os ouvidos de Eriel. Aquele que estava em sua frente não era o Alexiel que ele conhecia. Seu irmão sempre fora um pouco egoísta e invejoso, mas Eriel sabia que era por causa do ciúme que sentia e não o culpava. Porém quem ria como um louco não era seu irmão, mas, sim, um demônio que possuíra seu corpo. Era aquela maldita bruxa, falando por sua boca.
– Desfaça a barreira de cristal! – ordenou Alexiel.
– Não posso fazer isso.
Alexiel apontou o cajado em direção à barreira, o cristal em sua ponta se tornou pontiagudo e se expandiu rapidamente atingindo a barreira de cristal com intensidade e a fazendo se estilhaçar.
Todo taonense domina o poder dos cristais e também deveria possuir um cajado com um cristal na ponta. Esse cristal tornaria seu poder mais forte; taonenses que não o possuem dominam o cristal da mesma forma, porém seu poder é mais fraco. Eriel se encontrava nessa situação agora e, além disso, não queria de jeito nenhum lutar com seu irmão, mas não tinha outra escolha.
Alexiel produziu uma lança e atacou seu oponente. Eriel desviou-se do primeiro golpe, ganhando tempo para criar sua própria lança e usá-la para se defender.
Porém com um golpe mais forte a lança de Eriel se partiu ao meio. Rapidamente ele materializou uma espada para não ficar desarmado. Alexiel atacava de modo feroz enquanto ria lunaticamente. Eriel desviava como podia, revezando, entre saídas evasivas, ataques com o cristal e defesas com a água.
Mas não demorou muito para que sua espada se partisse novamente e ele ficasse vulnerável. Os ataques de Alexiel estavam cada vez mais rápidos, o que o deixava sem tempo para materializar alguma coisa. Eriel abaixou-se para se defender de um ataque e, em movimento rápido, relou uma de suas mãos no chão e criou uma saliência entre ele e seu irmão. Alexiel caiu, e Eriel aproveitou esses segundos para fazer duas espadas, uma em cada mão.
– Você e seus truquezinhos sujos! – Alexiel levantou-se. – Pois eu também tenho os meus.
Alexiel soltou uma chuva de pequenos cristais pontiagudos, os quais foram bloqueados por uma barreira de Eriel. Em seguida, a

lança de Alexiel se tornou uma espada e ele voltou a golpeá-lo. Eriel defendia e atacava com suas espadas, as quais duraram mais do que a primeira; no entanto, logo uma delas se partiu e não demorou muito para que a outra tivesse o mesmo destino.

— Suas espadinhas nunca serão suficientes! – debochou Alexiel.

Alexiel soltava mais uma sequência de golpes e Eriel desviava, bloqueando-os até que viu sua oportunidade. Alexiel o golpeou, ele desviou o ataque e conseguiu se aproximar em breves segundos. Uma adaga se formou em sua mão direita, que acertou o abdômen do irmão.

A espada de Alexiel caiu de suas mãos e se estilhaçou. O sorriso sumiu de seu rosto, suas pernas bambas não aguentaram seu peso e ele foi ao chão.

— Me perdoe, irmão – pediu Eriel, segurando uma de suas mãos. – Você não me deu outra escolha...

— Eu o perdoo, Eriel... Agora vá, e deixe-me morrer em paz.

Eriel tirou a chave do pescoço de seu irmão e a guardou. Virou-se com lágrimas nos olhos, mas não deixou que nenhuma escorresse. Depois, apanhou o cajado do chão e começou a andar em direção à porta da sala do trono.

Não dera nem três passos quando uma dor nas costas o avassalou. Suas pernas arquejaram e ele caiu; o sangue quente escorria por sua pele e ele ouvia pela última vez a risada maníaca de seu irmão.

— Vamos ver a deusa da morte juntos, Eriel... Vamos ver Trayena...

— Vá você sozinho.

Eriel juntou suas últimas forças, colocou suas mãos no chão e canalizou o seu poder. Ele não se virou para ver o resultado, pois já sabia o que tinha acontecido. Alexiel não ria mais. Do chão de cristal do castelo surgiram várias estacas que o perfuraram, silenciando-o para sempre.

Eriel levantou-se e saiu cambaleante da sala do trono. Quando chegou ao primeiro lance de escadas, desequilibrou-se e caiu. Deitado de barriga para baixo, imaginava que aquele seria o seu fim, quando ouviu passos no corredor.

Em instantes, uma mão doce o envolveu. Sua visão estava embaçada, mas ele nunca se esqueceria daquele perfume.

— Por Datah! Eriel, o que aconteceu? – sua voz ainda era a mesma, porém mais madura.

— Você está viva... Achei que ele a tinha levado também... Minha querida Míriel.

Foi a última coisa que conseguiu dizer antes de fechar seus olhos.

Capítulo 33

Do lado de fora da cidade, no campo de batalha, os taonenses finalmente conseguiam diminuir o número de oponentes, mas não sem muitas perdas. Os monstros eram numerosos, porém tinham poucas habilidades; sua defesa era precária e bastava somente um golpe certeiro para derrubá-los.

Em compensação, seu líder, o cavaleiro negro, derrubara muitas cabeças. Ele e seu cavalo sanguinário eram praticamente invencíveis: por onde passavam, taonenses caíam e, por mais que os guerreiros de Taon tentassem, nenhum conseguia feri-lo.

Nahya já tinha matado vários monstros quando o espírito entrou em seu campo de visão e ela não precisou pensar duas vezes para tentar matá-lo.

Com seu corpo ainda em chamas e em velocidade impressionante, ela levantou sua espada e o atacou, mas Talled defendeu.

– Olá! Lembra-se de mim? – perguntou a morena.

Suas espadas estavam cruzadas.

– Ah! Agora que você perguntou, talvez eu me lembre...

– Talvez você tenha tempo de lembrar quando eu te mandar de volta para o lugar de onde veio...

Talled riu, mas sua risada foi sufocada quando ele percebeu que, enquanto conversavam, com a outra mão ela estava usando seu poder para queimar o cavalo por dentro. O animal relinchava, pulava e dava coices. Talled saltou e o animal se desfez em cinzas.

– Agora somos somente você e eu... – anunciou Nahya.

Lícia praticamente não tinha controle sobre o que estava acontecendo. Seus olhos de raios fixavam seus oponentes com fúria; seu novo poder os derrubava um a um e a tempestade era sua grande aliada. Seu vento possuía extrema força e inconscientemente reunia nuvens no céu como sinal de um grande tornado, que colocava em risco os dois exércitos.

Layer estava com alguns ferimentos, mas nada que o impedisse de continuar na batalha. Agora em terra firme, ele derrubava monstros; a seu redor havia vários corpos dos pequenos munsules ilusionistas, mas, enquanto não acabassem todos, não iria parar.

O dragão atacava como nos velhos tempos, quando lutou ao lado de Nahya em Akinus. Com suas garras ele arrancava cabeças, com sua cauda quebrava ossos e seu fogo produzia o golpe de misericórdia em seus corações.

As espadas de Nahya e Talled chocavam-se com grande ferocidade; com seu poder de sombra, ele se desfazia e voltava a atacá-la. Dessa vez, porém, ela não era pega de surpresa, estava rápida demais.

Ela tentava desesperadamente acertar seu braço direito, mas agora ele o havia transformado em uma grande garra medonha, a qual ela não conseguia atingir de jeito nenhum. Todos os seus golpes eram defendidos e contra-atacados.

Nahya produzia uma sequência de ataques enquanto Talled desviava. Estava ficando encurralado com a rapidez e a força da mulher do fogo, porém ele faria esse quadro mudar.

O espírito se desfez em sombra e surgiu em suas costas com um salto. Nahya transferiu um golpe, que só acertou o ar. Antes que percebesse, Talled lançara seu poder, aquele estranho pano preto se enrolou em seu rosto e ela caiu, ouvindo sua risada macabra.

Talled não deu o golpe final, pois queria que ela sofresse e sabia que de seus pesadelos ela não conseguiria fugir. Virou-se e voltou a atacar os taonenses.

O corpo de Nahya tremia como que em convulsões, seu fogo se extinguiu e ela voltou à forma normal. Em sua mente coisas estranhas estavam acontecendo. Ela estava em um lugar escuro, mas não sabia dizer onde era. Ouvia barulho de água, no entanto também não sabia de onde vinha. Escutou passos às suas costas, mas, quando se virou, não havia ninguém.

Seus olhos foram se acostumando com a escuridão e ela distinguiu as formas. Estava em uma floresta, mas não era uma floresta comum, era a sua. A Floresta Vermelha. Ela começou a correr pela trilha até chegar em sua casa e lá estava ele. Layer, seu querido dragão.

Nahya correu e foi abraçá-lo.

– *Layer, como está?*

– *Com fome.*

O dragão abriu os olhos e eles não eram mais vermelhos iguais aos seus, mas negros. Ele passou sua língua de cobra pelos dentes afiados e repetiu:

– *Com fome. Muita fome.*

– *Layer? O que há com você?* – perguntou ela se afastando.

Layer continuou repetindo as palavras.

– *Pare, está me assustando!*

O dragão avançou e tentou abocanhar seu braço. Nahya gritou em susto e se afastou.

– *Layer? O que houve?* – ela indagou mais uma vez em uma última tentativa. O dragão avançou um passo e ela recuou mais um.

– *Fome.*

Ele repetiu passando mais uma vez a língua entre os lábios, antes de abrir a bocarra e lançar fogo em direção a Nahya. A akiniana se defendeu com seu poder e desesperada correu para dentro de casa, fechando a porta. Sua respiração estava ofegante e seu coração batia mais do que nunca. *O que está acontecendo?* – ela se perguntava. De seus olhos lágrimas começaram a escorrer, enquanto ela se dava conta de que Layer tinha tentado matá-la.

Nahya se virou e subiu as escadas. Do lado de fora, ela ouvia as asas de Layer batendo, sobrevoando a casa; em sua mente ele continuava repetindo as mesmas palavras, o que a estava deixando louca. A akiniana chamou pelos pais e abriu a porta do quarto deles, mas não havia ninguém. O quarto de Zaira também estava vazio.

Nahya desceu as escadas e entrou na cozinha. Lá havia sangue por toda a parte: no teto, nas paredes, em cima das panelas e dos pratos que ainda estavam com comida em cima da mesa.

Deitados no chão, inertes, estavam seus pais e sua irmã.

Suas pernas ficaram bambas e ela caiu de joelhos. Incontáveis lágrimas escorriam de seu rosto e ela gritava. A voz de Layer entrou em sua mente mais uma vez:

– *Fome. Com muita fome.*
– Pare com isso!
– *Estou com fome.*

Nahya gritou em desespero. Não queria mais ouvir nada daquilo, nem muito menos ver. Aquela cena não podia ser real, aquilo não poderia estar ocorrendo. O que havia acontecido com seu dragão?

Nahya levantou-se, enxugou as lágrimas, tirou a espada da bainha e saiu de casa com ela em punho.

– Venha aqui, seu grande lagarto! – ela gritou.

Layer pousou em à frente, seus olhos negros fixos nos dela.

– *Muita fome* – ele repetiu.

– Você não é o Layer! E isso não é real! – esbravejou enquanto avançava com sua espada.

O dragão abriu sua bocarra e, antes que o fogo saísse, Nahya desviou e acertou sua pata direita.

O dragão começou a rir, aquela risada que ela conhecia muito bem. Aos poucos ele se transformou em Talled, cujo braço direito sangrava. Do ferimento escorria um líquido negro, mas ela ainda conseguia distinguir o símbolo dos Renegados: a rosa atravessada pela espada.

– Maldito seja você... – proferiu Nahya com o sangue fervendo em suas veias. – Eu vou persegui-lo até no reino de Trayena se for preciso!

Ele continuava parado, rindo. De repente, começou a se desfazer como tudo o que havia em sua volta até que Nahya acordou.

Ela se levantou com seu sangue fervendo ainda mais, se é que aquilo era possível. Seu corpo voltou a se encher de chamas e não demorou muito para ela achar o espírito em meio ao caos da guerra. Nahya empunhou sua espada e passou seu dedo sobre ela, fazendo-a pegar fogo.

– Que Juhrmaki esteja comigo mais uma vez.

Em seguida ela apontou a espada em direção ao Espírito e um raio de fogo saiu da ponta de sua espada, atingindo as costas de Talled. Antes que ele se virasse, ela já estava perto demais, fincando sua espada no chão e lançando mais um golpe.

Chamas azuis brotaram do chão sob os pés de Talled, que gritava e se contorcia. Nahya retirou sua espada e avançou. O Espírito ainda em chamas virou-se para atacá-la, mas, antes que conseguisse, a akiniana bloqueou o ataque, fazendo a espada dele cair. Golpeou o seu braço e arrancou a armadura que protegia sua marca de maldição; então, ela o perfurou.

Talled praticamente não teve tempo para entender o que acontecia, porém sabia que tinha perdido. Seu tempo havia acabado e ele já ouvia a voz da deusa da morte e da guerra o chamando.

Nahya estava cansada. Seu fogo apagou e, antes que ela desse mais um passo, caiu desmaiada, sendo socorrida logo em seguida por taonenses.

O corpo de Talled se desfez em cinzas e seu espírito voltou para o lugar de onde nunca deveria ter saído.

Os munsules continuaram lutando, mas a guerra já estava praticamente vencida; o seu líder, o Espírito Renegado, havia caído e o exército de Taon era a maioria. A guerra acabou não muito depois, deixando muitas perdas de ambos os lados. Taon venceu e os munsules que se renderam foram levados como prisioneiros.

Lícia voltou a si, mas suas pernas não a sustentaram por muito tempo, e o tornado que ameaçava descer dos céus se extinguiu. Layer, que estava somente com alguns ferimentos, carregou-a para a enfermaria da cidade de Taon, Vidi, enquanto Lícia delirava, tentando permanecer acordada.

Capítulo 34

Lícia acordou com o sol batendo no rosto. Sua visão estava um tanto quanto embaçada, e a cabeça doía enquanto ela tentava distinguir as formas. O teto era brilhante, a cortina branca da janela balançava. Ela via neve caindo por entre as torres de cristal, e então se lembrou da guerra.

– Não era um sonho – ela balbuciou tentando se sentar na cama, mas a dor no corpo era tão grande que preferiu ficar onde estava.

– Bom-dia, dorminhoca! Ou será que eu deveria dizer boa-tarde? – era uma voz feminina a seu lado, fazendo-a se virar.

– Nahya! – exclamou Lícia com um sorriso. – Eu dormi tanto assim?

A morena riu.

– Dormiu bastante.

Lícia passou seu olhar pelo cômodo, era uma enfermaria, e isso era fácil de notar. Encontrava-se na cama mais próxima da janela. Nahya estava a seu lado e havia muitos outros taonenses deitados em suas camas.

– Em todo o tempo em que você ficou desacordada – continuou Nahya –, eu fiquei me perguntando... desde quando você sabe dominar raios?

– Eriel me ensinou.

Nahya fez uma cara confusa.

– Espera... eu devo ter batido minha cabeça muito forte quando caí e não estou entendendo... Ele não é de Taon, não? – Lícia concordou com a cabeça. – E somente o clã Razoni domina os raios, certo? – Ela concordou mais uma vez.

– Então como é que ele ensinou a você uma coisa dessas? E como é que você conseguiu aprender se você é de Kan?

Lícia riu.

– É uma longa história, eu te explico depois.

– Com certeza irá explicar!

Lícia riu e Nahya prosseguiu:

– Ele esteve aqui esta manhã...

– Quem?

– Meu pai... – disse com sarcasmo. – O Eriel, é claro!

Lícia corou e foi a vez de Nahya rir.

– E o que ele disse?

– Perguntou de você, como estava e essas coisas... Falou que voltava mais tarde.

– E como ele está? Está bem?

Nahya abriu a boca para começar a responder, mas não foi preciso.

– Acho que ele mesmo pode lhe responder – Nahya apontou para a porta da enfermaria por onde Eriel entrava.

Ele usava uma capa coberta de peles em sua gola. Seu cabelo estava curto e levemente arrepiado, como da primeira vez em que ela o vira. Suas roupas eram extremamente elegantes, como as de um verdadeiro rei, e em sua mão direita ele trazia seu cajado.

– Como eu estou? – perguntou Lícia a Nahya.

– É... podemos dizer que já esteve melhor.

Lícia desesperadamente limpou os olhos e tentou se arrumar antes que ele chegasse à sua maca, mas não mudou muita coisa.

– Olá, Lícia! – cumprimentou com grande sorriso. – Olá, Nahya.

Elas responderam. O cumprimento de Lícia era quase um suspiro, o que fez Nahya engolir uma risada.

– Acho que vou dar uma volta... – a morena piscou para Lícia, que ficou corada mais uma vez.

– Como está se sentindo? – ele perguntou.

– Apesar das dores... estou bem, obrigada.

– Fiquei sabendo o que fez na guerra, todos estão impressionados.

– Aprendi com o melhor! – ela sorria. – É o cajado de sua mãe?

– É sim.

– Seu irmão devolveu?

– Digamos que eu peguei à força.

– Como assim?

Então Eriel relatou a Lícia tudo o que tinha acontecido na sala do trono, como encontrou o seu irmão mudado e todo aquele rastro de morte que ele havia deixado pelo castelo.

– Que horror! Eu sinto muito.

– Tudo bem... Aquele não era mais o meu irmão.

Um silêncio constrangedor permaneceu entre eles por alguns minutos até que Eriel resolver falar.

– Tinha medo de que você não acordasse para a festa de amanhã.

– Que festa?

– Ah! Não está sabendo? Amanhã será a festa de coroação.

Lícia ficou pasma.

– Mas é claro, não é? Agora você é o rei...

– Não, não é nada disso! Eu tinha lhe dito que nunca me importei com a coroa, lembra? – Lícia fez que sim. – Pois então, eu a passei para a minha irmã mais nova.

– Você tem uma irmã?

– Tenho. Foi ela quem me salvou, aparecendo na hora certa. Seu nome é Míriel. E, apesar de sua pouca idade, tenho certeza de que ela será uma rainha melhor do que eu como rei.

Lícia não respondeu, mas não conseguia se conter em felicidade. Se ele fosse rei, nunca conseguiria levá-lo para sua saga até a caixa de ouro. Agora ela tinha uma chance. A garota, em um gesto comum, colocou sua mão em sua cintura e pela primeira vez percebeu que estava sem sua chave.

– Eriel! Minha chave não está comigo!

– Não se preocupe, as enfermeiras acharam e a guardaram junto com os seus pertences. Quando eu fiquei sabendo, fui verificar e a tranquei em um lugar seguro.

Lícia respirou em alívio.

– Obrigada.

Eles continuaram conversando por mais algum tempo; depois, Eriel a deixou para que ela descansasse e Lícia caiu mais uma vez na terra dos sonhos.

Assim que acordou já era dia novamente. Nahya a chamava. Lícia nem ao menos abriu os olhos sonolentos, apenas se virou para dizer que ainda não queria levantar, mas Nahya insistiu e então ela os abriu.

A mulher do fogo usava um longo vestido branco contornado de pequenas pedras douradas e um grande cinto, que fazia um contraste muito bonito com sua pele morena. Caída sobre seu ombro estava uma pesada capa presa por um broche de cristal.

– Não me olhe assim! Eu disse que queria usar minhas roupas... Mas eles não me deixaram...

– Pare com isso! Você está linda – retrucou Lícia. – Já está na hora da coroação?

– Não, tudo isso é somente para tomar um café da manhã na mesa real.

– Também tenho um vestido desse?

Nahya sorriu.

– Está logo ali! – E apontou para sua cama, onde havia um vestido tão bonito quanto o de Nahya.

Lícia se levantou animada e se arrumou. Seu vestido também era branco com longas mangas detalhadas em prata. Um corpete cinza prendia sua cintura e uma capa a protegia do frio.

Nahya a esperava impaciente com seu estômago já roncando. Assim que Lícia acabou de se arrumar, elas se encontraram com Layer e foram até o castelo.

O dragão não precisou ficar na enfermaria, pois seus ferimentos foram leves e se curaram sozinhos, mas mesmo assim ele permaneceu por perto enquanto Nahya havia ficado lá.

As casas eram feitas de cristal. Havia bastante movimentação e um pouco de neve ainda caía, porém o mais estranho era que, por onde passavam, as pessoas paravam o que faziam ou saíam à janela para olhar. Todos eles cochichavam alguma coisa, mas alguns comentários eram mais altos e elas podiam ouvi-los.

– Olhem, são as guerreiras e o grande dragão! – apontava um menino.

– As enviadas por Datah para acabar com todo o mal... – continuou uma velha senhora.

– A mulher-fogo! Ouvi dizer que ela queimou mais de cem monstros com um único golpe! – comentava um jovem comerciante.

– Por Datah! Um dragão de verdade!

– Aquela não é a moça que trouxe a tempestade? Fiquei sabendo que ela come raios...

Lícia olhou com uma cara estranha para Nahya que se divertia com aquilo.

– Desde quando eu como raios? – questionou.

– Não se preocupe, as pessoas sempre aumentam as histórias...

Durante todo o curto caminho eles foram seguidos, cumprimentados e observados. A situação chegava a ser engraçada, pois, até poucos dias atrás, eram prisioneiros e agora, considerados heróis.

Quando Lícia entrou no grande castelo de cristal, ficou aliviada, pois assim os comentários haviam acabado, ou pelo menos ela não os ouvia mais. Foram recebidos por guardas que os levaram até a sala de jantar onde haveria o café.

Para surpresa das garotas e do dragão, assim que os guardas abriram as portas e um deles anunciou sua entrada, todos que estavam à mesa se levantaram e os aplaudiram.

Lícia não poderia descrever a sensação. Seu rosto começou a queimar e seus olhos se encheram de lágrimas, mas ela as segurou. Nahya e Layer pareciam estar acostumados e fizeram uma longa reverência agradecendo, e Lícia os seguiu.

Quando os aplausos cessaram, elas se dirigiram para os lugares reservados à mesa, e Layer voltou para seu quarto, onde tinha uma espetacular refeição própria de dragões à sua espera. No centro estavam sentados Míriel, a futura rainha, e a seu lado direito Eriel. Lícia tomou seu lugar ao lado do príncipe e Nahya, ao lado dela.

Havia uma grande quantidade de frutas, pães e líquidos fumegantes saindo de bules de cristal. Elas se serviram com tudo o que podiam, sem restrições, enquanto conversavam com os presentes, todos curiosos para saber a versão das garotas para os fatos da guerra.

Lícia falou pouco, mas Nahya contou tudo o que havia feito, inclusive a respeito da morte de Talled, acerca da qual todos estavam mais interessados. Porém não contou sobre os sonhos.

– Mas o que esse homem era, afinal? – perguntou um dos homens da mesa. – Nunca vi um clã parecido... Será que era uma espécie de rei dos munsules?

Um murmúrio sobre o assunto começou e uma voz se elevou sobre as outras:

– Ouvi dizer que era um Espírito Renegado – exclamou uma mulher de longos cabelos negros.

Um silêncio assustador se instalou. Lícia ficou paralisada e não teve coragem de se mexer, nem ao menos para trocar um olhar com Nahya.

Então Eriel desatou a rir!

– Ora, ora... não me mate de rir desse jeito! O que um Espírito estaria fazendo aqui?

– Não sei... mas, com todo o perdão da palavra, Vossa Alteza, seu irmão ficou louco, e poderia muito bem ter...

– Chega! Meu irmão perdeu sua sanidade e colocou todos nós em risco com essa guerra maluca, no entanto ele nunca venderia sua alma, estão me entendendo?

As cabeças à mesa assentiram e por muitos minutos ninguém disse uma só palavra, até pequenos murmúrios recomeçarem e a conversa voltar à mesa.

A garota do vento esperava ansiosa uma oportunidade para conversar com Eriel, mas todos queriam sua atenção, e somente no término do café ela conseguiu finalmente falar com ele.

– O que vai fazer agora?

– Depois do café?

– Não. Digo... no futuro, agora que sua irmã se tornará a rainha, queria saber quais são seus planos.

– Bem, há certa garota – ao ouvir isso, Lícia baixou os olhos decepcionada. – E ela irá partir em breve para uma grande missão. Estava pensando se eu não poderia acompanhá-la.

Seus olhos dourados levantaram brilhando.

– Sério? Digo... a garota seria eu?

– E quem mais seria? Não conheço nenhuma outra garota que irá partir em uma grande missão – ele respondeu com um sorriso.

– Desculpe interromper, mas eu não sei se eu ouvi direito... – espantou-se Nahya. – Ele vai com a gente?

– E por que não? – perguntou Lícia.

– Bem, eu achei que... é... somente os guardiões – proferiu as últimas palavras quase em um sussurro – poderiam ir... é um tanto quanto arriscado. Achei que você tivesse consciência disso, Lícia.

– Ah! Não se preocupe com isso! Ele é um!

Eriel deu um sorriso. Nahya ficou espantada.

– E você não me disse nada?! E eu achei que aquele outro que nos prendeu fosse... Você sabe, ele tinha a...

– Desculpe. Eu acabei esquecendo de contar, mas quando sairmos daqui eu explico.

– Com certeza irá explicar e sobre os raios também!

– Pode deixar.

– Por Datah! – continuou Nahya. – Como você consegue nos achar tão fácil? É quase como procurar uma agulha no palheiro... e você consegue! Selaizan deve olhar por você.

– Acho mais fácil meu avô estar olhando por mim... – comentou com um sorriso.

Eles continuaram conversando e, quando o café acabou, Eriel convidou as garotas e Layer para darem uma volta pelo palácio; depois, pela cidade, até a hora da coroação. Mas o que ninguém percebeu é que no meio de todos convidados sentados àquela grande mesa um deles os observava nos mínimos detalhes. Apesar da distância que se encontrava dos guardiões da chave, ouviu a conversa com plena nitidez.

O dia passou sem grandes acontecimentos. Durante a caminhada, Lícia e Eriel explicaram a Nahya e ao dragão tudo o que havia acontecido desde quando elas se separaram na prisão de Taon, inclusive como Lícia aprendeu a dominar os raios, o que deixou Nahya completamente impressionada.

Conforme conversavam, Lícia aproveitava para apreciar a paisagem; as casas de cristal possuíam ricos detalhes e elas eram das formas mais variadas, não havia limite para a imaginação de um taonense; era somente pensar e em seguida materializar, não eram necessários muitos truques. A cidade Vidi era muito bela e Eriel os levou até o centro onde uma estátua de urso jorrava água em uma fonte.

– Vocês gostam bastante de ursos, não? – perguntou Lícia a Eriel.

– Sim, eles são animais extremamente inteligentes, além de seres dotados de muita força. Os ursos são animais admirados em Taon e nós tentamos ao máximo não interferir em seu *habitat* natural, o que tem se tornado uma tarefa difícil, já que Taon vem perdendo território por causa do aquecimento do planeta.

– Mas existem ursos que foram treinados para a guerra? – questionou Nahya.

– Eles existem. Seus ancestrais foram capturados e retirados da Natureza há muitos anos, e esses ursos foram criados em cativeiro. No entanto, já faz muito tempo que não capturamos nenhum urso, não fazemos mais isso.

Ao redor da ponte, comerciantes vendiam seus produtos e foi inevitável que alguns deles os aplaudissem conforme eles caminhavam. Em determinado momento um deles caminhou até Eriel e fazendo reverência disse:

– Seja bem-vindo novamente, Vossa Alteza – e beijou a mão de Eriel.

O príncipe sorriu e agradeceu dizendo:
– Tempos melhores virão.

Assim que a caminhada acabou, já no fim da tarde, eles se retiraram para os quartos que Eriel havia lhes preparado. O de Layer ficava em uma das torres do castelo. À espera das garotas estavam dois vestidos magníficos, mais bonitos ainda do que usaram pela manhã, em cores claras, bordados com pedras e mangas longas, duas capas e algumas joias também.

Quando estava tudo pronto na sala do trono, eles foram chamados. Desceram as longas escadas e atravessaram a grande porta. Layer saiu pela janela de sua torre e entrou pela porta principal. O salão estava repleto de pessoas, e podiam-se distinguir facilmente os taonenses dos merianos, mas em sua maioria eram mestiços.

No centro havia um tapete azul que cruzava toda a extensão da sala até chegar às escadas que levavam ao imponente trono real à sua frente. À espera da futura rainha, estava Eriel; de seu lado esquerdo, o presidente e a primeira-dama de Mériun em toda a sua elegância; de seu lado direito, os dois novos conselheiros da realeza de Taon.

Capítulo 34

Lícia, Nahya e Layer atravessaram o salão pelo tapete, sendo seguidos pelos olhos e comentários de muitos e os cumprimentos de alguns. Eles foram indicados a tomar seus lugares próximo às escadas e esperar. Não muito tempo depois, as portas se abriram novamente e o salão se encheu de profundo silêncio. E era possível até dizer que alguns nem ao menos respiravam.

Míriel entrou gloriosa. Ao contrário de todos, seu vestido era uma explosão de cores e seus cabelos ondulados, eram mais puros do que a neve que caía do lado de fora.

Conforme ela andava, as pessoas se ajoelhavam em profunda reverência. Nahya e Lícia fizeram o mesmo. Míriel cruzou o salão e se ajoelhou em frente a Eriel. O povo levantou para contemplá-la.

Eriel levantou o magnífico cajado que estava em sua mão, era maior do que o de sua mãe e possuía um cristal de um esplendor que ofuscava tudo o que havia em volta.

– Míriel Taian – sua voz forte retumbava pelo salão –, filha de Galad, o próspero, e de Kilme, a bela, você agora tem uma grande responsabilidade em suas mãos. Por muitos anos, você observou seu último rei de perto. Ele fez nosso reino ser poderoso e nosso povo, sábio. Aprendeu com ele o significado das palavras "bondade" e "justiça" e agora se apresenta à corte para se sentar ao trono que um dia foi de seu pai. Você se julga apta para isso?

– Sim, meu senhor – respondeu Míriel com sua doce voz.

– Você está pronta para assumir toda a responsabilidade de seu reino?

– Sim, meu senhor.

– Tomar decisões pensando somente no bem de seu povo?

– Sim, meu senhor.

– Levar seu reinado à prosperidade, como foi feito por seus pais?

Míriel ficou em silêncio por algum tempo, o que gerou certo alvoroço, mas finalmente respondeu:

– Com todo o respeito, meu senhor... Eu pretendo fazer melhor.

Todos que estavam no salão foram pegos de surpresa pela resposta e a aplaudiram com entusiasmo. Eriel sorriu e sussurrou para ela:

– Eu lhe disse... você nasceu para isso.

Míriel agradeceu com um sorriso. Quando o salão se acalmou, Eriel prosseguiu:

– Então, eu, Eriel Taian, herdeiro por direito, renuncio ao meu cargo e proclamo você, Míriel Taian, senhora do trono e rainha de toda Taon. Que o seu reinado seja longo e próspero.

Ele apontou o cajado para Míriel e sobre sua cabeça se formou uma linda coroa. O povo a aplaudiu. Eriel lhe passou o cajado e ofereceu sua mão para que ela se levantasse, e Míriel sentou-se em seu trono. Os aplausos se tornaram mais fortes e todos disseram seu nome como uma única voz.

Capítulo 35

Assim que a música começou, as pessoas abriram uma roda para dançar no meio do salão.

Após dizer algumas palavras para Míriel, Eriel a abraçou, e Lícia podia jurar que tinha visto lágrimas escorrerem pelo rosto da rainha. Depois disso, ele desceu as escadas e se encontrou com Lícia, Nahya e seu dragão.

– Então o que acharam? – perguntou.

– Foi muito bonito o discurso – parabenizou Nahya.

– Ah, foi bem simples na verdade... Vocês tinham de ter visto a coroação de meu pai!

– Você viu a coroação de seu pai? – indagou Lícia.

– Claro que não! – disse ele rindo. – Foi somente modo de dizer, porém os mais velhos se lembram do discurso como se fosse ontem... Já me contaram várias e várias vezes.

Eles continuaram conversando por um tempo até Eriel perguntar.

– Lícia, se não se importa, gostaria de me conceder a próxima dança?

– Ah, claro... Mas eu não sei dançar.

– Não se preocupe! É fácil!

Ele pegou sua mão e a arrastou para o centro do salão.

– Vamos lá! Dê-me a outra mão.

Ela assim o fez e eles começaram a dança.

– Eu definitivamente não levo jeito para isso...

– Você acha? Eu acho que está indo muito bem.

Lícia tentava acompanhar e de vez em quando errava alguns passos, mas em geral não ia nada mal.

A música acabou e eles começaram a próxima, e mais outra e mais outra... Lícia já tinha perdido a conta de quantas músicas dançaram. Quando seus pés começaram a latejar, pararam para tomar um pouco de ar.

Pegaram algo para beber e se sentaram, iniciando uma conversa sobre a festa. Eriel interrompeu:

– Eu quase ia me esquecendo! Venha comigo... eu tenho um presente para lhe dar.

Lícia ficou um tanto quanto surpresa, mas o seguiu. Eles saíram do salão e entraram em um corredor, atravessaram algumas salas e chegaram a uma grande porta, vigiada por guardas. Eriel tirou uma chave de seu bolso e a abriu. Atrás dela havia outra porta em que ele colocou uma de suas mãos e sussurrou algo que Lícia não entendeu.

A porta abriu com rangidos, como se não fosse usada com muita frequência, e eles entraram na sala, a qual estava repleta de objetos valiosos, como vasos feitos de pedras de brilhantes, colares, coroas e moedas e mais moedas até se perderem de vista. Havia também estantes que chegavam até o teto, lotadas de livros de todos os tamanhos e aspectos.

– É o tesouro real? – perguntou Lícia.

– É. Não é muito comparado a outros reinos... – Lícia fez uma cara de espanto. – Mas não ligamos muito para essas coisas.

– Imagine se ligassem... – comentou tão baixo que Eriel nem ouviu. – E esses livros são sobre o quê?

– São manuscritos, escritos pelos próprios reis e rainhas de Taon... Nós fazemos uma cópia deles e mandamos à biblioteca, para que todos tenham acesso, no entanto os originais ficam aqui.

Lícia continuou olhando maravilhada para os livros, imaginando quantas histórias fantásticas não estariam ali, quando Eriel voltou com um colar.

– É para você...

Lícia ficou completamente vermelha e sem saber o que dizer. O colar era feito de ouro e possuía três correntes de tamanhos diferentes. Na maior delas estava presa sua chave.

– Assim você não corre o risco de perder sua chave – completou Eriel. – Ele é extremamente resistente. O terceiro aro é grande o suficiente para que você esconda a chave e o primeiro é pequeno o bastante para que você não o perca.

Ele deu a volta em Lícia e prendeu o colar.

– Obrigada. Como estou?

– Linda.

Lícia sorriu. Os olhos de Eriel estavam fixos nos dela e a garota começou a sentir seu rosto queimar. Seu coração batia tão forte que parecia saltar para fora. Ele chegou mais perto.

– Já está tarde, não? – lembrou Lícia, conseguindo desviar seus olhos.

– Desculpe... Eu a acompanho até seu quarto.

Eriel trancou a sala e eles saíram juntos, passando por vários corredores e escadas, até os aposentos de Lícia.

Durante todo o caminho eles conversaram e Eriel disse que amanhã seria um bom dia para se juntar a eles na jornada para o próximo clã, pois, quanto mais rápido partissem, melhor seria. Assim elas não criariam vínculos em Taon e não teriam de dar explicações. Completou dizendo que já tinha conversado com sua irmã e que ela diria ao povo que as garotas tinham voltado para o seu clã de origem e que ele havia ido também, junto com uma escolta como proteção e agradecimento.

– Mas e o Layer?

– Bom, ele não poderá ir conosco para Mériun. A passagem é como um túnel, estreita demais para ele passar... E um dragão em Mériun não iria fazer muito sucesso.

Lícia tentou argumentar, contudo, enfim, concordou. Não havia outro jeito, Layer ficaria sob a proteção da rainha Míriel. O mais difícil seria fazer Nahya concordar. Por fim, marcaram de se encontrar logo de manhã e assim partiriam para seu próximo destino.

Havia também outro motivo em especial para terem escolhido o dia seguinte: no período da manhã haveria um cortejo pela cidade em comemoração da coroação de Míriel, e ele havia combinado com sua irmã que, durante o horário em que o cortejo saísse do castelo, ela dispensaria os guardas que protegem a entrada para Mériun. Eles teriam somente alguns minutos para passar pela porta sem que ninguém os visse. Eriel preferia assim para não haver suspeitas e perguntas sobre o que estariam fazendo.

Acordariam com o primeiro raio da manhã, o café seria providenciado para já estar no quarto delas a esse horário e eles se encontrariam no salão principal, que provavelmente estaria vazio a essa hora, pois todos teriam saído para vislumbrar o início do cortejo real.

Quando Lícia entrou no quarto, Nahya já estava dormindo. Ela a acordou e contou tudo o que havia planejado. A mulher do fogo ficou extremamente zangada e de jeito nenhum queria concordar em deixar Layer. Batendo a porta do quarto, saiu para conversar com seu dragão.

Depois de subir vários lances de escada, Nahya chegou ao quarto onde Layer havia sido instalado. Era o único cômodo naquela torre, alto e espaçoso; não havia portas e a grande janela não possuía grades ou vidros. O vento era forte e gelado, mas Layer não parecia incomodado. Dormia tranquilamente.

Nahya deitou junto dele e o chamou.

– *Não consegue dormir?* – perguntou o dragão.

– Não poderemos ir juntos para Mériun, Layer... Você não conseguiria atravessar a passagem e, se conseguisse, chamaria muito atenção lá. Eles acham melhor você ficar... – Nahya tinha os olhos marejados. – Mas eu não posso fazer isso! Você sabe! Preciso de você junto comigo. Prefiro ficar se você não puder ir.

– *Pare com isso, minha guerreira... Você tem de ir, tem de ajudá-los. Eles precisarão de você, de sua força e inteligência.*

Nahya riu, enxugando uma lágrima que caía.

– Pare de me bajular, Layer! Não irá me convencer assim!

– *Não estou bajulando, estou dizendo a verdade. A Lícia é muito inexperiente e nós não conhecemos esse outro guardião muito bem. Você precisa ir e protegê-la não somente dos outros, mas de si mesma também.*

– Não posso ir sem você... não posso!

– *Não pode? Ou não quer?*

– Os dois!

Layer soltou um grunhido que deveria ser uma risada.

– *Do que você tem medo, Nahya? Onde estão sua autoconfiança e determinação?*

– Estão com você, meu dragão. Você é a minha força e os meus sentidos.

– *Então está na hora de você se libertar disso e criar esses sentimentos dentro de você. Precisa ir para provar a si mesma quão magnífica é.*

As lágrimas começaram a transbordar pelos olhos de Nahya e os soluços vieram sem que ela os convidasse.

Horas depois Nahya retornou a seu quarto, acordando Lícia e dizendo que, como não tinha um jeito de Layer ir, ela teria de concordar em deixá-lo.

Lícia ficou em silêncio em respeito à dor que ela sabia que a akiniana estava sentindo e logo elas voltaram a dormir. Quando os primeiros raios de sol entraram pela janela, as garotas se levantaram, pegaram suas armas, vestiram as roupas que tinham ganhado das fadas – as quais estavam limpas – e tomaram o café da manhã que estava à espera.

Rumaram ao salão principal o mais rápido que podiam, cuidando para que seus pés não fizessem nenhum barulho no chão de cristal. Apesar de todos estarem do lado de fora do castelo, alguém poderia ter ficado para trás, ou estar com os ouvidos bem atentos.

Eriel esperava ansiosamente quando as garotas chegaram e eles foram até a passagem. Atravessaram vários cômodos até chegar a um alçapão. Como Eriel havia planejado, os guardas não estavam ali. A passagem ficava escondida no subsolo, e era necessário descer uma longa escada, atravessar corredores que mais pareciam labirintos e passar por portas que somente abriam com o poder da família real.

Enfim, eles se depararam com a passagem para o portal místico de Mériun. Eriel apontou seu cajado e pronunciou as palavras corretas. A passagem, então, se abriu.

Eles pararam e olharam um para o outro.

– E, então, quem será o primeiro?

Continua...

Capítulo Extra

Uma história a recordar

Ano 1046, dia 33 do mês 4 de Datahriun

O navio cortava as ondas do mar e seu capitão o guiava com maestria. Havia uma garota na proa do navio, os fios ruivos de seus cabelos dançavam conforme o vento e suas asas de tom branco e marrom se agitavam como se quisessem voar. Ela fechou os olhos dourados e com um sorriso singelo sentiu a brisa do mar em seu rosto, mas foi nesse momento que uma grande onda se formou e veio feroz em direção ao navio. O capitão tentou virá-lo, mas seus esforços foram inúteis e a onda os atingiu. A garota ruiva foi arremessada ao chão... E acordou ensopada em sua cama.

Lícia abriu os olhos e demorou um pouco para entender o que estava acontecendo. É claro que o navio havia sido parte de um sonho e o motivo de realmente estar ensopada em sua própria cama estava em pé a seu lado, chorando de tanto rir.

– Seu idiota! – ela esbravejou.

O garoto a seu lado não conseguia parar de rir, como se aquela cena fosse extremamente engraçada, e realmente deveria ser, mas não para Lícia. O nome dele era Nian; sua mãe era do clã Razoni, que possuía o poder dos raios, e seu pai era de Kan, o clã dominador do vento. Nian havia herdado o poder dos dois; seus cabelos eram ruivos, mas um pouco acobreados; seus olhos dourados e ele também possuía asas. Era um ano mais novo que Lícia e eles cresceram juntos, amando-se e se odiando a todo momento.

E esse era um momento de puro ódio, mas somente da parte dela.

– Nian, seu maldito!! – ela continuou, levantando da cama –, por que fez isso?

Nian não conseguia responder, porque não conseguia parar de rir, e vê-la ficar brava o fazia achar mais graça ainda da situação. Lícia se aproximou com um olhar feroz e ele recuou para a porta, mantendo distância por precaução.

– Pare de rir! – Lícia gritou completamente nervosa.

Mas ele não parou. O vento começou a agitar dentro do quarto e, pressentindo o perigo, Nian correu. Lícia foi atrás. Nian saiu da casa, ainda sendo perseguido. A vila estava movimentada aquela manhã e alguns feirantes já tinham suas barracas montadas.

Lícia estava ensopada e de pijamas, mas não se importava com isso, o sol brilhava intenso e o calor a ajudava a não sentir frio. Eles passaram por entre as casas, pela feira e quase derrubaram um caixote de alfaces que estava sendo carregado por dois jovens enquanto corriam sem destino.

Um pouco antes de chegar ao vale, Nian abriu as asas e voou, e Lícia aproveitou a chance para alcançá-lo, ou melhor, trazê-lo para perto dela. Ela parou de correr e com um sorriso malicioso nos lábios usou seu poder, colocando o vento contra Nian de maneira tão forte que ele não conseguia avançar.

Assim que ele sentiu a força do vento, sabia que tinha feito uma escolha errada em levantar voo. Nian também controlava esse elemento, mas não como Lícia, aliás poucas pessoas controlavam o vento como ela. Quanto mais ele lutava para avançar, mais o vento se intensificava. Ele até tentou utilizar seu poder contra o dela, mas não surtia efeito algum.

O vento começou a fazê-lo recuar e os feirantes logo atrás começaram a reclamar da ventania. Nesse momento, quando dois pequenos redemoinhos se formaram, um em volta de Lícia e o outro em volta de Nian, eles rodopiaram e caíram ao chão.

Lícia deitada sobre a grama abriu os olhos e um senhor a fitava, alguém que ela conhecia muito bem.

– Bom-dia – ele disse com seu melhor sorriso estendendo uma mão para ela.

– Bom-dia – ela respondeu estendendo de volta.

O senhor, que tinha uma sacola com pães e alguns vegetais em seus braços, foi ajudar o menino que também estava caído.

– Vovô, eu posso explicar... – ela começou.

Ele sorriu e respondeu:

– A única coisa que eu quero que você me explique são aquelas equações que te passei na semana passada.

Lícia fez uma cara não muito agradável.

– Hoje é aula de matemática – concluiu com uma careta.

– Exatamente – concordou o senhor enquanto caminhava de volta para casa, sendo acompanhado pelos dois.

– Mas hoje não teve aula na escola! – protestou Nian em defesa da amiga.

– Mas Lícia terá aulas do mesmo jeito! – terminou o avô.

Lícia olhou para Nian e balançou a cabeça como se quisesse dizer que não valia a pena discutir. Os dois andavam lado a lado como se nada tivesse acontecido anteriormente. A verdade é que Lícia odiava tanto as aulas de matemática que até tinha se esquecido de quanto estava com raiva de Nian.

Eles voltaram para casa, o senhor guardou as compras enquanto Lícia trocava de roupa, pegava seus cadernos e sentava à mesa esperando o sermão por não ter estudado as equações da semana passada. Nian puxou uma cadeira e sentou-se ao seu lado.

– O que está fazendo? – ela perguntou.

– Sentando à mesa – ele respondeu em tom de ironia.

Lícia bufou.

– Eu percebi. O que eu quero dizer é o que você está fazendo aqui enquanto podia estar fazendo qualquer outra coisa. Afinal, hoje você não teve aula e não precisa ficar de castigo comigo.

– Eu sei – ele respondeu –, mas ainda assim prefiro te ajudar com a matemática.

Lícia sorriu.

– Ainda mais que eu sei quanto você é burrinha em matemática...

O sorriso dela se fechou e com uma pequena força do vento a cadeira de Nian balançou e quase caiu.

– Calma... calma... eu estou brincando – ele se defendeu antes que ela o derrubasse.

– Agora chega de conversa! – disse o avô de Lícia colocando três xícaras de leite sobre a mesa. – Vamos estudar.

A manhã passou extremamente lenta para Lícia; a cada novo exercício ela desejava que aquilo acabasse e essa vontade só fez com que o tempo demorasse ainda mais a passar. À tarde, ela e Nian foram treinar seus poderes no vale.

No vale havia algumas toras de madeira, onde latas eram colocadas em cima, como alvo. Obviamente quanto menor o alvo melhor o controlador de seu poder tinha de ser. Lícia, às vezes, inovava e procurava utilizar as menores coisas como alvo; até uvas já tinham sido usadas. Sempre com as maiores distâncias e nunca errava um alvo.

Nian tentava e às vezes até que conseguia atingir um alvo pequeno com a mesma distância que Lícia, mas nunca havia conseguido acertar uma uva. Ele levava isso na esportiva, mas algumas vezes se irritava e acabava acionando seu outro poder; desse modo, não havia como errar, e era exatamente isso que tinha acontecido naquele momento.

Lícia havia acabado de acertar seu alvo a uma distância praticamente impossível e Nian, que não estava tão distante, errara pela terceira vez, o que o irritou profundamente. Nesse momento, seus olhos mudaram de cor, sua íris sumiu, raios atravessavam seus olhos e um raio desceu do céu certeiro, estilhaçando seu alvo em vários pedaços.

Lícia olhava a cena com os olhos arregalados, mas não de surpresa e sim de admiração.

– Eu adoro quando você faz isso – ela disse –, mesmo sendo trapaça.

Ele riu. Seus olhos já haviam voltado ao normal e Lícia continuou a falar.

– Se eu pudesse ter outro poder, ou se tivesse nascido em outro clã, gostaria de fosse o dos raios.

– Por quê? – ele perguntou.

Lícia deu os ombros.

– Porque sim!

– Tem de ter um porquê.

– Nem tudo tem de ter um porquê na vida! Gosto dos raios e pronto.

– Então, tem um porquê. Você quer controlar os raios porque gosta deles.

Lícia riu como se achasse tudo aquilo uma bobagem.

– E você? Que outro poder gostaria de ter?

– Gostaria de ter somente um poder.

Lícia abriu a boca, mas preferiu não falar mais nada. De alguma forma aquelas palavras a haviam atingido e doeram.

Nian se virou e começou a andar.

– Para onde vai? – ela perguntou.

– Para casa... – ele respondeu.

E aquilo doeu ainda mais, mesmo ela sabendo que não era culpa dela.

Logo em seguida ela voltou para casa, ajudou o avô com as tarefas domésticas, jantou e logo dormiu. No dia seguinte acordou cedo com a claridade do sol na janela de seu quarto, levantou e tomou o café da manhã junto com seu avô. Saiu para a vila, duas casas depois da sua ela parou e bateu à porta. Nian abriu.

– Oi – ela disse um pouco apreensiva pela noite anterior.

– Oi! – ele respondeu acompanhado de um sorriso.

Lícia sorriu de volta e entendeu que estava tudo bem entre eles e nenhum pedido de desculpa precisava ser feito.

– O que quer fazer hoje?

– Não sei... – ele respondeu enquanto fechava a porta da casa e os dois começaram a caminhar pela vila. – O que você quer fazer?

– Eu também não sei...

Ele riu e com um pequeno impulso dos pés começou a voar. Lícia o seguiu.

– Para onde está indo?

– Eu não sei!

E foi a vez de ela rir.

– Da última vez que você fez isso nós nos perdemos. É melhor ficarmos por aqui! – ela alertou.

Nian não deu atenção e continuou a bater as asas sem nenhum destino aparente.

– Você é muito medrosa! – ele debochou.

– Eu não sou medrosa!

– É sim! Está morrendo de medo!

– Eu não estou com MEDO! – repetiu Lícia que começava a perder a paciência – Só estou falando que da última vez você fez a gente se perder!

– Medrosa... – continuou Nian com um sorriso malicioso nos lábios.

– Não sou!

– É sim!

– NÃO SOU!

– É sim!

Lícia sentia seu rosto queimando de raiva, não havia ninguém que conseguisse tirá-la do sério tão rápido quanto Nian. Ele virou o rosto e a olhou sorrindo, e aquilo a irritou ainda mais. Ela esticou um dos braços e uma rajada de vento o fez rodopiar no ar.

Quando Nian se recuperou, ele ainda sorria, como se estivesse esperando aquela reação dela.

– Quero ver você conseguir me pegar agora.

E ele acelerou o voo. Lícia tentou acompanhar, mas ela sabia que não ia conseguir alcançá-lo, Nian era muito mais rápido do que ela; por mais que ela se esforçasse, a distância somente aumentava, o que aumentava sua raiva também.

Logo à frente deles havia um bosque; assim que Nian o alcançou, mergulhou por entre as árvores e Lícia o seguiu. Ela entrou no emaranhado de folhas e galhos e diminuiu a velocidade, sentindo com a respiração ofegante a adrenalina ainda correndo por seu corpo. Ela desceu um pouco mais, mas ainda assim sobrevoava o chão e, mesmo tendo uma visão de alcance invejável, não conseguia ver Nian em lugar algum.

Suas asas continuavam batendo e a areia era levemente levantada; ela girou em torno do próprio corpo e começou a pensar que aquela brincadeira já havia perdido a graça havia muito tempo.

– Nian? – ela chamou para as árvores, mas ninguém respondeu.

Foi quando ela levou, o que provavelmente seria, o maior susto de sua vida. Nian chegou sorrateiramente pelas suas costas e gritou em seu ouvido:

– AQUI!

Mas aquela reação de Lícia ele nunca poderia imaginar; ela mesma não saberia dizer como aquilo aconteceu tão rápido, sabia que tinha se assustado verdadeiramente e, quando se virou, suas mãos responderam por ela. Nian foi jogado para trás com a força do vento com tanta intensidade que, quando o corpo dele acertou a árvore, ela ouviu um "trec" e rezou não ter acontecido nada sério com ele.

Nian caiu ao chão e Lícia voou em sua direção. Ela o colocou em seu colo e com os olhos desesperados e cheios de lágrimas o chamava. Mas Nian não respondia. Lágrimas começaram a descer pelo rosto dela. Ela sabia que ele estava vivo, ainda respirava, mas estava completamente desesperada por tê-lo machucado.

Quando Lícia já tinha perdido as contas de quantas vezes havia chamado o nome dele por entre lágrimas, Nian abriu os olhos e Lícia arregalou os seus.

– Nian! Você está bem?

Ele tinha um olhar perdido, mas logo se situou, fez uma careta de dor e em seguida começou a gritar.

– O que foi?

– Meu braço! – ele respondeu entre gritos de dor e lágrimas.

E só então Lícia reparou que o braço esquerdo dele estava quebrado e se sentiu pior ainda.

– Me desculpa, Nian, desculpa...

Lícia fechou os olhos, de onde escorriam lágrimas, e, sentindo a mão dele tocar em seu rosto, percebeu que ele tinha parado de gritar.

Ela abriu os olhos surpresa, entre lágrimas, e viu um sorriso que tentava disfarçar a dor. Nian respondeu:

– Não tenho nada para te desculpar, está tudo bem...

Lícia chorou ainda mais.

Assim que ela conseguiu se recuperar do susto e do choro, ajudou Nian a levantar voo e eles voltaram para casa. Os próximos dias em que Nian ficou em recuperação foram muito entediantes para Lícia. Para completar, ela ainda se sentia extremamente culpada pelo estado em que ele se encontrava.

Sempre que podia, ela passava na casa dele para visitá-lo. Eles chegavam a ficar horas conversando, mas não era a mesma coisa de quando podiam sair para a vila em suas aventuras e brincadeiras.

Como Nian não podia comparecer à escola, o avô de Lícia ia todos os dias à casa dele e o ensinava junto com a neta, para que não ficasse atrasado em relação a outros alunos. Essa foi a única coisa que Lícia realmente gostou nesse período, pois tinha companhia em todas as aulas.

Uma noite, Lícia foi acordada com batidas em sua janela. O Sol ainda não havia nascido. Ela se levantou atordoada e mal-humorada e se espantou quando a abriu e se deparou com Nian do lado de fora.

– O que está fazendo aqui? – ela perguntou chamando sua atenção. – Você não deveria estar na sua cama em repouso?

Nian mantinha um sorriso no rosto e respondeu:

– Ah, eu já estou bem melhor! E posso repousar mais tarde.

– Nada disso! Você tem de voltar para sua cama agora! – ordenou Lícia.

– Pare de ser chata! – debochou Nian. — Saia logo desse quarto! Preciso te mostrar uma coisa.

– Que coisa? – perguntou Lícia sendo pega pela curiosidade.

– Uma coisa... não adianta eu falar, você tem de ver – ele respondeu.

– Mas ainda está de noite, Nian.

– Por isso que você tem de vir agora!

Lícia o olhou com uma sobrancelha arqueada.

– O que você está aprontando?

Nian riu.

– Pare de ser medrosa e saia logo daí!

Lícia emburrou-se, mas obedeceu pulando a janela.

– Pronto! – ela disse. — Para onde quer ir?

Nian a olhou maliciosamente e levantou voo sem dizer nada.

– Nian, me responda!

Ele somente a olhou de cima e, colocando um dedo sobre os lábios, indicou para que ela não fizesse barulho.

– Você vai acordar alguém – ele sussurrou, mas ela conseguiu ouvir.

Mesmo sendo contra a sua vontade, Lícia agitou as asas e o seguiu. Por causa da iluminação das três luas, as noites em Datahriun não eram tão escuras e eles sobrevoaram a vila, passaram o vale e Nian desceu em direção às árvores do bosque, o mesmo em que ele havia se machucado. Lícia hesitou antes de entrar, as últimas recordações que ela tinha daquele lugar não eram boas. Não conseguia entender o que ele pretendia levando-a ali. Mas enfim ela acabou tomando coragem e descendo pelo emaranhado de folhas.

Diferentemente da outra vez, antes mesmo de alcançar o chão, ela já conseguia enxergar Nian, o que a aliviou bastante. Ele estava de costas e, assim que Lícia o alcançou, ele se virou e ela tomou um susto mais uma vez. Mas foi um susto diferente.

Ela não se lembrava de ter visto aquela expressão no rosto dele antes e não era por causa da vermelhidão que a vergonha e o nervosismo causavam, era alguma coisa em seus olhos que brilhavam enquanto ele segurava um buquê feito de flores do bosque.

Lícia entrou em choque momentâneo, seus lábios se abriram, mas nenhuma palavra saiu e um silêncio constrangedor se instalou entre eles, até que ela finalmente conseguir dizer:

– Obrigada... – com uma voz trêmula.

Nian abaixou os olhos.

– Não gostou?

– Não, não é nada disso! Eu adorei! – ela se apressou em responder e finalmente pegou o buquê das mãos dele. — É que eu não esperava, Nian... Aliás... Por que as flores?

– Porque... – ele começou a responder ficando ainda mais vermelho. — Porque eu queria me desculpar por ter te assustado aquele dia e te agradecer por ter ficado junto comigo todo esse tempo.

– Ora, pare de ser bobo, Nian! É claro que eu iria ficar junto com você. Somos amigos, não somos?

Nian acenou afirmativamente.

– E também tem mais uma coisa...

– Que coisa?

Nian não respondeu, somente pegou na mão de Lícia e a guiou por entre as árvores, até que chegaram a um lago. O lago cristalino refletia as estrelas e as luas prateadas como se fosse um espelho do céu.

– Que lindo! – suspirou Lícia admirando a paisagem.

Nian concordou e a levou até uma pedra na beira do rio onde eles se sentaram e começaram a conversar. Lícia acabou se esquecendo de perguntar novamente o que Nian tinha deixado de lhe contar. Quando o Sol nasceu, há horas eles estavam conversando, mas nenhum dos dois queria ir embora. E então Lícia se lembrou:

– Nian, o que você ia me contar antes de me trazer até o rio?

Ele abaixou a cabeça e mirou o lago por alguns segundos antes de responder.

– Eu estou indo embora...

– O quê? Como assim? – perguntou Lícia.

– Eu estou indo embora para Razoni – ele explicou.

Lícia, incrédula, o olhava com olhos arregalados.

– Não pode ser... Por quê?

– Meus pais estão com medo dessas mudanças climáticas malucas... estão dizendo que o deserto em Kan está aumentando cada vez mais. Meu pai está com dificuldades para arrumar emprego e a família da minha mãe é de Razoni; eles acham que estaremos melhor se nos mudarmos para lá.

Lícia ouvia tudo aquilo com lágrimas nos olhos; as palavras que saíam da boca de Nian pareciam tão surreais para ela que era difícil de acreditar. Ela o olhava na esperança de que ele falasse que era tudo uma brincadeira, de muito mau gosto, mas ainda assim uma brincadeira; porém, os olhos de Nian também começaram a marejar e ela entendeu que aquilo era real.

– Mas quem garante que Razoni está melhor? – Lícia perguntou com lágrimas escorrendo pelo rosto.

– Uma tia enviou uma carta à minha mãe dizendo que estava...

Lícia caiu por entre lágrimas e soluços e Nian a abraçou forte, controlando-se para não chorar também.

– E quando você vai?

– Amanhã.

E ela chorou ainda mais. O bosque silencioso ecoava a dor dos dois.

Lágrimas começaram a escorrer pelo rosto de Nian, ele aproximou-se do ouvido de Lícia e sussurrou:

– Eu nunca vou esquecer você.

Lícia parou de soluçar e levantou o rosto. Lágrimas ainda escorriam e seus olhos se encontraram com os de Nian. Sem pensar duas vezes, ela o beijou.

Um beijo inocente e puro. O primeiro beijo. O primeiro amor.

Eles passaram a manhã inteira à beira do lago. Voltaram para casa na hora do almoço, mas logo se encontraram novamente e passaram o restante do dia juntos, como se nunca mais fossem se ver. E talvez nunca mais se vissem, mas tiveram aquele dia, aquele momento e todos os outros bons momentos anteriores a esse, dos quais com certeza nunca se esqueceriam.